亜紀書房

権力は嘘をつく

ベトナム戦争の真実を暴いた男

スティーヴ・シャンキン　著

神田由布子　訳

2 秘密と嘘

3 アウトサイダー

登場人物

ダニエル・エルズバーグの家族、友人、知人

◆**キャロル・カミングズ**　最初の妻
◆**パトリシア(・マークス)・エルズバーグ**　二度目の妻であり反戦活動のパートナー
◆**ロバート**　息子
◆**メアリー**　娘
◆**ルイス・フィールディング**　精神科医
◆**ランディ・ケーラー**　エルズバーグに影響を与えた反戦活動家
◆**トニー・ルッソ**　ランド研究所の元同僚。エルズバーグと一緒にペンタゴン・ペーパーズのコピーを取る
◆**ハリー・ロウアン**　ランド研究所の上司
◆**リンダ・シネイ**　エルズバーグとルッソにコピー機を使わせた女性
◆**ポール・ヴァン**　エルズバーグにベトナムを案内する退役陸軍大佐
◆**ハワード・ジン**　ボストン大学教授。反戦活動家

大統領と側近

◆**ハリー・S・トルーマン**　アメリカ大統領(一九四五〜一九五三年)。一九四五年、再植民地化をもくろむフランス軍のベトナム進駐を支持
◆**ドワイト・D・アイゼンハワー**　アメリカ大統領(一九五三〜一九六一年)。ベトナムの共産化を阻むために南北統一選挙に反対
◆**ジョン・F・ケネディ**　アメリカ大統領(一九六一〜一九六三年)。ベトナム駐留のアメリカ兵を数百名から一万六〇〇〇名に増強。
◆**リンドン・B・ジョンソン**　アメリカ大統領(一九六三〜一九六九年)
◆**クローディア・〝レディ・バード〟・ジョンソン**　ファーストレディ
◆**ヒューバート・ハンフリー**　副大統領(ジョンソン政権)
◆**ディーン・ラスク**　国務長官(同右)
◆**ロバート・マクナマラ**　国防長官(同右)
◆**ジョン・マクノートン**　国家安全保障担当国防次官補(同右)
◆**マクジョージ・バンディ**　国家安全保障担当補佐官(同右)

◆**ウォルト・ロストウ**　国家安全保障担当補佐官（同右）
◆**ジョン・マコーン**　CIA長官（同右）
◆**ボブ・コウマー**　大統領補佐官（同右）
◆**リチャード・ニクソン**　アメリカ大統領（一九六九～一九七四年）
◆**パット・ニクソン**　ファーストレディ
◆**トリシア・ニクソン**　ニクソン大統領夫妻の長女
◆**ジュリー・ニクソン**　ニクソン大統領夫妻の次女
◆**ジェラルド・フォード**　副大統領（ニクソン政権、一九七三～一九七四年）
◆**ボブ・ハルデマン**　大統領首席補佐官（ニクソン政権）
◆**ジョン・ミッチェル**　司法長官（同右）。ニクソンの選挙対策本部の本部長を二度務める
◆**ヘンリー・キッシンジャー**　国家安全保障担当補佐官、のちに国務長官（ニクソン政権）
◆**モートン・ハルペリン**　国家安全保障会議メンバー
◆**メルヴィン・レアード**　国防長官（ニクソン政権）
◆**ロン・ジーグラー**　大統領報道官（同右）
◆**アーウィン・グリズウォルド**　訟務長官
◆**チャールズ・コルソン**　大統領法律顧問（ニクソン政権）
◆**ジョン・ディーン**　大統領法律顧問（同右）
◆**ジョン・アーリックマン**　内政担当補佐官（同右）

情報工作チーム（プラマーズ）

◆**エジル・クロー**　大統領補佐官（ニクソン政権）。「プラマーズ（配管工）」の別名で知られる特捜班のリーダー
◆**G・ゴードン・リディ**　元FBI職員
◆**ハワード・ハント**　元CIA職員
◆**デイヴィッド・ヤング**　キッシンジャーのスタッフ
◆**キャシー・チェノウ**　ホワイトハウスの秘書
◆**〝スティーヴ〟**　CIA技術サービス部門で働くスペシャリスト
◆**バーナード・ベイカー**　フィールディングのオフィスとウォーターゲート・ビルに不法侵入するために雇われた男
◆**フェリペ・デディエゴとエウヘニオ・マルティネス**　ベイカーとともに活動する反共主義者
◆**ジェイムズ・マコード**　プラマーズに協力する元CIA技術者

米軍

◆**アール・ホイーラー**　陸軍大将、統合参謀本部議長（一九六四～一九七〇年）

◆**ジョン・マコーネル**　空軍参謀総長
◆**ウィリアム・ウェストモーランド**　ベトナム派遣軍司令官（一九六四〜一九六八年）
◆**ユリシーズ・シャープ**　海軍大将、太平洋艦隊司令官（一九六三〜一九六四年）
◆**ジョン・ヘリック**　米駆逐艦マドックスとターナー・ジョイの艦長
◆**ジェイムズ・ストックデール**　海軍中佐。トンキン湾事件の夜のパイロット。戦争捕虜となる
◆**エヴェレット・アルバレス**　海軍大尉、パイロット。アメリカ人初のベトナム戦争捕虜となる
◆**フィリップ・カプート**　海兵隊少尉。ベトナムに派遣された最初の海兵隊員の一人で、のちにジャーナリストになる
◆**ジョン・マケイン**　戦争捕虜として「ハノイ・ヒルトン」に収容され、のち上院議員に
◆**ジョン・ケリー**　ベトナム帰還兵として初めて議会の公聴会で反戦を訴える。のちの大統領候補。オバマ大統領時代に国務長官を務める
◆**ヴィクター・クルラック**　ウェストモーランドの消耗戦略の欠点を指摘した海兵隊将校

米議会

◆**ウェイン・モース**　上院議員（民主党、オレゴン州）。アメリカのベトナム介入に早くから反対し、トンキン湾決議に委員会でただ一人、反対票を投じた
◆**ウィリアム・フルブライト**　上院議員（民主党、アーカンソー州）。トンキン湾決議の可決に尽力したが、後年それを悔やんでペンタゴン・ペーパーズの開示を検討する
◆**ノーヴィル・ジョーンズ**　フルブライト上院議員の首席補佐官
◆**バリー・ゴールドウォーター**　上院議員（共和党、アリゾナ州）。一九六四年の大統領選でジョンソンと戦った
◆**エヴェレット・ダークセン**　上院議員（共和党、イリノイ州）。有力政治家でジョンソン大統領の友人
◆**ジョージ・マクガヴァン**　上院議員（民主党、サウスダコタ州）。反戦派で、のちの大統領候補。ペンタゴン・ペーパーズの開示を検討する
◆**マイク・グラヴェル**　上院議員（民主党、アラスカ州）。ペンタゴン・ペーパーズを読み、公けの記録に残す

ベトナム人

◆**ホー・チ・ミン（グエン・タト・タイン）**　北ベト

ナム国家主席
◆**グエン・バン・チュー** 南ベトナム大統領
◆**レ・ドク・ト** パリ和平会談の北ベトナム特使
◆**ブイ・ジェム** 駐米南ベトナム大使

マスコミ

ニューヨーク・タイムズ

◆**ニール・シーハン** ペンタゴン・ペーパーズのスクープ記事を書いた記者
◆**エイブ・ローゼンタール** 編集局長
◆**ジェイムズ・グッデール** 法務部長
◆**ヘドリック・スミス** シーハンとともにペンタゴン・ペーパーズの記事を書いた記者
◆**アーサー・サルズバーガー** 社主
◆**ルイス・ローブ** 社外の顧問弁護士

ワシントン・ポスト

◆**キャサリン・グラハム** 社主
◆**ベン・ブラッドリー** 編集主幹
◆**ベン・バグディキアン** 編集局次長

ボストン・グローブ

◆**トマス・ウィンシップ** 編集主幹
◆**トム・オリファント** 記者

CBSニュース

◆**ゴードン・マニング** 副社長
◆**ウォルター・クロンカイト** キャスター

法律家

◆**マシュー・バーン** エルズバーグの訴訟を担当する裁判長
◆**マリー・ガーファイン** ニューヨーク・タイムズの訴訟を担当する裁判長
◆**アレクサンダー・ビッケルとフロイド・エイブラムズ** 弁護士。ペンタゴン・ペーパーズの裁判でニューヨーク・タイムズを弁護する
◆**チャーリー・ネッソン** エルズバーグの弁護人
◆**デイヴィッド・ニッセン** エルズバーグの訴訟を担当する主任検察官

リンとジルに

ダニエル・エルズバーグは
アメリカで最も危険な男だ。
なんとしても阻止せねば。

——ヘンリー・キッシンジャー

プロローグ――実行可能性調査

彼らはある男を壊すためにカリフォルニアにやって来た。殺そうというのではない。その手前まで追いつめるのだ。

一九七一年の夏のある日、かつらと眼鏡の男二人組が、陽光降りそそぐロサンジェルスの歩道を歩いていた。一人は黒い口ひげを生やし、足をひきずっている。もう一人はストラップつきのカメラを肩から下げている。

二人は煉瓦とガラスでできた三階建てビルの前で立ち止まった。ひげ面の男が玄関脇で観光客っぽい笑顔をみせてポーズを取り、連れの男が現場写真をたて続けに撮った。同じことを別の入口と脱出場所数か所――低い窓や裏口――の前でも素早く繰りかえした。

宿泊先のホテルに向かう道すがら、ひげの男の足の遅れがしだいに目立つようになっていった。ロビーに着く頃には、連れの男についてゆくのがやっとになっていた。泊まる部屋のドアを閉めると、彼は靴をぐいと引きぬき、ヒール型の鉛の塊をカーペットの上に落とした。かつらと眼鏡もはずした。口ひげはつけたまま。これは本物だ。彼こそ元ＦＢＩ（連邦捜査局）職員、Ｇ・ゴードン・リディである。

カメラを持った男は腰をおろしてメモを取った。こちらはＣＩＡ（中央情報局）を退職したハワード・ハント。あとは目的のビルに、作戦条件下で――つまり夜に――入るのみ。

ハントとリディは、アメリカ大統領直属の機密チームのメンバーだ。今回の任務の標的はダニエル・エルズバーグという名の男である。その夏、テレビはエルズバーグのニュースでもちきりで、さまざまな雑誌の表紙を青く燃えたつ瞳のエルズバーグが飾っていた。マスコミは彼を才気縦横、情熱家、予測不能な男ともてはやした。英雄視する者もいれば、英雄の対極にいる男と評する者もいた。大統領に言わせればエルズバーグは裏切り者だった。外交政策担当のトップである国務長官は、ホワイトハウスの会議でずばりこう言った。「ダニエル・エルズバーグはアメリカで最も危険な男だ。なんとしても阻止せねば」

ハントとリディは、まさにそれを実行に移そうとしていた。

日が暮れたあと、二人は再び変装した。リディは鉛を靴に装着したくないと言った。足を引きずらせるための重い金属塊もまたカモフラージュの小道具で、通行人の目をこちらの顔からそらすためのしかけだったが、これはあまりにも辛かった。しかし、ＣＩＡから借り受けた別の道具は試すつもりでいた。底にミニチュアカメラを仕込んだ煙草ケースで、小さな穴からカメラレンズがのぞくしかけになっている。

二人は夏の暑い夜の中へと歩き出した。ビルまではわずか数ブロックだ。正面玄関のドアには鍵がかかっていなかった。リディは煙草ケースとパイプをポケットから取り出すと、パイプを口にくわえた。

「行こう」とリディは言った。

階段を昇って二階に上がり、暗い廊下を歩いて、精神科医ルイス・フィールディングのオフィスに向かう。そのとき、別室から掃除道具をかかえた女が一人現れた。メキシコ系だろう、とハントは思った。

「セニョーラ《すみません》、ソモス・ドクトレス・イ・アミーゴス・デ・ドクトル《私たちは医師でフィールディング博士の友人なんです》」とハントは話しかけた。

女はマリア・マルティネスといったが、その男たちがほんとうに医師で、ほんとうにフィールディングの友人なのか確信が持てなかった。

ハントはスペイン語で話を続けた。「少しだけ彼のオフィスに入らせてもらえませんか、頼まれていたものを置いていきたいので」

マリアはためらった。

「お願いします、絶対に何も取ったりしませんから」

マリアは肩をすくめた。「いいですよ」

彼女はフィールディングのオフィスのドアを解錠すると、受付の小部屋の電気をつけた。リディが煙草ケースを手に入っていった。マリアはドアのそばに立ち、リディが荷物を置いて部屋から出てくるのを待っていた。なかなか出てこなかった。

「何してるんでしょうね」とマリアが言った。

「ドクターに伝言を書いてるんでしょう」とハントが答えた。

マリアがドクターのオフィスに足を踏み入れたと思ったら、リディが出てきた。

「伝言を残してきた」

ハントは女に礼を言ってチップを渡した。出口に向かいながら、リディは煙草ケースでスナップ写真を数枚撮った。

「写真撮る時間あったか？」とハント。

「少しな。あの女が入ってくるんじゃないかと思って」

いずれにせよ、うまくいきそうだ、とリディは外に出ると言った。キャビネットには鍵がかかっていたが、あんなのは子どもだましだ。あそこのファイルにほしい情報があるなら、これでいただきさ。

男たちはワシントン行きの夜行便に乗るため空港まで車を飛ばした。胸を張ってホワイトハウスに報告できるだろう。ダニエル・エルズバーグを壊す作戦は間違いなく実行可能だと。

1

インサイダー

冷戦の闘士

　かつてのダニエル・エルズバーグなら、ここまで人の怒りをかい、ここまで大きな脅威と見なされるようなまねはとてもできなかっただろう。話は二六年前にさかのぼる。第二次世界大戦が終わり、冷戦が始まったころ、エルズバーグはミシガン州デトロイト近郊の進学校《プレップスクール》の九年生になったばかりだった。

　当時はとりたてて危険な感じの少年ではなかった。

「一種のオタクだったね」とはあるクラスメートの評。

「すごく一所懸命な人だった」と別のクラスメートは記憶している。「勉強家で、いろんなことに興味をもって」

　一〇代のエルズバーグは黒っぽい巻き毛のやせっぽち、恥ずかしがり屋で物静かな少年だった。いつもダブルのスーツを着込み、教科書やレポート類をブリーフケースに入れて校内を歩きまわっていた。クラスメートの目には、情報や新しい考えをしじゅう吸収したがっている生徒と映っていた。しかし本人は活動の幅を広げようと頑張っていたのだ。学校劇で皮肉屋の探偵役を演じてみたり、ボウリング部やライフル部に入ったり、サッカーにも挑戦した。

「サッカーはド下手だったな」とエルズバーグは回想する。

同級生の多くがそうであったように、エルズバーグ少年の関心事はなんと言っても冷戦の幕開けだった。アメリカとソビエト連邦が繰り広げる世界規模の勢力争いが熾烈《しれつ》になったのは高校生のときだ。ソ連の影響下、東欧に共産主義の独裁政権国家が続々と生まれ、ソ連の支配者ヨシフ・スターリンは支配のおよぶ限りの国々で自由を弾圧した。この動きに応じてアメリカの大統領ハリー・トルーマンが打ち出した政策にエルズバーグは感銘を受けた。民主主義を守り、ソ連の勢力を封じ込めるために共産主義と対決する、との決意が表明されたのだ。

「多くのアメリカ人同様、僕も冷戦の闘士になっていた」とエルズバーグはのちに述べている。一九四九年、ソ連は初の原子爆弾実験に成功した。ソ連のスパイになったアメリカの科学者たちから入手した機密情報を利用したのである。同じ年、世界で一番人口の多い中国で共産主義政権が誕生した。翌一九五〇年、ソ連と中国の支援を受けた共産主義の北朝鮮が民主主義の大韓民国に侵攻して朝鮮戦争が始まった。米軍は反撃に出て北朝鮮軍を退けたが、アメリカ兵三万六〇〇〇人以上の命が奪われた。冷戦が長く辛い戦いになるであろうことは、もはやだれの目にも明らかだった。自分もこの戦いに加わりたい、とエルズバーグは考えた。

ハーヴァード大学をクラスで三番という成績で卒業したエルズバーグは、海兵隊の士官訓練に志願して友人や教授たちの度肝を抜いた。「僕はそういうタイプに見えなかったから」と彼自身のちに認めている。「関心の対象はもっぱら知的な方面のことで、およそ体育会系ではなかったからね」しかし、そんな彼に海兵隊の募集ポスターが呼びかけてきた。海兵隊員になれるほどの屈強さがあるか否かを問うポスターが。

エルズバーグは体育会系男子や屈強な男たちにまじって意志の力で訓練課程をやり抜き、誇りを持って任をつとめ上げて、中尉として除隊した。それからハーヴァードに戻り、経済学の博士号を取った。とくに興味を持っていたのはリスクと意思決定の諸問題について。「合理的に行動するためには結果によって行動を判断せねばならない」と博士論文に書いている。「しかし、諸々の結果が判然としない場合、どうすればいいのか?」

結果が不確かなときにはどう行動するべきか？　この問いが、その後の彼の人生の一大テーマになる。

＊

一九六四年夏、エルズバーグはスリムで健康で、青い眼と茶色い短髪の三三歳になっていた。職業は軍事と国際問題を扱うシンクタンク、ランド研究所のアナリストだ。彼は許可をもらってアメリカ国防総省、通称「ペンタゴン」で日々リサーチを進めていた。日中はペンタゴン内に借りているオフィスに出向き、政策立案者の役に立ちそうな、昨今の国際危機の調査研究に取り組んでいた。

七月中旬のある日、書類を読みつつメモを取っているエルズバーグの席に、国防次官補マクノートンが立ち寄った。危機管理分野の若く優秀なアナリストの一人、エルズバーグの評判の高さは彼も知っていた。アメリカにとって懸念が増してきた、ある厄介な場所についてマクノートンは話し合いたかったのだ。鬱蒼《うっそう》たる密林と山々の国、東南アジアの半島沿岸を南北一六〇〇キロ以上にわたりくねくねとのびているベトナムについて。

エルズバーグはベトナムの専門家ではなかったが、見たところ難解そうには思えない紛争ではあった。一九六四年当時、半島には二つのベトナムがあった。北ベトナムはソ連と中国の支援を受けた共産主義政権で、支配者ホー・チ・ミンは南北政府をひとつにまとめて国家を統一し、自らそのトップにつこうと戦争をおこなっていた。共産主義の拡大を食い止めんとするアメリカは南ベトナム政府の支援に回った。こちらは腐敗して評判の悪い政府だったが、とにかく共産主義でないことだけは確かだった。アメリカは約二万人のアメリカ兵を南ベトナムに駐留させ、軍の武装と訓練に従事させた。それは紛れもない、民主主義と共産主義の対決、つまり冷戦だった。

当時、ベトナムで起きている数々の出来事の行方をわかっている人間などいなかった。

ジョン・マクノートンは安全保障問題担当の国防次官補としてベトナム政策を担当していた。彼には助けが必要だった。彼はエルズバーグをスタッフに加えたがっていた。

エルズバーグはマクノートンのもとで働くことに魅力を感じたが、ためらいもあった。自分で選んだプロジェクトに自分のペースで取り組みたかったからだ。それにマクノートンの助けになれるとも思えなかった。それを言うなら、だれの助けにもなれないと思っていた。「僕は手際が悪いから」とのちにエルズバーグは白状している。

過去の事例の研究から学べることなどたかが知れている、というのがマクノートンの言い分だった。本物の国際的危機が目の前で起きているのを見られるまたとないチャンスだ、それも政権の内部から見ることができるのだ、と言った。

「ベトナムでは何かひとつ危機が起きたかと思うと、また別の危機がやってくる」とマクノートンは言った。「ひとつの長い危機だな」

その言葉で心が決まった。エルズバーグはマクノートンの部下になることにした。

エルズバーグがペンタゴンで仕事を始めてからマクノートンと話す日までの二週間のあいだに、ベトナムでは事件が起き、アメリカは開戦に歩を進めていた。

七月三一日、南ベトナム海軍の哨戒艇数隻から北ベトナムのレーダー基地に向けてミサイルが発射された。八月二日、北ベトナム軍はアメリカの駆逐艦〈マドックス〉が北ベトナム沖のトンキン湾に侵入しているところを発見。北ベトナムの魚雷艇三隻が〈マドックス〉に近づき魚雷を撃った。が、命中しなかった。

アメリカ大統領リンドン・ジョンソンは〈マドックス〉にトンキン湾内のパトロールを続けるよう命じた。そしてもうひとつの駆逐艦〈ターナー・ジョイ〉にも、〈マドックス〉とともにパトロールをするよう命じた。北ベトナムが次に攻撃をしかけてきたら、武力で応えるつもりだった。

八月三日、南ベトナムの哨戒艇がまたしても北ベトナムの攻撃目標を撃った。

八月四日、日が暮れゆくなか、〈マドックス〉艦長ジョン・ヘリックはトンキン湾内の航行を続けていた。波が高く、「ほんとうに暗い」夜だったとヘリックは回想する。「真っ暗闇だった」いつ攻撃を受けてもおかしくないと思ったという。

*

トンキン湾の夜はアメリカ東海岸の朝だ。エルズバーグは愛車の白い小型コンバーティブルをだだっ広い駐車場に停めた。車から出ると、どっしりした五階建てビルに向かって歩く男女の流れに加わった。新しい仕事が始まる日だった。

階段をのぼって三階に上がり、廊下を歩いてマクノートンのオフィスに向かう。そこは複数の部屋がひと続きになった広いオフィスで、窓外にはポトマック川が流れ、そのむこうにワシントン記念塔と国会議事堂を望むことができた。マクノートンの個室のすぐ外にはデスクがひとつあり、秘書が目を光らせていた。その他のスタッフは、パーティションで区切られたスペース内に座っていた。エルズバーグは自分の小さな仕事場――彼は「小部屋」と呼んでいた――に入った。デスクと椅子がひと組、本棚がひとつ、機密扱いのファイルをしまう金庫二つがどうにか入るほどのスペースだ。壁には小さな窓がひとつあり、ワシントンの街を一望できた。エルズバーグは椅子に座り、山積みの書類に目を通しはじめた。

ボスが約束した危機が起こるまでに時間はかからなかった。「その仕事のまさに初日に、いきなり地獄のような大騒ぎになったんだ」

初日

午前一一時を数分回ったころ、配達人が緊急度のきわめて高い電報を手に、マクノートンのオフィスに駆け込んできた。ボスは廊下の先、国防長官のロバート・マクナマラに会いに行ったと秘書が伝えた。だから大至急の電報は新入りのアシスタントに渡してください、と。エルズバーグが小部屋から出てきて、電報を受け取った。

初日

一読するなり、エルズバーグは配達人が駆けてきた理由を悟った。

電報はヘリック艦長からだ。〈マドックス〉と〈ターナー・ジョイ〉の艦長をつとめる准将である。アメリカの駆逐艦がトンキン湾で攻撃を受けていると電報にはあった。敵の高速哨戒艇は魚雷を二発放ったが、どちらも命中していない。アメリカ側はその小さな船に反撃しているところだとある。

一〇分後、配達人が再び電報を持って走ってきた。

「魚雷の攻撃が継続中」とヘリックが知らせてきた。

数分後の電報には「魚雷は外れた。もう一隻が発砲。魚雷四つは海中へ」

地球の裏側で、暗闇の中で戦いが起きている。だが、ヘリックの速報を読んだエルズバーグは目の前で戦闘を見ているような気分になっていた。

反撃だ、それも猛烈な、と反射的に思った。

「これから本格的な攻撃が始まるぞ」エルズバーグは拳を握りしめ、もう片方の掌を叩いた。

「公海での攻撃は許されない。攻撃したからには代償を払ってもらわないと」

*

国防長官マクナマラは廊下の先にあるオフィスで同じ電報を読んでいた。トンキン湾での緊張の高まりに、マクナマラはすでにトラブルを予感していた。トラブルには対処できると思った。

オールバックの髪に丸いふちなし眼鏡をかけ、低く断固たる声で話すマクナマラは、ペンタゴンの廊下を自信たっぷりに大股で歩いた。一九六一年にマクナマラを国防長官に任命した大統領ケネディは、「これまでに出会ったなかで最も頭の切れる男」と彼を評した。ハーヴァード・ビジネススクールの元教授でフォードの社長を務めたこともあるマクナマラは、統計と組織図を重視し、論理と知性とアメリカの軍事力を巧みに用いれば解けない問題はないと確信していた。

マクナマラは受話器を取り、大統領の番号を回した。

「何だ、ロバート」リンドン・ジョンソンが電話に出た。

「大統領、ついさっき電報が届きました」とマクナマラが話しはじめた。「駆逐艦が魚雷に攻撃されています」

「どこから飛んできてる？」

「わかりません、おそらく例の未確認の船からかと」とマクナマラはヘリックが電報で知らせてきた敵艇に言及した。

付近の空母から米機が駆逐艦の援護に回っているかどうかをジョンソンは知りたがった。

「おそらく」とマクナマラ。確認する時間がなかったのだ。国務長官のディーン・ラスクと

1 インサイダー

初日

1964年8月4日深夜の記者会見で、
国防長官ロバート・マクナマラがトンキン湾事件について説明する。

国家安全保障担当補佐官のマクジョージ・バンディがホワイトハウスに向かっているようだとマクナマラは言った。

「よし、じゃあ二人をつかまえて、ここに来てくれ」とジョンソンは返した。

＊

マクナマラがポトマック川を渡ってワシントンＤＣに入るまでのあいだも、トンキン湾では軍事行動が続いていた。ジョンソン大統領が望んだように、米機が数機、すでに湾上を飛んでいた。最初に現れたのは海軍のベテラン戦闘機パイロットの一人、四〇歳の中佐ジェイムズ・ストックデールだ。

雲が低く垂れこめ、激しく雨の降る、飛ぶには嫌な夜だった。ストックデールは海面からわずか三〇〇メートル上空まで戦闘機〈クルセイダー〉を降下させた。稲妻の光に、アメリカの駆逐艦二隻がつかのま照らしだされた。閃光と閃光のあいま、黒い海に白く波立つ航跡がはっきりと見えた。魚雷を避けるために船が方向を変えているのをストックデールは見つめた。米船の放つ砲火がオレンジ色の光を放った。

が、敵船はどこにも見当たらなかった。

ストックデールは雨雲を出たり入ったりしていたが、駆逐艦の甲板上から見るよりも自分のほうがはるかに視界が開けているのを知っていた。海兵たちは雨や砕ける波しぶき越しに海を見ている。「私は敵船を見つけるには最高の場所に座っていました」とストックデールはのちに述べる。「もしも敵船がいたらの話なんですが」

それでも、〈マドックス〉からは慌てふためいた現場報告が無線で次々に届いていた。「船尾から船が一隻こちらに近づいているかもしれない」

「突進しなくてはならないんだ」とストックデールはコックピットの中で声を荒らげた。「相手が見えないとできない！」

ストックデールは戦闘機をさらに急降下させ、駆逐艦の後方を弧を描いて飛び、目を細めて照準器越しに海を見つめた。敵船が見えたと報告された位置めがけてロケット弾を発射した。弾は海中に消えた。戦闘機はフロントガラスに海水のしぶきが散るほど低空を飛んでいた。

「落ち着いて考えろ、ジム」ストックデールはひとりごちた。「何か間違ってないか。駆逐艦は攻撃されたと言ってるが、金属がぶつかり合うときの火花は見えたか？　それに航跡が――航跡はどこだ？　敵が撃ったときの光は？」

燃料が残り少なくなったので、ストックデールは空母〈タイコンデロガ〉に戻っていった。パイロットの待機室に入るやいなや、情報将校の一群が質問を浴びせかけてきた。「いったい何が起きてた？」が第一声だ。

「わかればいいんですが」とストックデール。

「敵船は見えたか？」

「まったく見えません。船も、航跡も、むこうの弾の跳飛音も、射撃の光も、魚雷のたてた波の跡も」

「これを見ろ」将校の一人が、ヘリック艦長がワシントンに宛てた電報のコピーをストックデールに手渡した。コックピットの無線で聞いた内容と同じことがあれこれ書いてあった。が、数回目の報告のあと、ヘリックの電報は、ほんとうに攻撃を受けているのかといくぶん疑念を示しはじめている。部下が敵の魚雷と判断した音はもしかしたら米船のプロペラ音かもしれない、とほのめかしている。そして最後のページにはこんな説明が。

「事後検証の結果、報告された多くの接触や魚雷発射は疑わしい。レーダーは異常な天候の影響下にあり、熱心な水測員が多数報告をした可能性あり。〈マドックス〉は敵船を目視にて確認せず。徹底的な評価のあとにさらなる軍事行動に出ることを提案する」


ストックデールはコピーを返し、個室に戻ってフライトスーツをロッカーに掛けた。そして顔を洗い、鏡に映った自分の顔を見つめた。

「疲れてるな」と思った。「少なくとも俺は海中に飛び込まなかった。少なくともトンキン湾上の准将は誤認を通報し、処罰を受けてでも事実を明確にしようとする勇気がある」

ストックデールはベッドに横たわり、ランプを消した。

「まさかそんなことがあるとは思っていませんでした」と何年もあとになって彼は口にする。「交戦の現場を預かる准将が、誤認を通報してはいけない場合もあるなんて」

＊

ワシントンDCは昼食時だった。国防長官ロバート・マクナマラ、国務長官ディーン・ラスク、国家安全保障担当補佐官マクジョージ・バンディ、CIA長官ジョン・マコーンとジョンソン大統領が、ホワイトハウス二階の食堂に集合していた。テーブルの上には北ベトナムの地図と偵察写真が広げられている。ジョンソンが前のめりにそれらを見つめ、マクナマラがアメリカの空爆目標の候補地点を指している。おもに北ベトナム沿岸の魚雷艇基地だ。

ジョンソンは承認した。できるだけ早く空爆を始めたかった。今、その準備が進んでいる、数時間後にはおそらく始まるのではないか、とマクナマラは言った。

「よし、それでいこう」とジョンソンが言った。

ホワイトハウスの報道官は、大統領がベトナム関連の重要な声明を発表するため、その日の夜に放送枠がほしいと、テレビネットワーク各社に連絡を入れた。マクナマラはペンタゴンに急いで戻ると、「徹底的な評価」を提案するヘリックからの電報を受けとった。

「現場で何が起きているか、もっと情報があればよかったんだが」とマクナマラは言った。

マクナマラは、ハワイ基地で状況を見守っていた太平洋艦隊司令官、ユリシーズ・シャープ海軍大将から決定的な回答をもらいたがっていた。

「手元の最新情報では、事実の把握についてわずかな疑念があります」とシャープはマクナマラに言った。経験の浅い水測員が敵の魚雷と勘違いした可能性もあるというのがシャープの考えだ。

「攻撃がなかったと言い切れる可能性もないだろう?」とマクナマラが返した。

「わずかな可能性はあると言えるでしょうが」

その午後遅く、マクナマラはホワイトハウスに車で戻り、国家安全保障会議に出席した。

「北ベトナムから挑発行為があったというのは確かな事実なんですか?」とメンバーの一人が訊いた。

「明朝には、はっきりする」とマクナマラ。

空爆を待とうとはだれも言わなかった。

報復措置を取れとの命令はすでに出ており、先延ばしにする理由などないとジョンソンは思っていた。個人的にはトンキン湾の出来事に疑いを持っていたのだが。「たぶんアメリカ海軍はトンキン湾でクジラを撃っていたんだ」のちにジョンソンは補佐官にそう告白した。

しかし、八月四日夜の大統領はためらいを見せなかった。

*

南シナ海に浮かぶ米空母〈コンステレーション〉の船上では、二六歳の海軍大尉エヴェレット・アルバレスがフライトスーツのジッパーを上げていた。前日の夜、トンキン湾上空から現場の混乱を見下ろしていたパイロットの一人だ。ストックデールと同じく、アルバレスもアメリカの駆逐艦が攻撃を受けている事実を確信できないまま現場を離れていた。数時間睡眠をとったあと、彼は自分の戦闘機に戻った。北ベトナムを空爆せよとの命令が大統領から〈コンステレーション〉に届いたのだ。アルバレスは攻撃目標のひとつを割り当てられた。

グラブをはめているとき、結婚指輪を外していないことに気がついた。サバイバルスクールの指導教官が口にした厳しい警告が脳裏をかすめる――指輪をはめて戦闘に向かうな。パイロットが捕虜になって既婚者だと敵に知れたら、むこうはそれをいいことに妻についての話をでっち上げて、捕虜を苛《さいな》むだろう。

指輪を外してどこかに置いてゆく時間はもうない。アルバレスは梯子をのぼって戦闘機〈スカイホーク〉のコックピットに入った。ヘルメットと酸素マスクをつけ、無線をテストした。万事オーケーだ。

「よし、やってこい！」空母のデッキクルーが叫んだ。「成功を祈る」

クルーが機体下部にスチールケーブルをつける。アルバレスがスロットルレバーを前に押すと、エンジンが轟音をあげる。スチールケーブルが射手の引いた弓のように硬く緊張する。すべて問題なし、との合図をアルバレスが送る。甲板部士官が親指を立て、宙に片腕を上げる。飛行機射出機《カタパルト》のクルーにボタンを押せという合図だ。〈スカイホーク〉が時速三二〇キロで発進したかと思うと、アルバレスは空中にいた。

高度六〇〇〇メートルまで上昇したアルバレスは、その他九機の〈スカイホーク〉と合流して北ベトナムを目指した。目標までの飛行時間は七〇分。港町ホンガイにある小さな魚雷艇基地だ。

「怖くはなかった」最初の任務について、アルバレスはのちにそう語った。「ほんの少し神経質になってただけで」

ちょうど高校の陸上競技で、ランナーがスタートの銃声を緊張しながら待っている、あの一瞬のようだったと。

敵対行為

ワシントンDCは夜の一一時、ダニエル・エルズバーグはマクノートンのスタッフとして第一夜目を迎えていた。

ほかのメンバーとともにマクノートンのオフィスに集められたエルズバーグは、最新の電報に目を通しながら大統領の声明を待っていた。音量を下げた大きなテレビ画面がチカチカ光っていた。

一一時三七分、ジョンソン大統領の顔が画面に映った。だれかが音量を上げた。

「アメリカ国民のみなさん」ホワイトハウスの演壇からジョンソンが話しはじめた。「合衆国大統領および米軍最高司令官の義務として、みなさんにご報告があります。トンキン湾内の公海上にてアメリカ艦船に対する敵対行為が再び生じたため、本日、それに応じる軍事行動を合衆国軍隊に命じなくてはならなくなりました」

北ベトナム軍はすでに撃退され、アメリカ人死傷者はなし、とジョンソンは視聴者に語りかけた。「しかし、度重なるアメリカ軍への暴力行為には、警告と防衛のみならず、積極的な応戦で対処せねばなりません。その応戦は、こうしてみなさんに語りかけている今夜、まさにおこなわれております」

攻撃は限定的であるとジョンソンは明言した。期間は数か月、ベトナムでアメリカの役割を拡大させるつもりはない、と断言した。それまで何度も言ってきたように、「戦争は拡大させない」と言った。

ジョンソンは同じ台詞を繰り返した。「他国は忘れているようですが、アメリカは紛争拡大の危険性を承知しています。我々はあくまでも戦争を拡大いたしません」

＊

午後早く、北ベトナム沿岸の空は青かった。島々が点在する岩だらけの沿岸がアルバレスの目にくっきりと見えた。

「私たちが攻撃を始めたら、みな下がるように」ボブ・ノッティンガム中佐が〈スカイホーク〉のパイロットたちに無線で指示を出す。「アルバレスと私が最初に行く」

ノッティンガムが攻撃目標に近づきはじめた。アルバレスの戦闘機はそのわずか二〇メートルほど後方だ。時速八〇〇キロで突撃する彼らの目には埠頭が見えていた。事前に受けた説明どおり、埠頭には魚雷艇が四隻、大きな哨戒艇が一隻停泊していた。

アルバレスは目標の上を通りすぎながらロケット弾を放ち、もう一度爆撃するために機体を傾けた。

「おい！」もう一人のパイロットが無線でアルバレスに叫んだ。「おまえを撃ってるぞ！」

戦闘機のまわりで対空砲の黒い群れが爆発した。アルバレスは二〇ミリ機関砲のスイッチを入れた。

「もう一度行く」とアルバレスはチームに告げた。

一〇機の〈スカイホーク〉すべてが目標を狙い撃ちしていた。魚雷艇は火に包まれていた。アルバレスは埠頭の上空に戻り、海面から三〇メートルという近さから哨戒艇を掃射した。と、そのとき、いきなりドカンと大きな爆音がして、アルバレスの〈スカイホーク〉の左翼が黄色く光った。

「機体が激しく揺れました」と彼はのちに述べた。「ガラガラと、ボルトやナットをバケツに一杯、エンジンの中に投げ込まれたような音がして」コックピットの警報ランプがすべてついた。煙が機内に入ってきた。

「撃たれた！」アルバレスは無線で叫んだ。「燃えてるからコントロールできない！」

戦闘機が左にそれ、落下し始めた。

「脱出する！　あとで会おう！」

アルバレスはチェーンに通して下げていた指輪を首のうしろで探り、前に引き寄せた。脱出のため戦闘機のキャノピーが吹き飛ばされ、座席が空中に射出された。突風が吹き、意識が遠のいた。パラシュートのポンと開く音が聞こえた。数秒後、海面に打ちつけられた。

ヘルメットをはぎ取ったアルバレスは、沿岸から数百メートルのところに落下したことを知った。近くで漁船が数隻、波間に見えかくれしていた。船にはライフル銃を手にしたベトナム人民兵が乗っており、こちらに向かっていた。

アルバレスは妻のことを思った。結婚して七か月しかたっていない。彼は結婚指輪を外すと、海に沈めた。

*

エルズバーグは空襲の進捗を監視しながら、その夜をペンタゴンで過ごした。米機が合計六四機、北ベトナムの沿岸基地四か所を爆撃した。八月五日の早朝、エルズバーグは空っぽのアパートに戻った。その日の朝、ジョンソン大統領はニューヨーク州北部まで飛行機で飛び、シラキュース大学の新ビル落成記念式典に出席した。ビルについて短く述べたあと、大統領はベトナムでの軍事行動に触れ、北ベトナムの魚雷攻撃を受けたために空爆が必要となったことを強調した。

「北ベトナムの攻撃は計画的なものでした」とジョンソンは言った。「正当な理由なき攻撃でした。その攻撃に応えたのです」

その日遅く、ワシントンDCに戻ったジョンソンは次なるステップに意識を集中させた。まず第一に、必要とあらばベトナムでの軍事行動を拡大できるよう、議会で承認をもらわねばならない。ジョンソンと補佐官は、のちに「トンキン湾決議」と呼ばれる文面を大急ぎで書き上げた。これがその最重要部分だ。

「米国議会は、大統領が米軍最高司令官として、米国軍隊に対するいかなる武力攻撃をも退け、なおかつさらなる攻撃を防ぐためにあらゆる措置を講じる決断を承認、支持する」

要するに、正式な宣戦布告の承認を議会に求めず、ベトナムに対してさらなる攻撃を命令できる権限を大統領に与えるという決議案だ。ジョンソンはこれを議会に提出した。下院、上院の上層部は翌日公聴会を開くことに同意した。

＊

その日の夜遅く、オレゴン州選出の上院議員ウェイン・モースのところにペンタゴンの知人から電話がかかってきた。ある情報を伝えたいがソースは極秘にしてほしい、とその男は言った。モースは了解した。

アメリカの駆逐艦に対するいかなる攻撃も、大統領が主張する「正当な理由なき攻撃」ではない。〈マドックス〉がトンキン湾内にいる理由のひとつは南ベトナムの北に対する攻撃を支援するためであって、米軍は攻撃の計画と遂行に深くかかわっている、と相手は説明した。そしてモースに、その件についてマクナマラに問いただしてほしいと言った。

翌朝モースは、上院軍事委員会と上院外交委員会の合同公聴会の前に、上院議員数人をつかまえた。マクナマラに厄介な質問をする仲間がほしかったからだ。

「なあ、ウェイン」と一人が言った。「愛国心が高まってるときに大統領と喧嘩はできんぞ」

公聴会は非公開でおこなわれた。マクナマラは決議案を至急通そうとしていた。上院議員はみな支持している様子だった。ウェイン・モース一人を除いては。

「私はあくまでもこのようなやりかたに反対です。私の考えでは、アメリカ側が攻撃的な行動に出ていると思います」とモースは言った。

八月四日に米艦船に対して攻撃があったかどうか疑わしいことについて、モースは知らなかった。マクナマラは絶対にそんな情報をすすんで提供したりはしなかった。が、モースは強く疑っていた。トンキン湾で何が起こっていようが、アメリカ人が無害な部外者であったとはとても思えない。

マクナマラはそれを断固否定した。

「アメリカの海軍は、南ベトナムの軍事行動には参加も関与もまったくしておりませんし、彼らの軍事行動を把握してもいません。もし行動があったとしてもです」とマクナマラは議員たちに言った。「その点はみなさんにはっきり申し上げておきたい」〈マドックス〉は日課のパトロールをしていたのであり、それはアメリカの艦船が日々世界中でおこなっているパトロールとなんら変わらないものだとマクナマラは主張した。「その点をご理解いただくことがきわめて重要かと」と彼は高飛車に出た。「何か誤解があるなら、詳しく話し合わねばなりませんね」

「話し合うべきかと思いますが」とモースは返した。

「はっきり申し上げて、これは事実です」マクナマラはぴしゃりと言い返した。

彼は議会をあからさまに誤導していたが、モース以外、それに気づいている者はいなかった。宣戦布告同然のことをする権限を、これほど急いで、事態がどうなるのかもよくわからないまま大統領に与えることをあやぶむ議員もいるにはいた。が、大半の議員は大統領のもとに結集するのが自分たちの責務だと思っていた。

「米国民の名誉が危機に瀕しています」とジョージア州選出の上院議員リチャード・ラッセルが声を上げた。「ひるんでなどいられない、名誉を守らなくては」

委員会は賛成三一、反対一で決議案を通過させた。反対はモースただ一人だった。上院全体では賛成八八、反対が二。下院では四一六対〇の満場一致でトンキン湾決議は承認された。

＊

ジョンソン大統領の支持率は一気に一四パーセント跳ね上がった。国民の八五パーセントが、危機に対するジョンソンの対応を支持した。一一月の再選は確実と見えた。

エルズバーグの反応は違った。大半のアメリカ人とは異なり、一連の状況を内部から見ていたからだ。

エルズバーグには、八月四日夜、荒れたトンキン湾で米艦船が攻撃を受けたようにはとても思えなかった。事件直後の数日間、彼はペンタゴンのオフィスで機密電報を読んでおり、南ベトナムがどうやって北ベトナムを攻撃しているのか、真相を把握していた。マクナマラは議会に対し、アメリカが「南ベトナムの軍事行動にまったく参加していない」と説明した。が、じつは南ベトナムはＣＩＡが計画した極秘作戦に従って攻撃していた。米海軍は南ベトナムに高速艇と機関銃を提供し、軍事訓練をほどこしていた。

「何から何までアメリカの作戦」というのがエルズバーグの結論だ。「米政府高官はあらゆる作戦を細かい部分にいたるまで把握し、承認していた」のである。

ジョンソン大統領と国防長官マクナマラは、アメリカの駆逐艦二隻がトンキン湾で日課のパトロールをしていたと世界に告げた。船は八月四日に間違いなく攻撃を受けたと言いきった。しかもそれは正当な理由のない攻撃だというのが彼らの主張だ。

「一日二日のうちに、彼らの自信にみちた言葉がすべてウソだと知った」とエルズバーグはのちに言うことになる。

だが、そんなニセ情報を前に、彼にどうしろというのだ?

＊

エルズバーグがしたのは、新しい仕事をやめないことだった。

ワシントンでは新顔だが青二才ではない。ミドルスクールの公民教科書に小さくまとめられた図のように政府が動かないことくらい百も承知だ。たしかにジョンソンとマクナマラは、ベトナムで起きたことのほんの一部しか議会と国民に告げていない。が、秘密厳守は軍事作戦の肝であり、内部告発はエルズバーグの役目ではない。機密を漏らすインサイダー(内部の人間)についてエルズバーグはこう言った。「リークした人間を僕は心から軽蔑した。あんなふうに勝負に出るべきじゃない」

エルズバーグが最終的に出した結論はこうだ。ほんとうに大事なことはただひとつ、これは「冷戦」なのだ。そして自分の仕事は冷戦を勝利に導くことだ。「僕たちはみな冷戦の闘士になっていた。何かほかにできることがあるんじゃないか、なんてだれも思いつかなかった」

ようこそアメリカ

ものの見かたはすべて視点で決まる。

ワシントンDCからの眺めと北ベトナムで見ている景色とはまるで違っていた。ワシントンから見るベトナムは、はるか彼方の冷戦の戦場みたいなものだった。

冷戦が始まるはるか前の一八〇〇年代、フランスはベトナム、カンボジア、ラオスの三か国を仏領インドシナとして支配下に置いていた。一八九〇年、グエン・タト・タインはそんな世界に生まれ落ちた。グエンは、フランス人植民者が農園や炭鉱でベトナム人労働者をこき使い、ベトナムの天然資源をむしり取って輸出している姿を見て育った。一〇代で反仏闘争に参加し、二〇代で共産主義者《コミュニスト》になった。土地と富を民衆に再分配せんとする共産主義思想が、フランスの抑圧に代わる魅力的な選択肢に思えたのだ。ソ連の首都モスクワで勉強したあと、グエンは一九二〇年代から一九三〇年代のほとんどをアジア各地をめぐって過ごし、共産主義の秘密組織を結成した。第二次世界大戦中、インドシナが日本の占領下にあったとき、彼は国境をすり抜けて中国からベトナムに入った。そして民族統一戦線組織「ベトミン

（ベトナム独立同盟会）」を結成し、祖国を侵略してくる者たちと戦いはじめた。自らをホー・チ・ミン――光をもたらす者――と呼びはじめたのはそのころだ。

アメリカ合衆国はホー・チ・ミンの側についた。

第二次世界大戦が終わりに近づいていた一九四五年七月、ホーを見つけて支援せよとの命令を受けた米兵たちが、北ベトナムにパラシュートで降りたった。彼らは人なつこい村人たちと「ようこそ、アメリカのみなさん」と書かれた幕の出迎えを受けた。村人は牛を絞めてバーベキューにし、ビールを添えてアメリカ人にふるまった。アメリカのベトナム軍事介入は幸先のよいスタートを切った。

アメリカ人兵士とベトミンは、共通の敵、日本と闘うために力を合わせて軍隊の訓練をおこなった。日本がアメリカに原爆を二つ落とされて降伏したのは三週間後のことである。ホー・チ・ミンはここぞとばかり、日本の敗北によって空白となった権力の座を手に入れた。

九月二日の朝、ハノイの広場に五〇万を超える民衆がつめかけた。蒸し暑いなか、お手製の幕がだらりと下がっていた。

「ベトナムをベトナム人の手に」

「独立か死を」

兵士が笛を吹くと群衆が静まって、広場に設置された木製の演壇の階段を男たちがのぼっていった。あごに細い山羊ひげを生やした華奢な人物、五〇代のホー・チ・ミンがマイクに歩み寄った。

　彼の姿が目に入るや、群衆は「ドック・ラップ！　ドック・ラップ！」と叫び出した。ベトナム語で「独立」を意味する言葉である。シュプレヒコールが数分間続いた。ホーは、ほほ笑んで耳を傾け、そのひとときをかみしめた。やがて彼が両手を挙げると、広場はしんと静まった。

「すべての人間は生まれながらに平等であり」とホーは演説を始めた。「その創造主により、侵すことのできない権利、すなわち生存、自由、幸福追求の権利を与えられている」

　ホーはそこでひと息入れ、こう問いかけた。「国民のみなさん、私の声がはっきりと聞こえていますか？」

「聞こえる！」と群衆が叫んだ。

「この不滅の言葉は」とホーは続ける。「一七七六年の合衆国独立宣言からの一節です。より広い意味で言えば、地球上のすべての民族は生まれながらに平等であると、この宣言は述べています。あらゆる人間には生きる権利が、幸せに、自由になる権利がある」

＊

アメリカの独立宣言を引用すればワシントンの友人たちが助けてくれるだろうとホーが期

待していたとすれば、それは思い違いだ。ホーはトルーマン大統領あてに、ベトナムの独立を認めてほしいと何度もメッセージを送った。

トルーマンから返事が返ってきたことはなかった。すべては視点の問題なのだ。

たしかにアメリカは、あらゆる国が民族自決の権利を持つべきだと理屈の上では考えていた。しかし現実世界では、ホー・チ・ミンとその追随者はコミュニストだ。ベトナムが独立国家になれば、共産主義のソ連とおそらく同盟を結ぶだろう。トルーマンが取るべき道はフランスの支援に回ること。第二次世界大戦が終わり、フランスは旧植民地を取りもどしたがっていた。フランスがベトナムを支配すれば、コミュニストは勢力を削がれるだろう。ベトナムの独立を支援するか、共産主義の拡大を食いとめるか、どちらのゴールがより重要か。

答えは共産主義を食いとめること。トルーマンは旧植民地を取りもどさんとするフランスの声明に同意した。やがてハノイに仏軍が舞いもどると、フランスとベトミンのあいだで全面戦争の火蓋が切られた。

ソ連はホー・チ・ミンに武器を送った。アメリカ人はフランス人に武器を供給した。

一九五四年五月、ちょうどエルズバーグがヴァージニアで海兵隊訓練を受けはじめたころ、ベトミン戦士が人里離れた前哨基地、ディエン・ビエン・フーで仏軍を包囲した。五月七日、フランスは降伏した。

「ライフルを掃除しといたほうがいい」と新兵訓練担当の軍曹がエルズバーグたちに言った。「ディエン・ビエン・フーが陥落したからな」

しかし、アメリカの軍隊はベトナムに向かわず、エルズバーグもベトナム行きにはならなかった。とりあえず、そのときはまだ。

＊

フランスがベトナムで繰りひろげた八年間の戦争はジュネーブ協定が締結されて公式に終わり、ベトナムは一時的に南北に分割された。ホー・チ・ミン率いる共産党組織は北ベトナムの実権を握り、首都をハノイに置いた。ホーは自分の支配体制に従わなそうな者をことごとく捕えると、多くを処刑し、何千人も政治犯収容所に送って権力を固めた。

南ベトナムでは、アメリカの支援を得たゴ・ディン・ジェムが首都サイゴンで権力を握った。ジェムは徹底した反共主義者だったが、民主主義に全力で取り組むような人物でもなかった。ジェムが実権を握ってまもないころに南ベトナムで実施された国民投票では、彼の手先が公然と投票者を脅したり殴りつけたりし、ジェムはなんと九八・二パーセントというばかげた得票率で勝利を宣言して大統領の座についた。サイゴンでは、どういうわけか有権者登録数を超える票がジェムに集まっていた。

ジュネーブ協定では、一九五六年に南北ベトナムで統一選挙を実施することが決定された。南と北の市民が選挙をおこない、ベトナムを統一国家に導く政府をひとつ選ぼうというのだ。統一選挙は実施されなかった。選挙でホー・チ・ミンが勝つのはほぼ確実だと、東南アジアにいるアメリカの諜報員がワシントンに伝えたからだ。アメリカはまたしても、ベトナムが共産主義化する可能性に直面した。またしても、受けいれられないことが起こりそうだとわかったのである。

「ずらりと並んだドミノだ」とアイゼンハワー大統領は言った。「最初の一枚を倒せば、間違いなく最後の一枚までばたばたと倒れてゆく」

冷戦時代のアメリカ外交政策を支配していた「ドミノ理論」によれば、世界の国々は直立しているドミノのようなもので、ひとつの国が共産化すれば隣の国もそうなり、国から国へとコミュニストの手中に収まってゆく。ベトナムのドミノが決して倒れぬよう、アメリカの諜報員はこっそり統一選挙を妨害したのである。

いっぽう、コミュニストはコミュニストでジュネーブ協定を破ることに忙しかった。ベトミンの戦士たちは南ベトナムから出ていったはずだったのに、じつは南に居残り、「南ベトナム解放民族戦線」という新たなゲリラ部隊を結成した。アメリカは彼らを「ベトコン」と呼んだ。「ベトナムのコミュニスト」を意味するベトナム語の省略形だ。統一選挙がおこなわれないことがはっきりすると、ベトコンは南ベトナムのジェム政権に対してゲリラ戦を開始した。選挙の有無にかかわらずベトナム統一をめざすホー・チ・ミンは、ベトコンと密接に協力し合った。

アイゼンハワーは南ベトナムに武器と軍事顧問団を送ってそれに応酬した。一九六〇年に大統領選で勝ったケネディは、アメリカからの派兵を数百から一万六〇〇〇名に増員した。一九六三年にケネディが暗殺されると、あとを引き継いだジョンソンは南ベトナムの支援継続を約束した。

彼は高官たちにこう言った。「リンドン・ジョンソンはベトナムを失った大統領として歴史に名を残すつもりはない」

戦争の拡大

トンキン湾事件後の数週間、ダニエル・エルズバーグは一日一二時間ペンタゴンにいた。朝、マクノートンが姿を見せたときにはデスクにいなくてはならなかったが、間に合わない朝もあった。夜は夜でボスが帰るまでオフィスにいなくてはならなかった。

ちょうどその時期、エルズバーグは淋しい思いをしていた。一三年連れそった妻、キャロル・カミングズと離婚しようとしていたのだ。幼い二人の子どもたち、ロバートとメアリーはカリフォルニアでキャロルと暮らしていた。ペンタゴンの同僚によれば、家族がばらばらになることにエルズバーグが苦しんでいるのは一目瞭然だった。子どもたちの話をすると必ず目をうるませたという。

「悲しそうだった」とマクノートンのスタッフの一人は当時を思い返して言った。「まるでうす汚い迷子の仔犬みたいで」

仕事柄、長時間勤務を求められたことで、彼は少なくともその悲しみをまぎらすことができていた。毎朝自分の狭いオフィスに入ると机上に書類が山と積まれている。ほとんどは、アメリカ軍やＣＩＡやその他の機関から届いたベトナムに関する極秘電報や極秘報告書だ。山のてっぺんにある紙を一枚手に取って読みはじめ、重要そうなら脇によけて、あとでボスに見せる。そうでなければデスクの横に置いてある焼却袋——大きな茶色の紙袋だ——に捨てる。袋が一杯になったら、秘書がやって来て空の袋と交換してくれる。満杯の袋は地下まで引きずりおろされ燃やされた。

「何もかもがエキサイティングだった」とエルズバーグは回想する。「目もくらむようなスピード感と内部者しか知らない情報に、自分が重要人物になった気がして完全に没頭するんだ。ほとんどいつもアドレナリン大放出だよ。一度やったらやめられない麻薬みたいだった」

読んだもののほとんどすべてに、「極秘 マクノートンのみ開封可」「極秘 長官のみ開封可」といった機密扱いのスタンプが押されてあった。長官とはマクノートンの上司、ロバート・マクナマラだ。「極秘厳守 長官のみ開封可」というスタンプが押されている文書もあった。どのみちエルズバーグはそれらを読んだのだが。マクノートンは気にしていなかった。読んでいるという事実をエルズバーグが伏せていればそれでよかったのだ。

それについては痛い思いをしたことがある。ある日、国務省の職員マイク・フォレスタルから電話を受けたエルズバーグは、在サイゴンのアメリカ大使館から届いたばかりの電報を引き合いに出した。「極秘 長官のみ開封可」の電報だったが、フォレスタルも読んだほうがいいと思ったのだ。

その日のうちにエルズバーグはマクノートンのオフィスに呼び出された。

「大使館から入った新情報をマイク・フォレスタルに話した件だが、きみが関係してたのか？」とマクノートンがたずねた。初めて見る動揺ぶりだった。

「初耳のようでしたし、当然彼も知っておく必要があると思ったので」とエルズバーグは答えた。

マクノートンはデスクをトントンと叩きながら、居心地悪くなるほど長いあいだ、新入りの部下を見つめた。

「きみをクビにしろと言われてね」ようやく彼は口を開いた。

エルズバーグの頭の中をさまざまな思いが駆けめぐった。あの電報はそんなに機密度が高かったのか？　なぜ政府の一部門が他部門に隠しごとをする？　なぜこんなにすぐ、僕が言ったとわかった？

「きみはまだ、ここに来て日が浅い」とマクノートンは続けた。「父によく言われたものだよ。『どんな犬でも一度は噛める』とね〔以前人を噛んだことのない犬の飼い主は、その犬がだれかを噛んでも責任を問われない、という古い判例法からきた表現〕。いいか、ダン。今後は気をつけろ」

＊

「ここがおまえの部屋だ」

ホアロー捕虜収容所の北ベトナム衛兵はそう言うと、エヴェレット・アルバレスを二四号室に押し込んだ。トンキン湾に飛び込んだあと、アメリカの戦闘機パイロット、アルバレスは北ベトナムの民兵に海から引き上げられた。それからロープでしばられ、尋問され、この捕虜収容所に運ばれてきた。

監房にはベッドとテーブルがひとつずつ。あとはトイレ用に、錆びついて縁が鋭利になった金属バケツが置いてあった。天井から下がったコードの先には裸電球が灯っていた。昼も夜も灯っていた。ネズミが身をくねらせて扉の下をくぐり抜け、アルバレスの監房と、塀で囲まれた中庭とのあいだを往き来した。

一日に二度、衛兵が水と、広義に解釈すれば「食事」と呼べそうなものを運んできた。ある日は脂の中に鶏の頭が浮かんでいた。ある日はひづめのついた足一本に、人参が数切れ添えられていた。下痢と頭痛とめまいに苛《さいな》まれるみじめさで、アルバレスの体重は、またたくまに七五キロから六〇キロほどにまで落ちてしまった。

「数週間か、ことによると数か月、ここから出られないかもしれないと思いはじめた。アメリカ政府がこの地獄から僕を出してくれるまで、あとどれくらいかかるだろうと思った」と彼はのちに書く。

季節は秋に向かい、外の道路を行きかうトラックの音が増えていった。夜には街で実施されている防空演習の音が聞こえてきた。衛兵たちは日増しにピリピリしていった。

「きっともうすぐ戦争だ」と彼らはアルバレスに言った。

＊

アメリカ大統領によれば、戦争にはならないらしかった。

その秋の大統領選の演説で、ジョンソンは有権者に繰りかえしこう呼びかけた。「アメリカの若者を祖国から一万数千キロ離れた場所に送り、アジアの若者が自分たちですべきことの肩代わりをさせたりはしません」そのくだりになるといつも大きな歓声が上がった。

その言葉が、ジョンソンが心から望んでいることなのは間違いなかった。テキサス州から選出され、下院上院あわせて二四年間議員をつとめてきた彼が最も重視していたのは国内政策である。ワシントンで「ジョンソン流のあしらい」として有名になったやりかたで、法案を押しとおし、成立させる才能が彼にはあった。仲間の議員の真ん前に巨体で立ちはだかったり、自分の鼻を相手の鼻先に突きつけたり、さまざまな話や統計や論拠やジョークを立て板に水を流すように言い放ち、相手を諦めさせるのだ。大統領になったジョンソンは、彼が言うところの「偉大な社会」を思い描いていた。公民権法を成立させ、質のよい教育と医療をより多くの国民が享受できるようにする野心的プログラムだ。

「戦う価値があるとは思えない」とジョンソンは遊説期間中、補佐官に漏らしている。「私にとってベトナムなんぞ何の価値もない。アメリカにとってどんな価値があるんだ?」

しかし彼はベトナムを無視できなかった。北ベトナムが、森に覆われた長い道、ホー・チ・ミン・ルートを使って兵士や物資を北から南に運びはじめたからだ。いまや北ベトナムはベトコンと協力し、攻撃を激化させつつあった。アメリカの軍事支援を増やさないと南ベトナム政府がもたないと、ジョンソンは高官たちから警告を受けた。

共和党の大統領候補、バリー・ゴールドウォーター上院議員は、コミュニストの勢いを止めるためのさらなる手を打っていない、とジョンソンを激しく非難した。ゴールドウォーターはジョンソンが「共産主義に甘い」と言い、自分が大統領に選ばれたらどうするかと問われると、ホー・チ・ミン・ルートに原爆を落とすかもしれないとほのめかした。

そんな演説には、納得するよりも怯える有権者のほうが多かった。世論調査では、大多数のアメリカ人がベトナムでの戦いにかかわりたくないとの結果が出た。国民が聞きたい言葉を言ってくれるのが、リンドン・ジョンソンだったのだ。彼は繰りかえしこう断言した。

「我々は戦争を拡大させません」

＊

エルズバーグは一九六四年の大統領選の投票には行かなかった。戦争拡大のプランを練るのに忙しすぎたからだ。

一一月三日の投票日の朝、ジョンソン内閣の高官たちはひそかに会合を開き、アメリカ軍が最も効果的に南ベトナムを支援する方法について話し合った。南ベトナムを崩壊させないためにはアメリカの介入が必要だとジョンソンはかねてから思ってきた。

「政府内では周知のことで、だれ一人、マスコミや国民に言ったりはしなかった。僕を含めた多くの人間が巧みに隠していたんだ」とのちにエルズバーグは述べた。

ジョンソンはゴールドウォーターを破って当選した。ゴールドウォーター二七〇〇万票に対し、ジョンソンは四三〇〇万票。アメリカ史上最大の票差をつけての勝利だ。

「前代未聞の数の有権者が、世論調査の予測どおり、北ベトナムへの爆撃や戦争拡大に対して反対票を投じていたまさにその日に、政府の人間は戦争を拡大させる政策を始めるべく仕事をしていた」とエルズバーグは回想する。「国民がどう思うかなんて、僕たちにはさほど重要じゃなかった」

就任式から一週間後の一九六五年一月二七日朝、ジョンソンと外交政策を担当する高官たちは危機について話し合うために集合した。

「より厳しい選択をする時期に来ています」安全保障担当補佐官マクジョージ・バンディが居合わせた者たちに言った。

バンディとロバート・マクナマラは、自分たちの目に映る容赦ない現実を説明する文書を提示した。「現在の政策のままでは悲惨な敗北に終わりかねない。最悪の道は今のまま基本的に受け身な役割を続けることであって、その結果、最終的には戦いに負け、屈辱的な状況に放り出されるに違いないと国防長官も私も考えています」とバンディが言った。

北ベトナムへの爆撃を開始する時期に来ている、とバンディとマクナマラはけしかけた。

「私たちは、この種の決定をすることによって生じるゆゆしい問題について理解しています。最終的な責任を私たちが取れないということもわかっている」

「テキサスのハイウェイで雹《ひょう》の大降りに見舞われたヒッチハイカーの気分だ」とジョンソン

大統領は報道官に胸の内を明かした。「逃げも隠れもできない。そして止めることも」

＊

ペンタゴンでのエルズバーグの数ある職務のひとつは、南ベトナムのゲリラ部隊ベトコンの攻撃を列挙、分類することだった。攻撃は日ごと狂暴さを増し、アメリカ人が標的にされるようになっていた。二月八日、アメリカのヘリコプター基地が北ベトナムのゲリラに攻撃され、アメリカの軍事顧問が八名死んだ。二日後にはまた別のアメリカ軍基地が襲撃され、一〇名が死んだ。ジョンソン大統領は北ベトナムの攻撃目標を爆撃する許可を米機に出した。前年八月五日以来の空爆だ。

通常なら米機の空爆を監視するのがエルズバーグの仕事だったろう。しかしマクノートンは、ベトコンのしかけた新たな攻撃のおぞましい詳細の数々を夜を徹して集めるようにと指示を出した。マクナマラ長官が翌朝、ホワイトハウスに行くのだという。長官は攻撃の詳細を大統領に説明し、北ベトナムへの継続的な空爆をスタートさせたいと考えているらしい。

エルズバーグは一瞬、疑問を感じた。

第二次世界大戦中に子ども時代を送った彼は、映画館で観るニュース映画に恐れおののいたものだった。ドイツの爆撃で破壊され、瓦礫の中に煙の立ちのぼるヨーロッパの諸都市。

学校では恐ろしい防空演習があり、どの教室にも砂の入った大きなバケツがあった。焼夷弾でついた火を消すためのものだった。

エルズバーグの暮らすデトロイト近郊に敵機が襲来することはなかったが、あのときの経験は体に沁み込んでいる。「女性や子どもたちに意図的に爆弾を落とすなんて、まったく理解できないし、これほど邪悪なことはないと思った」と彼はのちに述べている。

しかし、そのときは翌日の早朝までに長官の求める情報を集めなくてはならなかった。気のとがめを感じている暇などなかった。「マクナマラの命令は神の命令みたいなものだった」

パトリシア

エルズバーグは統合参謀本部の作戦室に急いだ。部屋に入るとベトナムの米軍司令部につながる直通電話の置かれたデスクがあった。ワシントンの深夜はサイゴンの朝遅くだ。電話には米軍の大佐が出た。

「血が要るんです」エルズバーグは大佐に言った。

ベトナムでは流血に事欠かない。大佐は、最近ある村でベトコン戦士のグループが村長の腹を村民全員の前でかき切った事件を教えてくれた。ベトコンはそのあと村長の妻子も殺したという。

「それです！　まさにそういうのが聞きたいんです！」エルズバーグは受話器に向かって叫んだ。「そういう話がほしい！　もっとほかにも。そういう話、まだありますか？」

エルズバーグは夜通しデスクの前にいた。朝四時に大佐から電話が入り、最新情報をもらった。最近ベトコンに殺されたアメリカの軍事顧問の遺体が、鎖につながれて路上を引き回されたようだという。

「いいですね！　もっと教えてください」と言いながらエルズバーグはメモを取った。「すごい！　これだ。もっとあります？　そういう話、ほかにありませんか？」

六時半、エルズバーグは紙の束をひとまとめにして自分のオフィスに取って返した。そして速報を一枚書き上げるごとに、マクノートンの秘書に手わたしていった。マクノートンはタイプライターで清書する秘書の肩越しにそれを読んだ。最後のページを秘書が打ち終えると、マクノートンは書類の束をつかんで廊下に出て、国防長官のオフィスに走った。

その日の午前中にホワイトハウスから戻ってきた長官は、いい仕事をしてくれた部下に礼を言ってくれ、とマクノートンに言った。

のちにエルズバーグは当時をふり返り、こう言うことになる。「あの夜、僕は人生で最悪の仕事をしたよ」

＊

数日後、ジョンソンは、ベトナムに徹底した爆撃をおこなう〈ローリング・サンダー作戦〉を正式に承認した。

「とうとう北を爆撃するのか」ジョンソンは国防長官に向かってうなるような声で言った。「一線を越えたな。負けるようなまねはしたくないが、勝ち目があるようにも思えない」

これが、ジョンソン大統領がベトナム戦争で初めて実施した大々的エスカレーション〈戦争の段階的拡大〉だった。彼は、爆撃がはてしなく続くことを国民に説明しない道を選んだ。二月一七日、ジョンソンは国民に向かってこう言った。「我々は戦争を拡大させません」

その後の三年半、アメリカの飛行機は一日平均八〇〇トンの爆弾を南北ベトナムの攻撃目標に落とした。それでも物資や兵士は、ホー・チ・ミン・ルートを通って北から南に流れつづけた。

「無残にも、我々の形勢は加速度的に不利になっている」。〈ローリング・サンダー作戦〉が開始されてまもなく、マクナマラはある文書でそう警告した。爆撃のみでは流血を止められない。ホー・チ・ミン・ルートの大部分は密林に覆われており、空からの攻撃は難しい。それにベトコンの軍用品はもっぱらソ連と中国の工場から流れてきている。が、ソ連や中国の工場を爆撃するという選択肢はない。第三次世界大戦を勃発させるのが目的でない限りは。考えうる別の手は地上部隊を送り込むことだ。

三月上旬、ベトナム派遣軍司令官のウィリアム・ウェストモーランド将軍が、ベトナムに海兵の大隊を二隊送るよう求めてきた。ベトナム中部、ダナンにあるアメリカの軍用飛行場を守るためである。

「たぶんほかに道はないんだろうな」とジョンソンは言った。「死ぬほど怖いが」

海兵隊員の人数は約三五〇〇名と少なかった。しかし、これが状況を大きく変える節目になった。アメリカの戦闘部隊が初めてベトナム戦争に派遣されたのだから。

海兵隊員派遣の命令がマクノートンのデスクに届いたとき、エルズバーグはちょうどペンタゴンのオフィスにいた。

「ちょっと待てよ！　海兵隊員を送るのか！」エルズバーグの耳に隣室で叫ぶボスの声が聞こえた。「これでもう絶対に手を引けなくなる！」

＊

一九六五年三月八日、アメリカの海兵隊員がバシャバシャと音をたてて浅瀬を歩き、南ベトナムはダナンの浜辺に上陸した。戦争映画のワンシーンみたいだが、敵の砲火はない。海

1　インサイダー
パトリシア

1965年5月。ベトナムのジャングルを偵察中の兵士たち。

兵隊員たちが水をしたたらせて砂浜に上がると、現地の女子学生が歩み寄って赤や黄色の花でつくったレイを彼らの首に掛けた。

兵士たちは到着したその日にたこつぼ壕を掘り、安全を確保するため、砂を詰めた袋を壕のまわりに積み上げた。そんな海兵隊員の一人、フィリップ・カプートは、やることなすことすべてが新たな訓練のようだと思った。二三歳の少尉カプートは双眼鏡を取り出して、米軍基地の塀のむこうに広がる景色を観察した。

ヤシの木と竹の美しい木立。カゴを下げた長い棹を肩に掛け、水田の脇を歩いてゆく女たち。水牛の背に乗った少年。

「さんざん聞かされてきた戦争はどこにあるんだ?」とカプートは思った。

＊

アメリカでは、派兵後すぐに反戦運動が高まった。

四月、〈民主社会のための学生連合〉という組織の気運が高まり、メンバーたちがホワイトハウス前で集会を開くことになった。二七歳のジャーナリスト、パトリシア・マークスはバッグに荷物を詰め、ワシントンに飛んだ。ベトナム戦争への初の大規模な抗議運動を現場で取材したかったのだ。

パトリシア

パトリシアは黒髪のほっそりした女性で、ニューヨークで毎週放送されているラジオ番組〈パトリシア・マークス・インタビューズ〉のホストだった。政治、科学、芸術分野の著名人と掘り下げた対談をするという、夢のような仕事である。

「学ぶのがすごく好きだったの」とパトリシアは言う。「いろいろな考えを聞くのが大好きだった」

ワシントンへは仕事でたびたび足を運んだ。じつは前回行ったときに、ダニエル・エルズバーグにも会っていた。あるパーティで友人から面白そうなゲストを何人か教えてもらったのだ。

「彼には近寄らないで」友人がエルズバーグを指して言った。「頭脳明晰だけど危険人物よ」それは彼が離婚したばかりで何人もの女たちとデートしている、という意味だとパトリシアは解釈した。

パトリシアとエルズバーグは短く言葉をかわした。エルズバーグがデートに誘うと、パトリシアは断った。

「面白い人だと思った」これが、エルズバーグに対するパトリシアの第一印象だ。「でも、一目惚れとかではなかったのよ」

しかし、彼女はエルズバーグのことを忘れなかった。今回、反戦集会を取材するために再びワシントンを訪れたパトリシアは、姉が開くディナー・パーティにエルズバーグを招こうと決めた。エルズバーグは二度目のチャンスに飛びついた。パーティの開かれている家に彼が入るやいなや、二人の人生は変わった。

「私がドアを開けたの」とパトリシアは言った。「一年ぶりで、たいしたつながりもなかったけど、彼のブルーの瞳になんとなく光が当たって。あんな青い目、見たことがなかった。それから彼が家に入ってきて、私はその場で『わあ！』と思った。で、メロメロになった」

エルズバーグもまた彼女に夢中になった。「とても素敵な目だと思ったよ。緑色でほんの少しだけ目尻のほうに寄っていて。あの目には勝てなかったな」

パーティのあと、エルズバーグはすぐにオフィスから彼女に電話をかけた。

「明日、休みなんだ」ワシントン名物の桜が咲いている。一緒に見にいこう、と誘った。

「無理ね」とパトリシアが返した。「ラジオ番組の取材で平和集会に行くから」

少しだけ抜け出してピクニックできないかとエルズバーグは訊いた。

できない、と彼女は答えた。インタビューしたり、スピーチを録音することになってるから。でも、集会に来てテープレコーダーを持ってもらうことはできるわね。

「ようやく休みが取れて戦争から解放されるって日に反戦集会に誘わないでくれよ。ペンタゴンに来て八か月で初めて取れた休みなんだぞ！」

「まあとにかく私はそこにいるから。来てもらうのは歓迎よ」

1 インサイダー

パトリシア

*

反戦集会の行われる一九六五年四月一七日、エルズバーグとパトリシアはワシントン記念塔に向けて一緒に歩いた。青空が光り輝く暖かい春の朝で、ナショナル・モールのピンク色の桜が満開だった。

記念塔のふもとには抗議者が何千人も集まっていた。反戦スローガンを書いた旗を振っている者が大勢いた。ホワイトハウスに向かって行進が始まると、パトリシアは彼らのシュプレヒコールを録音しようとマイクを持ち上げた。エルズバーグは、ばかばかしいほど場違いだと思いながら、デート相手の重いレコーダーを抱えて、あとから小走りについて行った。

ホワイトハウス前のラファイエット広場に着いたときには群衆が予想以上に膨れあがり、二万五〇〇〇人ほどになっていた。この集会は全国的なニュースとなり、新聞社のカメラマンが殺到し、テレビカメラもたくさん設置されていた。エルズバーグはつとめて顔を隠すようにしていた。

明日のワシントン・ポストに写真が載らないといいな、これはちょっと説明に困りそうだ、と思いながら。

スピーチが始まると、エルズバーグはベトナム爆撃と海兵隊派遣に抗議する意見に聴き入った。集会の解散後には、戦況のゆくえを確認するためペンタゴンに向かった。

パトリシアは友人たちから詰問された。「よくもまあベトナムの仕事をしてる人とデートできるね?」

政治以上のものがあるのだとパトリシアは説明しようとした。「たしかに彼はペンタゴンの人間で、私は戦争に反対してたけど、彼には才気と勇気と誠実さがあると思ったの」

パトリシアは翌日もエルズバーグと会う約束をした。翌日は日曜日。エルズバーグはパトリシアを愛車に乗せてワシントンの市外、メリーランドの公園に連れ出した。桜の花の下に座ると、エルズバーグは籐バスケットからパンとチーズとワインを取り出した。食事を終えて桜の木の幹に背をもたせかけると、パトリシアがそのひざに頭をのせた。二人は長いあいだ話していたが、ついにエルズバーグが背を丸めてパトリシアにキスをした。

「翌朝」エルズバーグはそのときのことを回想する。「運転しながらロック・クリーク・パークウェイをペンタゴンに向かって走っているころにはもう、彼女に恋してると気づいたよ」

限定的な攻勢作戦

ダナンに着いてから約六週間後、カプート少尉と配下の兵七名は、ライフル銃を両膝のあいだに立ててヘリコプターの座席に座っていた。眼下には青々とした丘陵斜面を蛇行するトゥイ・ロン川が地平線のはてまで伸びていた。戦闘の初日だった。

海兵隊が初めてダナンに着いたときに受けた命令は明確だった。「米国海兵隊は絶対に、繰りかえすが絶対に、ベトコンとの日々の戦闘に従事しないこと」

それが三週間続いた。敵が優勢になってくると、統合参謀本部は任務の幅を広げたいと大統領に許可を求めた。米軍基地を守るだけではなく、「限定的な攻勢作戦」と呼ばれる任務に従事したいと訴えた。ジョンソン大統領はそれに同意した。

草ぼうぼうの空き地にヘリが着陸すると、兵士たちは飛びおりてかがみ込み、渦巻く葉むらの下に頭を隠した。別のヘリがそばに着陸した。カプートはすぐに兵士たちを空き地から鬱蒼とした森の中に移動させた。入った途端、あたりが暗くなった。ヘリが飛び立つとカプートは小隊を集め、ベトナム戦争で米軍が実施した最初期の偵察のひとつを開始した。

彼らの任務は近隣の村まで行軍し、ベトコンの戦士と武器を探し出すことだった。兵士たちは一列縦隊になり、川に沿ってのびた狭く泥だらけの道を歩いた。片側は鬱蒼たる森だった。もう片方は茶色く濁った川で、そのむこうに背の高いガマと竹がもつれながら繋っていた。聞こえてくるのは川のせせらぎと森に棲む生きものの声だけだ。

「のどかな静寂なんてものじゃなかった」とカプートは回想する。

行軍を一時間続ける。空気がじっとりと湿って、まるで水底を歩いているような気がしてくる。川沿いのくねくね道を行く偵察が、しだいに悪夢の様相を呈しはじめる。ベトナム戦争を経験した兵士にはおなじみの感覚だ。まわりに何かいるような気がするが、それが何だかわからない。暴力的なことが今にも起きそうな感じが常にあって、いっそ起こってくれ、耐えがたい緊張を解くために、とまで思う。

すると突然、森のどこかから機関銃のすさまじい掃射が起こる。兵士たちはぬかるんだ地面に突っ伏して、木々に向かって撃ちかえす。地面に胸を押しあてたカプートの心臓はドクドクと脈打っている。

やがて敵の掃射がやむと、カプートは兵士たちを立たせて行軍を続けた。これが午前中一杯続いた。暗い森からの突然の掃射とそのあとに続く静寂。ヘリの着陸ゾーンから、探索に行くことになっている小さな村まで、五キロほどの道のりを歩くのに四時間かかった。

泥だらけの道沿いには藁《わら》葺き屋根の小屋が二〇軒ほどあった。年老いた男女が数人と、幼子を抱えた母親が数人。若い男はいない。武器もない。

着陸ゾーンまでの復路は午前中と同じ行軍を繰りかえした。えんえん続く静寂の中、時折、見えない敵から弾丸を浴びせられる。米兵も撃ちかえすが、何かに当たっているのかどうかもわからない。

「まるで森に撃たれている気分だった」とカプートは当時を振りかえる。

その日の午後遅く、汗びっしょりで軍服を黒ずませた男たちは、荷物の重みで肩に痛みをおぼえながら、ヘリに飛び乗ってキャンプに戻った。自分たちは何かを成し遂げたか。いや、たぶん何も成し遂げていないだろう、と思いながら。

＊

エルズバーグとパトリシアはその春、ほぼ毎晩会うようになった。朝早く、エルズバーグはパトリシアがジョージタウンに借りているアパートから車でペンタゴンに向かった。

しかし、エルズバーグのプライベートがようやく上向きになってきたいっぽうで、ベトナムの状況は日増しに悪化していた。エルズバーグは自分のデスクでウェストモーランド将軍から届いた電報を読んだ。共産軍によってベトナムは中部の高地で真っ二つに分けられそうになっている、ダナンの海兵隊はよくやってくれてはいるが大きな成果を上げるにはあまりに数が少ない、南ベトナム軍は支援がなくてはそう長くもたないだろう、と将軍は警告を発していた。

アメリカが巨額の財政支援をするので南ベトナムから撤退してほしいと、ジョンソンは北ベトナムに訴えた。ホー・チ・ミンはその申し出を断った。まずアメリカが爆撃をやめ、南ベトナムから米軍を撤退させる、重大な交渉を始めるのはそのあとだというのがホーの主張だ。

ジョンソンは腹を立てたが現実をわかっていた。「私がホー・チ・ミンなら絶対に交渉しないだろう」とこっそり言ったのだから。ホーの軍隊は勝っている。取引する理由がどこにあろう?

プレッシャーが高まるにつれ、ジョンソンが怒りを爆発させることが増えた。四月にフィラデルフィアを訪れたカナダの首相レスター・ピアソンが、アメリカはベトナムで交渉による決着を図る努力をもっとしたほうがいいのではないかとほのめかすスピーチをしたところ、大統領の怒りに火がついた。この言葉を読んだジョンソンは、メリーランド州の田舎にある大統領の別荘、キャンプデイヴィッドで会いたいとピアソンに申し出た。ピアソンが現れるや、ジョンソンは例の「あしらい」で首相をぎょっとさせると、背広の襟をつかんでこう叫んだ。「ひとの国に来てケチをつけんでくれ!」

*

「アメリカは必ず勝つと言えるのか？」とエルズバーグは目の前で聴き入る学生たちに問いかけた。「言えない。が、努力せずにやめるべきだろうか？」

エルズバーグの仕事に新たなものが加わった。大学での戦争擁護だ。アメリカがベトナムで戦うことがなぜこれほどまでに重要なのか学生たちに理解してもらいたかった。「僕は、アメリカの介入を、世界中で起きている共産主義との対立という文脈で見ている」とエルズバーグは自分の考えを述べた。「僕も同僚の官僚たちの大半も、冷戦という視点で考えている」

それは、自分がさほど内部に食い込んだ人間ではないという、何やら落ち着かない発見をする時間でもあった。彼でさえ知ることを許されていない秘密の層というものがいくつもあるのだ。

ジョン・マクノートンのペンタゴンのオフィスには特別な書棚があり、最高機密の電報や報告書が三穴バインダーにとじて保管されていた。書棚にはキャスターがついていて、マクノートンは毎晩、クロゼットほどの大きさの金庫にそれを入れ、鍵を閉めていた。エルズバーグは彼のオフィスに入ってさまざまなバインダーを見てもいいと言われていた。その中に、「ベトナム　マクノートンのみ閲覧可」というラベルのついたバインダーが一冊あった。

さまざまな文書に押されたスタンプをエルズバーグはいつも無視していたが、このバインダーに関しては、「本当に閲覧不可」だとボスに言われていた。

見るなと言われても、そう簡単に我慢できるものではなかった。なにせエルズバーグは金庫の暗証番号を知っていたのだから。そのバインダーの中身を知りたくてしかたがなかった。「政治学のアインシュタインになりたい。危機がどんな影響を及ぼすのか、政府がどう対応しているのかを知りたい」と、デートし始めたころ、彼はパトリシアにそう漏らした。

夜ごとエルズバーグは、禁じられた文書に触れることのできる状態で、マクノートンのオフィスに一人いた。夜ごと彼は誘惑に抗っていた。

*

六月七日、マクナマラ国防長官は、かねてから恐れていた知らせを受けとった。「東南アジアの紛争はより高い段階に進みつつあります」とウェストモーランド将軍からの知らせにはあった。爆撃も海兵隊も敵の勢いに対して目立った成果を上げておらず、一九六五年にベトナム駐留米軍を二〇万人に増やしたいと言ってきたのである。それでも人的損害を防ぐだけの数でしかない、近い将来もっと増強せねばならないだろうと将軍は訴えていた。「国防総省時代の七年間に受けとった何千通という電報の中で、私が最も動揺した電報だった」とのちにマクナマラは語っている。「どの道を選ぶか、もはや決断を先延ばしにできないところまできていた」

アメリカは覚悟を決め、ベトナムで大々的な地上戦に打って出るべきか? これがアメリカ史上きわめて重大な議論のひとつになることがいずれわかる。そんな議論がまったく秘密裡に行われたのである。

「今、大統領はきわめて重大な決定をせねばならない局面に向き合っておられます」と国務次官補ジョージ・ボールはジョンソン宛の文書でこんな助言をしている。「多数の米兵を直接の戦闘に送り込むことになれば、大きな人的損害をこうむるようになるはずです。あからさまな敵意はなくとも非協力的な農村地帯で戦う用意のできていない戦争です。

犠牲者が多数出ると、引きかえせないプロセスが始まってしまうでしょう。介入の度合いがあまりにも大きくなり、我が国は、屈辱を受けることなく、目的の達成を思いとどまることができなくなります。目的を達成するか、屈辱を味わうか、可能性は二つにひとつですが、私は、たとえ莫大な代償を払ったとしても、目的を達成するよりは屈辱を味わう可能性の方が大きいと考えています」

ジョンソンの内輪の者以外、この助言を読んだ者はいなかった。というか、この進言はエルズバーグが見るなと言われたバインダーに綴じられていた。

たとえアメリカが大きな地上部隊を送り込んでも最終的にはコミュニストがベトナムを手

中に収めるのを防げないだろうと、ＣＩＡがジョンソンを戒めたことも国民は知らなかった。要するに敵は、戦いが長期化してより多くの犠牲が出てもいいと思っている。「持って生まれた持久力は敵のほうがこちらより上回っている」とＣＩＡは進言したのだった。

状況は厳しく、選択肢が限られていることはマクナマラも承知だ。ジョンソン大統領に宛てた極秘文書で、彼は選択肢が三つあると書いている。

ひとつ目は「撤退し、これ以上損失を増やさない」

この選択肢は屈辱的だとマクナマラは釘をさした。冷戦でアメリカが負けたと世界中に見られるのだから、アメリカの威信に傷がつく。

二つ目は「現状維持」

この道を選べば状況は悪化の一途をたどるだろう。南ベトナムが崩壊に近づけば近づくほど、アメリカの介入度合いがどうしても大きくなるので、今後もさまざまな意思決定が必要になる。

三つ目は「ベトコンへのアメリカの軍事的圧力を今すぐ大幅に拡大する」

このやりかたでいくと短期的には敗北を免れるだろうが犠牲が大きい。マクナマラはこの選択肢のデメリットを単刀直入に列挙した。「戦争が段階的に拡大するリスクがあり、多くの犠牲者が出て、勝利なき戦争がおそらく長期化する」

どの選択肢もひどい、とジョンソンは思った。

「彼には戦争する気も、する勇気もなかったんです」ジョンソン大統領夫人クローディア、通称〝レディ・バード〟は、夫がベトナムに対して抱いていた思いを後年そう語った。「彼が望んだ戦争ではなかったのよ。夫が取り組みたかったのは貧困や教育や医療の問題です。自らの人生を捧げる価値があるのは、そういう問題だと思っていました」

大統領が夜間にホワイトハウス内を歩きまわるようになったとき、夫のストレスが新たなレベルに上がったと夫人は思った。

ナイトガウンにスリッパ履き、懐中電灯を手にしたジョンソンは、夜ごとベッドルームを抜け出して地下の危機管理室に歩いていった。そんな時間に何ができるわけでもないというのに。しかし、悪夢にうなされるよりは、まだしもそのほうが落ち着いたのだろう。

「最初からわかっていたよ、どちらを選んでも責めさいなまれるはずだと」当時残されていたひどい選択肢について、のちにジョンソンはこう語っている。ベトナムで戦争をすると決めてしまうと、自分が思い描いていた国内政策にまわす財源から湯水のようにお金を使うことになる。それは戦争以上に恐ろしいことだとジョンソンは思った。

「『偉大な社会』が失われると思うとゾッとしたが、アメリカがコミュニストとの戦争に負けて、その責任を問われることに比べたらまだましだ。なんと言っても最悪なのは戦争に負けることだ」とジョンソンは補佐官に言った。

ホワイトハウス内を歩きまわったあと、ようやくベッドに戻ると悪夢が戻ってきた。

「毎晩眠りに落ちると、体を縛られ、だだっ広い地面の真ん中に転がっている自分が夢に出てきたものだった。はるか彼方に大勢の人間の声が聞こえる。みんな何かを叫びながら私に向かって駆けてくる。『臆病者！　裏切り者！　弱虫！』と言いながら近づいてくる。そして石を投げはじめる。その瞬間にたいてい目覚めるんだ、ガタガタ震えながら」

戦争突入

エルズバーグはその日も遅くまで仕事をしていた。マクノートンのオフィスは暗く、壁につくりつけた金庫の扉が開いていて、そこからかすかな光が漏れているだけだった。その日の仕事を終えたエルズバーグは、ボスの秘密の書棚を金庫まで転がしていった。

しかし、彼は扉を閉めなかった。

「もう我慢の限界だった」とエルズバーグはのちに明かしている。

我慢できずに「マクノートンのみ閲覧可」のバインダーを引っぱり出して開いた。激しい鼓動を感じながらページを繰った。ホワイトハウス特有の活字書体が並んだ文書が綴じてある。初めて目にするベトナムからの電報や、知らないあいだに開かれていた会議の詳細な記録だ。

数パラグラフ読んだところで自分を抑えた。バインダーを急いで書棚に戻すと、金庫の扉を閉め、暗証番号のダイヤルを回してロックした。

翌日、エルズバーグは再び考えを変えた。

その夜はボスがオフィスを出たときにエルズバーグもオフィスを出た。八時ごろだった。だが、そのまま帰宅しなかった。ペンタゴンのカフェテリアに行き、のろのろと時間をかけて夕食をとった。

そのあとオフィスに戻るとボスの部屋にはだれもいなかった。エルズバーグは中に入って電気をつけた。そして金庫の前に行き、ダイヤルを右や左に回して暗証番号の数字のところで止めてから、金庫のレバーを引いた。が、開かなかった。

エルズバーグはもう一度ダイヤルを回した。やはり開かない。今度は三回目。暗証番号に間違いはないはずだ。だれかが番号を変えたのだ、この二四時間のあいだに。

どうしてこんなに早くマクノートンにばれたのだろう？　バインダーを戻した場所が違っていたからか？　マクノートンがスパイ小説まがいのトリックをしかけたのか？　たとえば髪の毛がバインダーに挟んであったとか。だれかがバインダーをいじらなければ髪の毛は挟まったままだ。

翌朝オフィスに入るや、エルズバーグはマクノートンの秘書に呼び止められ、ボスにすぐ会いにゆけと言われた。

マクノートンはデスクで仕事中だったが、エルズバーグが入ると手元から目を上げた。「そのとき彼にこう言われたんだ」とエルズバーグは言う。「しばらく前から思ってたんだが、きみにこの仕事をさせておくのはもったいない」マクノートンはエルズバーグに別のオフィスの別の仕事を与えた。金庫については何も触れなかった。「僕がオフィスを去るときには、これ以上ないほど友好的に送り出してくれたね」

ばれた理由はついぞわからなかった。

＊

ジョンソン大統領は、ホワイトハウス閣議室の長い木製テーブルについていた。テーブルを囲んでいるのは閣僚と軍司令官たちだ。ベトナムについて決断を下すべきときが来ていた。「マクナマラ長官に依頼して、みなさんにお集まりいただいたのは、これから話す問題とその対処法について助言を願いたいからです」と大統領は口を開いた。ジョンソンはマクナマラの文書に挙がっている三つの選択肢の概略を説明した。それから軍司令官たちのほうを向いて質問した。「ウェストモーランドが求めていることをすべて承認したら、どうなると思います？」

確信を持って答えられる者はいなかった。

「彼が要求しているレベルまで派兵して陸海の兵力を増強すれば、少なくとも流れは変わり、これ以上劣勢にならないところまではいけるでしょう」と言ったのは空軍参謀総長のジョン・マコーネルだ。

「爆撃によって有意義で生産的な結果が期待どおりに出ているんだろうか？」と大統領。

「いえ、それはまだ」とマコーネルが返した。

「ウェストモーランドの要求に応えれば、我が国が新たな戦争に入ることにならないだろうか？　飛び込み台からジャンプするようなことにならないだろうか？」とジョンソンは言った。

「となるとアメリカの政策が大きな転換を迎えることになります」とマクナマラが同意した。

「今までは南ベトナムに重荷を背負ってもらっていましたが、これからは我々が責任を持って充分な軍事的成果を上げねばならなくなる」

「最も望ましくない選択肢は撤退だ」と主張したのは陸軍参謀総長のハロルド・ジョンソン将軍だった。「二番目に望ましくないのは現状維持。一番よいのは、しっかり取り組んで仕事をやり遂げることです」

「だが、その仕事をどうやってやり遂げたものか」と大統領が返した。「二、三年で済むことではない。それを始めるのか、という話なんだが」北ベトナムは勝つためならいつまでででも戦おうと腹をくくっていると大統領は言い、ジョンソン将軍の顔を見てこう訊いた。「二〇年戦う準備はできているというホーの声明をどう思います?」

「きっとそうでしょう」と将軍。

ここで補佐官が、アメリカが南ベトナム支援に本腰を入れていることについて国民に異存はないとの世論調査結果を述べた。

「しかし、ビルから飛びおりると約束して、どれほど高いかわかったら約束は取り下げるだろう」とジョンソンは言った。

＊

マクノートンの取り巻きというポジションは失ったものの、エルズバーグはあいかわらず彼の部下のまま、七月二八日の午後、多くのスタッフとともにボスのオフィスのテレビ前に集まっていた。その場にいる者はみな、ジョンソンがウェストモーランドの要求に応じて二〇万への増兵を承認したのを知っていた。みな、大統領がそれを全国に伝えるところを見ようとしていたのだ。

「我々は門番になろうとしたわけではありませんが、ほかに守る者がいないのです」真昼の記者会見でジョンソンはそう述べた。「侵略行為の増大に対処するため、あとどのくらい兵力が必要か、私はウェストモーランド司令官にたずねました。そして彼から回答をもらいました。我々はこれからその要求に応えます。武力に打ちのめされるわけにはいきません。我々はベトナムで立ち上がります」

ベトナム駐留のアメリカ兵を一二万五〇〇〇人にまで増やす、と大統領は発表した。「必要に応じて」派兵を増やす、とも。

オフィス内でだれかが息をのむのが聞こえた。「何?」エルズバーグは今しがた聞いた言葉が信じられず、思わず声を上げた。「決定を変えたのか?」

静かにしろとマクノートンが手ぶりで示した。大統領声明の残りを聞きたいのだ。しかし、二〇万という数字は出てこなかった。これがどれほど重要な決定なのかについても言及されなかった。長期戦に積極的にかかわるという重大なコミットメントなのだが。

大統領と記者との質疑応答が始まると、エルズバーグは再び、土壇場で計画変更になったのかと問いかけた。

「自分で調べてみるといい」がマクノートンの答えだった。

エルズバーグは廊下に出て、統合参謀本部まで駆けていった。そして、派兵計画を担当する将官に、大統領が決定を変えたのかとたずねた。変更はされていなかった。ウェストモーランドのもとで戦う米兵は二〇万人になる予定だった。

短期的に見れば、ジョンソン大統領の演説は成功といえた。どちらかといえば控えめな軍事上のコミットメントに、議会も国民も胸をなで下ろしたのだから。

しかし長い目で見れば、ジョンソンの大統領としての地位は、この演説によって泥にまみれることになった。厳密には嘘をついていないとしても、戦争への大きなコミットメントをあえて控えめに告げたのは明らかだ。ベトナム戦争はそうすぐには終わらないと、国民が気づきはじめたらどうなるか？

統合参謀本部議長のアール・ホイーラー将軍は、大統領が危ないゲームをしていることに気づいていた。「もっとよいやりかたがあるんじゃないか、アメリカは戦時下なのだ、よくある軍事的冒険をしているのではないと国民に周知したほうがいいのではないかと軍部は思っていました。よくある軍事的冒険になるはずがないと私たちは思っていましたから」

＊

新しいオフィスには窓がなかった。エルズバーグはもう一人のアナリストと小さなスペースを共有し、デスクをくっつけ、顔を突き合わせて仕事した。つまり格下げということだ。ペンタゴンでキャリアアップする機会は消え失せた。

それでも彼は一年のあいだに多くを学んだ。政府内で実際どのようにものごとが決められているのか、国民はほとんど知らないことを悟った。だからといって、ことさら悩んだわけでもなかった。「大統領の嘘に我慢できないなら、大統領のもとで働かなければいいんだよ」彼にとっての悩みの種は、アメリカのベトナム政策が失敗していることだった。戦う価値のある戦争だと思っていたし、自分なら勝利に導く手立てを見つけられるかもしれないと思っていた。が、戦場から一万数千キロも離れた場所ではそれもかなわない。

そうこうするうち、突然パトリシアとの関係がぎくしゃくし始めた。パトリシアはある会議でドイツの詩人に出会い、帰ってきたかと思うと、その男がいかに頭脳明晰で素晴らしいかをえんえんしゃべり続けた。少しだけ惹かれていることを否定もしなかった。

「つまり、僕のことがもう好きじゃないんだと僕は受けとった」

過剰に反応しているとパトリシアは言ったが、エルズバーグが心を閉ざしてしまったのが彼女にはわかった。

エルズバーグはパトリシアといると、この生きかたでもいいのだと思うことができた。彼女を失うなら、ワシントンに居つづける意味はない。

ベトナムに行こうと決心したのはそのころだ。

死傷者比率

ベトナム戦争最初期の戦闘任務で小隊を率いた若き少尉、フィリップ・カプートは、ダナンの米海兵隊本部にある上級将校のテントに入っていった。カプートは友人たちが撃たれたり、地雷で体をバラバラにされたりするのを見てきたが、一九六五年の夏に新たな任務、より安全な任務につくよう言いわたされた。そんな仕事をしたいと思ったことはなかったが。

「死亡者の記録係だった」と彼はのちに書く。

ベトナムらしい、うだるように暑い日、カプートは壁に掲げた表の前に立っていた。アセテート板に油性鉛筆で書かれた数字の列が示すのは、戦闘で死んだり負傷したりした米兵と敵兵の数だ。カプートは両手と鼻から汗をしたたらせながら、最新の数字に書き替えていった。

「数字はいつのものだ？」と大佐が訊く。

「今朝のものです」とカプートが答える。

「いいだろう」偉い将軍がこれからブリーフィング〔事前説明や打ち合わせのこと〕にやって来

る、と大佐が言った。だから統計は最新のものでないと。

この戦争でのアメリカ側の戦略は、兵器の優れた破壊力に頼ること、充員が追いつかないほどの速さで敵兵を殺すことだった。成功は陥落させた領土ではなく数字で測られた。「ボディ・カウント」とは殺した敵兵数のこと。何より重要なのは「死傷者比率」、すなわち米兵の死傷者数に対して敵兵が何名死傷しているかという比率だった。死傷者比率の高い状態が長く続けば、最終的に敵は断念するとウェストモーランド将軍は信じていた。

基地に運ばれてきた死体を検分し、死亡者数を確認するのもカプートの仕事だった。アメリカ人なら死に顔をファイルの写真と突き合わせればいい。顔がなければ歯の記録に頼る。だがベトナム人死者の確認は、はるかに難しい。ベトコンか、不運な民間人か、どうやって判別すればいい？　どちらかわからないとき頼りにしたのは、上官に教わったこんな不文律だった。「死んでいるのがベトナム人なら、そいつはベトコンだ」

その日はベトナム人死者が四名、トレーラーで運び込まれてきた。カプートは、ずたずたになった死体を数えて埋葬に回した。すると大佐から、今日来る将軍に死体を見てもらいたいという指示が返ってきた。進捗を目に見えるかたちで示したいのだ。

カプートはトレーラーをキャンプに戻させた。そして死体がまだ四人分あるのかどうかを確かめた。手足がばらばらで四人かどうかもわからない。トレーラーの荷台には、流れ出た血液や脳の描いた筋がついている。

「将軍がこれをご覧になるなら、トレーラーにホースで水をまいたほうがいいです」とある海兵隊員が提案した。

近くのテントで将軍がブリーフィングを聞いているあいだ、カプートと下士官たちは荷台に水をまいた。そして、それを傾けて汚れた水を捨てた。テントを出た将軍がこちらにやって来たので、カプートは敬礼した。将軍とそのうしろを歩く高級将校たちは、トレーラーのそばを通るときに中身をちらっと見た。

「血の色をした水がトレーラーの下から細く流れ出て地面に沁み込んでいた」とカプートは回想する。「高級将校たちは、自分のぴかぴかのブーツを汚さないように、その流れを注意深くまたいでいた」

*

一九六五年一一月上旬、ホワイトハウスの大統領執務室前には米軍の司令官たちが集まっていた。統合参謀本部の面々と一緒にそこで待っていたのは、若き少佐チャールズ・クーパーだ。彼は厚さ二センチほどのベニヤ板に貼りつけたベトナムの地図を抱えていた。

クーパーは司令官たちから地図を用意するよう頼まれたのだった。板が重いので執務室にイーゼルを用意しておいてほしいと事前に電話しておいた。地図をイーゼルにセットしたら

死傷者比率

廊下で待っていればいいと思ったのだ。

補佐官が執務室前で待っている者たちを招き入れた。室内にはジョンソン大統領がいた。イーゼルはなかった。

「少佐、入ってくれ」と大統領がクーパーに声をかけた。「ここに立っててくれればいい」

部屋の真ん中に立ったクーパーはこう思った。「こんな重いものを持たされるとわかっていたら、薄い板にしたのに」

「よく来てくれた」とジョンソンは司令官たちに言った。「今日はどんな情報を?」

「今日はですね、大統領」と口火を切ったのは統合参謀本部議長のアール・ホイーラー将軍だ。

「重々承知のうえで、かなり難しい決定を要することをこれから申し上げます」

端的に言ってアメリカが今ベトナムでしていることは上手くいっていない、とホイーラーは説明を始めた。ベトナム駐留の米兵は二〇万になろうとしているが、敵は小さなグループに分かれ、起伏に富んだ山や森の中を身を隠して移動し、戦況に順応している。個々の戦闘では米軍が勝っているし、死傷者比率も良好で、米兵一人に対しベトナム兵が約二・五人だ。しかし、敵はやすやすと新たな兵士を補充している。しかも、我々は領土を拡大しているわけではない。米軍がある地域から出ていくや、ベトコンが舞い戻ってくるからだ。成果は上がっていない。さらによくないのは、アメリカが勝利につながりうる戦略もなく戦っていることだ。

クーパー少佐が抱える地図を指しながら、ホイーラーはより強気の選択肢を提示した。北ベトナムの港を機雷で爆破し、ソ連や中国の船が軍用品を運び込めないようにする案だ。ハノイは大規模爆撃で打ちのめす。これらのステップを踏めば、北ベトナムの指導者たちもいやおうなしに考えを改めるだろう、とホイーラーは言った。

「北への供給を断つのか」とジョンソンは言った。「北への支援を阻み、爆撃をしかけて、やつらを石器時代に戻そうというのか」

「何もそこまでは言っていませんが」と空軍参謀総長のジョン・マコーネルが返した。「むこうを懲らしめなくてはなりません」

ジョンソンは他の司令官たちに顔を向けた。このプランに、ソ連や中国とのあいだに緊張が高まるかもしれない危険なプランに、賛成かどうかを知りたいのだ。

全員が賛成だった。

「きみたちのたわごとで私に第三次世界大戦を始めさせるつもりか！」とジョンソンが大声を上げた。「この肩に自由主義諸国の重みがのしかかっているのに、きみらは私に第三次世界大戦を始めてほしいのか？」

クーパーによると、ジョンソンは軍人たちを叱り飛ばし、怒り狂って「ブートキャンプの海兵隊員よりも遠慮なく」ファックを連発したという。司令官たちはあっけにとられて押し黙っていた。歴代大統領が軍の高官にそんな口のききかたをしたことなどなかったからだ。

ようやく冷静さを少し取り戻したジョンソンは、自分の身になってほしいと司令官たちに言った。

「きみたちが私だったら――きみたちが合衆国大統領だったら、どうする?」

「あなたの身にはなれません、大統領」気分をひどく害したホイーラーが答えた。

「正直なところ、だれにもそれはできません。あなたが、ご自分で、お決めになることです」

ジョンソンの顔に怒りがふつふつと湧き上がるのがクーパーにはわかった。大統領はまた爆発しそうになっていた。

*

ダニエル・エルズバーグは一九六五年の秋のほとんどを、サイゴン市外の田舎道を跳ねながら走るオフロード車の助手席で過ごした。思い切り飛ばして運転するのは、退役した陸軍大佐で今は政府の民間顧問として働くポール・ヴァンだ。片手でハンドルを握るヴァンは、もう片方の手にAR - 15ライフル銃を抱え、開けたウィンドウから外に差し向けていた。スペアの銃弾を肩から垂らし、ベルトには手榴弾をいくつもつけていた。

「人目を引かない車一台だけで、スピードを上げて、日中不定期に走るのが一番安全だ」とヴァンは言った。

ベトナム戦争を勝利に導きたいというエルズバーグの決心は変わっていなかった。今は国務省に雇われて、非軍事的にコミュニストに勝つ方法を探るチームの一員になっていた。目標は南ベトナムの民衆の「心」を勝ちとること。ホー・チ・ミンではなくアメリカ側につくほうが、よい暮らしができると民衆に納得してもらうこと。ベトナムに着いたばかりのエルズバーグは入口に守衛のいるエアコンつきアパートをサイゴンであてがわれた。が、そんな快適な場所ではたいしたことは学べないとすぐにわかってきた。サイゴンの外に出て、戦闘のある場所に行く必要があった。連れていってやろう、と申し出てくれたのがヴァンだった。

エルズバーグとヴァンは六週間以上かけて、サイゴン周辺のすべての省に車で出かけた。一番危ないのはベトコンが道端に埋めた地雷だとヴァンは言った。道端の有刺鉄線をいつも観察してろ。端っこがまだ錆びておらず光っていたら、そこは最近切り落とした部分だと教えてくれた。

村に車を入れると、必ず子どもたちが車のまわりに笑顔で寄ってきて、知っている英語で呼びかけてくる。

「オーケー！　オーケー！」

「ハロー！」

1　インサイダー

死傷者比率

「ナンバーワン！」

　エルズバーグの脳裏に自分の息子と娘の姿がふいに浮かび、一緒に暮らしていたころの記憶がよみがえる。ベトナムから出した手紙に彼はこう書いている。「その日の仕事を終えて帰ると、子どもたちが僕に向かって駆けてきて、よじのぼってきたのを思い出す。すると気分ががらっと変わったものだ」

　ヴァンは村々をまわりながら、あれが最近ベトコンに攻撃されて壊れた建物だと指差しながら教えてくれた。村には民兵たちがいるけれど、ベトコンとは戦いたがらないとヴァンは言った。村人が共産軍の味方だからではない。自分たちがベトコンほどたくさん武器を持っていないから怖いのだ。地域を偵察して守るはずの南ベトナムの大きな軍隊でさえ、敵を避けていた。

「夜に活動しているのはベトコンだけ」だとエルズバーグは理解した。「夜はベトコンのものだった」

　その日の午後遅く、両側に藁葺き屋根の小屋が建ちならぶ未舗装の道を走っていると、村人が恐れおののいた表情をしていることにエルズバーグは気づいた。数分後、車は、ぶかぶかの黒ズボンをはいた若い男たち十数人のそばを通りすぎた。

「ほぼ間違いない、今きみが見てるのはベトコンの分隊だ」とヴァンが言った。

　エルズバーグは写真を一枚撮った。

ヴァンによれば、死んだアメリカ人を引きわたすと、ベトコンの司令官から褒美をたんまりもらえるのだという。

エルズバーグはカメラをおろした。

「今しばらくは大丈夫さ。むこうはこのあと僕たちに会うとは思ってないし、何か行動を起こすまでには数分かかるから」

ヴァンは車の向きを変え、もと来た道をゆっくり戻りながら村の中心部を抜けていった。

「最終的には、あそこにいた人間のだれか一人が、アメリカ人を一人殺して二万ピアストル〔南ベトナムの旧通貨単位〕と金メダルをベトコンからもらおうと考えはじめるだろう」

でも、あの村の人たちはいつもとても友好的に見えるけどな、とエルズバーグは言った。

「友好的だよ」とヴァンが返した。「アメリカ人一人ひとりのことは嫌ってない、ベトコンが占拠してる村であっても」だけどだまされるな、助けてもくれないからな、とヴァンは念を押した。みんなほんとにベトコンを怖がってるんだ。

「今こっちに向かって笑顔を見せてる人たちだけど……僕らが一〇メートルほど行った先で、ベトコンがゆうべしかけた地雷に吹っ飛ばされるだろうと知ってても、やっぱり同じようにニコニコしてるんだよ」

エスカレーション

すべてが始まった夜にトンキン湾上空を飛んでから一年と少したったとき、ストックデール中佐は撃墜された。北ベトナム上空で爆撃航程に入っているときに対空砲火で飛行機を破壊されたのだ。ストックデールは機内から脱出し、小さな村めがけてパラシュートで降りたのだが、未舗装の道に落ちて左足を骨折した。

数分とたたないうちに、村人の大人や子どもたちが叫び声を上げてストックデールに走りより、彼を殴ったり蹴ったりし始めた。米機が低い音をたてて空を飛んでいるのが聞こえたが、ストックデールは痛みで気を失った。仲間が探していたのだろう。

「そんな危険をおかす必要ないぞ」とストックデールは思った。「私だけで充分だ」

ストックデールは折れた足のままジープの狭い後部座席に詰め込まれ、夜通し移動させられた。痛みで叫び声を上げるたびに、前に座った兵士たちがぶつぶつ文句を言った。たぶんベトナム語で「黙れ」と言っていたのだろう。

翌朝、兵士たちはストックデールを道端の建物に運び込み、セメント板の上に寝かせた。

白い医療用マスクをした小柄な男がやって来て、ストックデールの腫れて変色した足を見つめた。男は医者用のバッグから、長いのこぎりを引っぱり出してきた。

「嫌だ！　やめてくれ！」とストックデールは叫び、いきなり立ち上がった。

外科医は肩をすくめて、のこぎりを置いた。そして注射器に透明の液体を入れてストックデールの腕に打った。ほぼ瞬間的に意識が遠のいた。再び目覚めたとき、自分の左足がまだあり、腰からつま先までギプスをはめられているのを見たストックデールは胸をなでおろした。その後ハノイに車で連れてゆかれ、ストレッチャーに載せてホアロー収容所に運び込まれた。アメリカ人捕虜が冗談まじりに苦々しく「ハノイ・ヒルトン」と呼ぶ捕虜収容所だ。アルバレスはまだそこにいた。そのほかにも米機パイロットが一五名ほど収容されていた。

凍えそうに寒い監房で、ストックデールは「タップコード」を使い、仲間と巧みにコミュニケーションを取った。タップコードとは、アルファベット二六文字を五行×五列に並べたコードである。最初の行はAからE、二行目はFからJ、という具合だ。KはCで代用する。何かメッセージを送りたいとき、捕虜は壁や柵を叩く。まず、何行目なのかを示す数だけトントン叩く。そして少し間を置いて、その行の左から何番目のアルファベットなのかを示す数を叩く。

「いつ――国に――帰れる――と思う？」とストックデールが隣の監房のパイロットに訊く。するとこう、答えが返ってくる。「こんどの――春」

彼らはそう信じなくてはならなかった。

＊

パトリシアはニューヨークのアパートに戻り、ラジオ番組の仕事を続けた。話し合いもせずにベトナムに行ってしまったエルズバーグに激怒していた。

それでも彼が発った直後から、互いに手紙は出し合っていた。ドイツの詩人についてエルズバーグは大げさに考えすぎている、それをわかってほしい、とパトリシアは思っていた。エルズバーグが理解したとはっきりわかったのは、その年の秋、郵便受けから一枚の葉書を取り出したときだ。葉書にはエルズバーグの筆跡で一行だけ、こう書いてあった。

「結婚してくれる？」

パトリシアはベトナムに飛ぼうと決心した。「ダンと結婚する心の準備ができたからじゃなくて、ダンと結婚する心の準備ができたかどうかを探る準備ができたから」だった。

クリスマス休暇を取ったエルズバーグは、パトリシアと二人でタイ、ネパール、インドをまわる旅に出た。「あんなにロマンティックな旅をしたのは初めて」とパトリシアは回想する。「もうすっかり恋に落ちてた」二人はある朝早く、ヒンズー教徒にとっては神聖な川、ガンジスに連れていってくれる小船に乗った。川には沐浴している人たちが大勢いた。自分も水を浴びようと思ったエルズバーグは、シャツとズボンを脱いで下着のまま川に飛び込んだ。街から流れてくるゴミや付近の火葬場から流れ出た灰が水面に浮かんでいた。

パトリシアはしばらく見守っていたが、やがて自分もジーンズを脱いで飛び込んだ。

「すごいなあと思ったね」とエルズバーグは言う。「あの川に入ろうなんていうアメリカ女性には、あまり会ったことがなかったかな」

浅瀬に二人で立っているときに、エルズバーグはもう一度プロポーズした。パトリシアの答えはイエスだった。夢見心地だったのでイエスと言わずにいられなかったのだ。

それでもサイゴンに戻る道すがら、パトリシアはいくらかためらっていた。

「確信が持てなかった、この人が夫として信頼できる男性なのか」エルズバーグはとても気性が激しく、とても衝動的だった。それに戦争もあった。二人はベトナムについてずいぶん意見を闘わせた。エルズバーグは、自分が――そしてアメリカが――気高い大義を守るために闘っていることをなんとか彼女にわかってもらおうとした。

「言い分には賛成できなかったけれど、ほんとに高潔な人だなとはいつも感じていた。この人はものすごい理想家なんだと思った」

この点について、パトリシアはこう補足説明してくれた。「恋愛は理屈どおりにいかないのよ」

エスカレーション

＊

一九六五年一二月末、ジョンソン大統領と閣僚たちはホワイトハウス閣議室のテーブルを囲んでいた。マクナマラがおなじみの悪いニュースを抱えてベトナムから帰国したばかりだった。米軍の攻撃でかなり死傷者が出ているのに敵は強くなるいっぽうだ。南ベトナム軍は単独では持ちこたえられない。ウェストモーランド将軍はさらに二〇万の増兵を求めている。そうなると駐留軍は合計四〇万名だ。

敗北しないために兵力増強が必要なのはわかるが、もしアメリカがエスカレーション（戦争の段階的拡大）に踏み出せば敵も同じことをするだろう、とマクナマラは指摘した。我々がウェストモーランドの要求をのめば、戦闘で死ぬ米兵はおそらく毎月一〇〇〇人。その結果どうなるかといえば、おそらく今と変わらない膠着状態が、今よりはるかに多くの流血を見ながら続いているだろう。

「この問題を軍事的に解決できるかどうか確信が持てません」とマクナマラは同席者に言った。「最終的には外交で解決する方法を探らなくてはなりません」

ジョンソンは前のめりになり、広い胸をテーブルに預けた。「じゃあ、戦場で何をしようが勝利は確実視できないということか？」

「そのとおりです」とマクナマラは言いきった。

一九六六年になったばかりのころ、もろもろの懸念が自分によく理解できるかたちで可視化されているのをマクナマラは別の会議で見ていた。統計にはっきりと出ていたのだ。海兵隊の将校ヴィクター・クルラックが、自分で書いた詳細な報告書をマクナマラに見せたのである。その報告書は、ウェストモーランドの消耗戦略に望みがないことを数字で証明しているように見えた。

クルラックによると、北ベトナムとベトコンは最低二五〇万人の兵を召集することができるという。したがってアメリカが敵の兵力を二〇パーセント減らしたいなら、かなりの数の敵兵を殺さねばならない。それでも、むこうの決意を砕くには不充分なのだが。現在の死傷者比率、すなわち二・五対一でこの目標を達成するには、米兵の命を一七万五〇〇〇人以上犠牲にしなくてはならないだろう。

人の命をポーカーのチップのように積み上げて計算した、なんとも残酷な統計だった。しかし、この話の要点は身も蓋もないほどに明らかだった。アメリカはこの種の戦争では勝てない。じじつ、消耗戦略はまんまとハノイ政府の手中に落ちている。戦い続けること、アメリカ国民が戦争にうんざりして米軍撤退を要求し出すまでひたすら戦うこと――それが北ベトナムの戦略だ。それこそまさにフランス人を負かした彼らの戦法なのだ。彼らは同じやりかたでアメリカを打ちのめそうとしている。これがクルラックの主張だった。

マクナマラは恐怖におののいた。まったく計算していなかったことだった。「きみから大

エスカレーション

統領に話すべきだろうな」と彼はクルラックに言った。

しかし、マクナマラがその話を先に進めることはなかった。彼は会議を設定しなかった。そのあいだもジョンソン大統領は、あいかわらずウェストモーランドの二〇万増兵の要求と悪戦苦闘していた。ジョンソンはもうボロボロだった。統合参謀本部の勧めたさらに強気な提案はすでに却下していた。戦争を拡大して国内の反戦運動が高まってはいけないと思ったからだ。それでも彼は、「初めて戦争で負けたアメリカ大統領」として歴史に名を刻んでなるものかと、依然心に固く決めていた。

結局ジョンソンはウェストモーランドの要求をのむことに決めた。一九六六年、ベトナム駐留の米兵の数は倍になった。そして、この戦争はがらりと姿を変えてアメリカ国民の眼前に差し出されることになった。一九四〇年代以降、アメリカには選抜徴兵制がしかれ、一八歳から二四歳の男子はみな徴兵登録を求められていた。それでも、朝鮮戦争の期間はさておき、実際に徴兵された者の数は少なかった。それがジョンソンの始めたエスカレーションで急変した。一九六六年から一九六八年にかけて、アメリカでは月平均二万五〇〇〇名の男子が徴兵されることになった。何百万というアメリカ人とその家族、友人にとって、ベトナムはもはや遠い国の戦争ではなくなったのだ。

＊

サイゴンの南にある小さな集落の路肩に車を停めたエルズバーグは、カメラをつかむと、まだ煙の立ちのぼる廃墟の中を歩き出した。

一九六六年の三月が終わろうとしていた。ヴァンと車で長旅をしてからというもの、エルズバーグは南ベトナムを車であちこち回りつづけていた。「コミュニストに勝ちたいという個人的な願望があった」からだ。「フランスが解決できなかった問題を、結局アメリカも解決できないかもしれないなんて信じられなかった」このときの訪問で、エルズバーグの自信はゆらぐことになる。

村を歩きまわりながら、エルズバーグは村人たちの様子を観察した。破壊された家の跡にしゃがみ込み、残骸の中から救い出せそうなものをより分けている人たちがいる。ひとつだけ壊れずに残ったピンク色のティーカップをそっと取り上げている老女が目に入った。

前の晩、ベトコンの小さなグループがやって来たと、ある村人が教えてくれた。この道の先に駐留している南ベトナム軍の兵士たちがそれに気づき、ロケット弾で村を攻撃しはじめた。ベトコンは建物が燃え出すとすぐに退散したので犠牲者は出なかったという。

エルズバーグの目の前で残骸の山から少女が何かを引っぱり出している。プラスチック製の人形だ。ほんの少し焼け焦げただけなのを見て少女が笑みをもらしたのがわかった。

別れ

その年の春も深まったある晴れた朝、メコン川デルタの湿地上空を小さな軍用機が低空飛行していた。サイゴン近郊の「葦の原」〔ベトナム語でドン・タップ・ムオイ〕と呼ばれるその地域では、ベトコンと南ベトナムが戦いを繰りひろげていた。エルズバーグは前列の助手席に座り、窓からカメラを突き出していた。普通とはかなり違ったやりかたで戦闘を見ていた。

米軍の地図を見ると、南ベトナムのこの地域は複数の色で塗りわけられている。まず、南ベトナム政府が統治している地域の色。そしてベトコンが支配している地域の色。眼下の景色がそういう地図によく似ていることにエルズバーグははっとした。川が一本流れていて、その片側には、さまざまな色合いの緑が鬱蒼と茂った森がある。もう片側は広大な赤土の砂漠のようだ。むきだしの赤茶色の土だけが広がっていて、森も、植物も、作物もない。

理由はわかっていた。森の上空五〇メートルあたりから、米機が枯葉剤――通称〈エージェント・オレンジ〉――を撒いたからだ。植物をことごとく枯らし、敵がどこにも隠れられないようにするためである。

「アメリカ人が砂漠を作っていた」とエルズバーグは当時を振りかえる。アメリカ人が救おうとして駆けつけた国に、である。

小さな村の上を飛んでいるとき、ポップコーンの弾けるような音がした。飛行機が地上から何者かに撃たれていた。パイロットが空爆を求めると、数分もしないうちに米軍機が数機、村の上空に勢いよく飛んできて爆弾を落とした。ある家に白リン弾が落ちるのをエルズバーグは見つめていた。あたり一面に爆発が広がるさまが巨大な白い花の花弁を思わせた。「それは見事な眺めだった」とエルズバーグは言う。「しかし、白リン弾が肌に触れたら骨まで焼けてしまう。水をかけても火は消せないんだ」エルズバーグは、白リン弾でおぞましい火傷を負った子どもたちをベトナムの病院で見ていた。そういう子らが、アメリカ人が救おうとして駆けつけた国の人びとなのだった。

基地に戻る途上、パイロットは眼下の湿地を指してこう言った。

「あそこにベトコンがいる」

エルズバーグはピストルを出した。パイロットはM-16自動小銃をつかみ、地上からわずか三〇メートルのところまで急降下した。ぶかぶかの黒服を着た男が二人いた。男たちは走っていた。丸腰だった。

たぶん近くに武器を隠してるんだ、とパイロットが言った。頭上を飛行機が勢いよく飛ぶと、男たちは湿原の草むらに突っ伏した。そしてまたいきなり立ち上がると、走り出した。

パイロットはもう一度彼らの上に戻ると、M‐16で撃った。

「こういうのはよくありますか?」とエルズバーグが訊いた。

「いつもだ」

「こんなふうに撃って、当たったことは?」

「そう多くないな」基地に戻りながらパイロットはそう言った。「飛行機からM‐16で撃っても、なかなか当たらないけど、あいつらを怖がらせることはできる。今夜はきっと、あのベトコンたち、ビクビクだろうな」

なぜ彼らがベトコンだとわかるのかとエルズバーグはたずねた。

「葦の原にはベトコンしかいない」

そうなのかどうか、サイゴンに戻ったエルズバーグはいろいろな人に訊いてみた。エルズバーグたちが飛んだ地域には、敵兵以外にも魚を捕りながら暮らす住民が約二〇〇〇人いるらしかった。エルズバーグはそのことについて考えた。自分の見た、破壊された村のことを考えた。

「たしかに僕たちは攻撃は受けた。でも撃ったのはだれだ?」エルズバーグは自問した。「撃った人間は村とどんな関係がある? 村人や子どもたちや燃えている家とどんな関係がある?」

そして、エルズバーグの頭からどうしても離れなかった問いがこれだ。「あの村の住民に雨あられと罰を降らして、アメリカは目的をはたしているというのか？」

＊

国防長官マクナマラは、アメリカがベトナム戦争で勝てないと一九六六年早々に結論を出していた。しかし、ジョンソン大統領にその結論を突きつける気にはなれなかった。公けにはエスカレーションを支持し続けていたが、内心では大きな疑問を持ちはじめていた。「どれほど爆弾を落としても戦争は終わらない」二月にオフレコの議論をしたとき、マクナマラは疲れきった顔で数人の記者にそう漏らした。ベトナムへの継続的爆撃で成果は出ていないと打ち明けている。北から南に潜入している兵士の数は着実に増えていた。アメリカが爆撃で北ベトナムに一ドルの損害を与えるためにかけている費用は九ドル六〇セントだとCIAは報告していた。

マクナマラのストレスは外見にはっきりと出ていた。

「顔色が悪く、エナメル革のような髪は前よりも薄くなっていた」と、同席していたジャーナリストの一人、スタンリー・カーナウは後年に書く。「声はかつての威厳を失っていた。以前は、自分の楽観的な見積りを証明するためにグラフやフリップチャートをきびきびと指し示していたものだったが」

その夏、CIAは「ベトナム人コミュニストのやり抜く意志」と題された報告書を書き上げた。米軍は敵に打撃を与えておらず、最終的に勝利するという政府のコミットメントを希薄にするに充分、というのがCIAの一番言いたいことだった。

マクナマラはこの報告書を読んだ。ジョンソンも読んだ。

ジョンソンはマクナマラにこう言った。「この報告書はだれにも見せるなよ。金具で留めて読めないようにしておいてくれ」

＊

一九六六年の夏、パトリシアはフィアンセに会うためベトナムに飛んだ。ロマンティックな旅をまた計画していたのだ。しかし、土壇場でエルズバーグが仕事しなくてはならないことになった。

サイゴンに足止めを食ったものの、パトリシアはあいかわらず好奇心旺盛だ。話の種を探そうと、もう一人のジャーナリストと組み、戦闘で焼け出された家族の記事について調べてみた。彼女はごみごみした難民キャンプを歩きまわり、アメリカに爆撃されてキャンプに来ざるをえなくなった人びとの話を聞いた。彼らが育てた作物はみな、〈エージェント・オレンジ〉で枯れてしまったという。

そもそも最初からベトナム戦争には反対だったが、この話を聞いたとき、パトリシアは心の奥底から怒りが湧き上がってくるのを感じた。「通りにいる子どもたちを見てたの。あの人たちの貧しさとか、あの人たちの人生に起きていることを考えると、ただただ我慢がならなくて吐き気がしてきた」

ニューヨークのラジオ番組はまだ続いていたので、パトリシアはこの機会にニール・シーハンにインタビューして、それを録音した。三年間ベトナムに駐在しているニューヨーク・タイムズの記者である。シーハンはとても厳しい見解を持っていた。何年も前、ベトナムの優秀な指導者たちはフランスと戦うために北に行ってしまった。北ベトナムにはとにかく能力が高く自制心の強い者たちがいる。コミュニストを阻んでいるものはただひとつ、アメリカの軍事力だとシーハンは言った。

「これからどうなるのでしょう？」パトリシアは声に苛立ちをにじませて訊いた。「決着がつくまで戦うだけでしょうか？」

「この戦いは簡単に終わらないと思う。駐留中のアメリカ将校の話から察するに、長い戦いになるんじゃないだろうか」

必然的にエルズバーグとは大喧嘩になった。ある夜、サイゴンでこんなことがあった。その夜、二人はアメリカに帰ることになったシーハンの送別会に行ったのだった。客はみな酒を飲み、戦争の話をしていた。最近北ベトナムへ行ったというヨーロッパのある外交官は、

別れ

そこで見たアメリカの爆撃による破壊の状況について語った。パトリシアは話を聞きながら腹を立てていた。

帰る道すがら、パトリシアはエルズバーグのほうを向いてこう訴えた。

「よくもまあ、こんなことにかかずらってられるわね？」

「でも僕は、ひどいことを止めようと努力してる」

「同じことよ」とパトリシアは返した。「あなたはひどいことにかかわっている。しかも積極的に参加しているように見える」

エルズバーグにとってこの会話はこたえた。彼は北爆には反対で、パトリシアもそれは知っている。殺人を抑えるべく最善を尽くそうとしてるのに何も認めてくれてないな、と黙って歩きながらエルズバーグは思っていた。パトリシアは戦争全体の責任を僕に取らせたいのか。

その後数日間、パトリシアの目の前で、エルズバーグはまた殻に閉じこもってしまった。ベトナムに来る前とまったく同じように心を閉ざしてしまった。「彼は、私には開けられない金庫の中に引きこもってしまった」

まもなくパトリシアはアメリカに戻っていった。自分たちがどうなっているのか見当もつかなかったが、最終的に修復できるという望みは捨てていなかった。

エルズバーグのほうは、もうこれで終わりだと思っていた。パトリシアの批判に対する彼の意見は厳しい。「理不尽な人だと思ったよ、僕が反対している政策への責任を取らせようなんて」と何年もあとに述べている。「もちろん今では彼女が正しかったと思っているけれど」

マクナマラの嘘

一九六六年一〇月、マクナマラはベトナムを視察した。いつものことながら、近づけば近づくほど戦争はひどく見えた。

ワシントンDCに戻る長いフライト中、マクナマラは窓のない軍用機の後部に立ち、ジョンソン大統領のベトナム担当補佐官、ボブ・コウマーと目下の状況について議論していた。戦局に進展はあるのか、議論は行ったり来たりで話が進まない。そんなとき、マクナマラは、ある人物がこの飛行機に乗っていることに気がついた。あの男ならもう一年以上ベトナムにいるのだし、この話にけりをつけてくれるかもしれない。

マクナマラは通路をたどり、短い休暇をもらってアメリカに帰るダニエル・エルズバーグの席まで行った。エルズバーグは国防長官のあとについて、飛行機の後部まで歩いていった。

1　インサイダー

マクナマラの嘘

「このコウマーが戦局はかなりよくなったと言うんだが」とマクナマラが始めた。「私は一年前より悪化してると言ってるんだ。どう思う?」

「長官、僕は状況が一年前とまったく変わりないことに感服してますよ。一年前はじつにひどかったが、それと比べて悪化はしてないと言えるでしょう。まったく同じです」

「ほらみろ、私の言うとおりだ!」とマクナマラが叫んだ。「この一年、ベトナムに一〇万以上派兵したのに進展なしだ。まったく好転してない。つまり実際の戦況はかなり悪化してるってことだ!」

「そう言ってもいいかもしれません」とエルズバーグ。

「まもなくアンドルーズ基地です」とパイロットのアナウンスが聞こえた。「ご着席くださ い」

数分後、飛行機のドアが開くと、マクナマラはタラップをおりて、霧に煙るメリーランドの朝の中に歩み出た。そこに記者たちが群がって、マイクやカメラを向けたり、テレビ照明を当ててきたりした。

「みなさん、たった今ベトナムから戻りました」とマクナマラが話しはじめた。「我々の努力があらゆる局面において大きく進展しているとお伝えできるのを嬉しく思います」

エルズバーグはだれにも気づかれずに群衆のうしろを通りすぎた。あんなふうに嘘をつかなければならない仕事には絶対つきたくない、と思いながら。

＊

ひと月後、マクナマラはハーヴァード大学で予定されているイベントに出るためボストンに向かった。快く出迎えてもらえるとは思っていなかった。

キャンパスに入ってきた彼を最初に見つけたのは屋上にいる学生たちだった。彼らは双眼鏡をのぞき、トランシーバーで連絡を取りながら、国防長官を乗せた車がキャンパス内を移動するところを見守った。マクナマラが座っている後部座席からはその様子が見えなかった。が、寮の窓から下がっている手書き看板は目に入った。

「マック・ザ・ナイフ」

「おまえは何人殺した？」

こんなことが日常茶飯事になりつつあった。アマースト大学やニューヨーク大学のセレモニーで壇上に上がったときには学生たちに背を向けられた。卒業式の祝賀スピーチを頼まれて娘の大学に行ったときには、野次を飛ばされた。また、妻のマーガレットとレストランで食事していたときには、歩みよってきた女に大声でこう言われた。「この赤ちゃん殺し！その手は血で汚れてるわ！」

そして今日はハーヴァードの大学院で、国際関係論教授、ヘンリー・キッシンジャーの学生たちに話をすることになっている。屋上にいる者から知らせを受けた学生たちが、車が停まるや、まわりに群がった。学生たちはマクナマラの車を前後に揺さぶり、さあ出てこいと挑発した。

動転した運転手がシフトをバックに入れ、片足をアクセルの上に載せた。

「やめろ！ 人を轢《ひ》くぞ！」とマクナマラが叫んだ。

運転手はアクセルから足をどけた。

「外に出る」とマクナマラが言った。

「いけません、襲われます」

マクナマラはドアを押し開けて外に出た。抗議運動のリーダーがマイクを手に群衆を押しのけながら向かってくるのが見えたので、マクナマラは一緒にボンネットに上がろうと言った。

「これは言っておきたいんだが」ボンネットの上からマクナマラは呼びかけた。「私は生涯で最も幸福な四年間をカリフォルニア大学バークレー校のキャンパスで過ごした。きみたちが今日していることと、いくらか同じことをしながら」

ブーイングが飛び、拳が上がった。

「当時の私は今のきみたちよりもしたたかだったし、今日の私はそのときの私よりもしたたかだ」とマクナマラは呼びかけた。「当時の私はもっと礼儀正しかったし、今日の私はそのときよりも礼儀正しいと思いたい」

さらに野次が飛び、鋭い質問が次々に浴びせられた。

「ベトナム戦争は国内革命として一九五七年から一九五八年に始まったと、なぜアメリカ国民に言わなかったのですか?」

「罪のない女性や子どもたちが何人殺されましたか?」

話しかけるマクナマラの声が叫び声にかき消された。

ほんとうに危険かもしれないと思えてきたので、彼はボンネットから飛びおり、群衆をかき分けて近くの建物にダッシュした。学生が一人、キャンパス内の地下トンネルにマクナマラを誘導した。マクナマラはキッシンジャーの教室に急ぎ、ぎりぎりで間に合った。

なんとも気がめいる出来事だったが、おかげでその夜ディナーの席で教授たちと雑談しているとき、マクナマラの頭に新しいアイデアが浮かんだ。「初めてだった、心の内を声に出したのは」と彼は回想する。「戦争が期待どおりに進んでいないから、将来、学者たちがその理由を調べたくなるはずだと思った。将来同じような間違いをおかさないためにも、そういう研究への道筋を作っておくべきだと思った」

その着想から、やがてマクナマラの想像をはるかに超えた事態がもたらされることになる。

＊

その後、年内にベトナムに戻ったエルズバーグは、ある老夫婦の家を訪ねて居間で話をした。同行した米陸軍の大尉と通訳も、老夫婦が寝室にしている屋根裏の下に置かれた木の椅子に座った。そこはベトコンが一掃された「平定後の」村ということになっていた。それを自分の目で確かめようとエルズバーグはやって来たのだ。

エルズバーグはお茶をすすりながら、戦争はいつ終わると思うかと夫のほうに訊いてみた。

「わしの余命もあと数年だろうが、わしが生きているうちは終わらないだろう」

「どちらが勝つと思いますか?」

夫は空を指差してこう答えた。「それはお天道《てんと》さまが決めることだ」

砲撃の轟音がして建物が揺れた。壁に掛かった鏡が震え、そこに映る陽光がちらちら光るのをエルズバーグは見つめた。老夫婦の反応に、いや反応のなさに驚いた。まばたきひとつしない。これが彼らの日常なのだ。これが彼らの普通なのだとエルズバーグは思った。

道を行った先にある村がベトコンに制圧されたと夫が言った。するとアメリカ人が村を砲撃した。するとベトコンが反撃した。

どちらに勝ってほしいかと、エルズバーグは夫に訊いた。

「どちらでもかまわないんですよ」と通訳が言った。「戦争が終わってくれれば」

小型武器の発砲音が数発響いた。こちらに向かってくるようだ。そろそろ平定後の村を発つ時間だと大尉が言った。

「お帰りになる前に、あなたにひとつ質問したいそうです」と通訳が言った。

「いいですよ」

「あなたはアメリカ人だ」と老いた夫が言った。「戦争はいつ終わるのか、あなたの意見を聞きたい」

どう答えたものか、エルズバーグにはわからなかった。外での撃ち合いが激しくなっていた。老いた男は礼儀正しく、笑みを浮かべて待っていた。彼は答えを待っていた。

＊

エルズバーグは自分が重くふさぎ込んでゆくのを感じた。パトリシアと別れたことが大きかった。失敗に向かっている戦争の流れを変える力が自分にない無力感も大きかった。もっと楽しいことに目を向けて、元気を取りもどそうとはしてみた。「自分の将来とかキャリアについて無理やり考えようとしたけれど同じだった。子どもたちのことを考えても何も変わらなかった」

ベトナムでやり残したことがひとつあった。まだわかっていないことがひとつあった。自分の命を犠牲にするかもしれないが、それでもかまわないと思った。

「僕は今、三六歳だ。もう充分生きた」とエルズバーグは自分に言いきかせた。

一九六六年一二月二三日、彼はヘリでサイゴンの南、メコンデルタに飛んだ。ベトコンが牛耳っている地域だ。ベトコンを一掃すべく、ちょうど米軍が大規模な攻撃を始めていた。戦闘を間近で見るには絶好の場所だと思った。

見えない敵

ヘリがラックキエンに着陸した。未舗装の道の両側には小屋が建っていた。村の中心部には、漆喰壁に波形ブリキ板の屋根がついた家が数軒あった。

着替えと寝袋を詰めたリュックを持ってエルズバーグがヘリから飛びおりると、ラックキエンで米軍の大隊を率いている大佐が出迎えた。迫撃砲と弾薬を運んできたヘリの轟音に負けないように大声を上げているほかの将校たちとすれ違いながら、彼らは並んで村を歩いていった。この村にはベトコンがいたのだと大佐が言った。しかし、米軍がやって来たら散り散りになって逃げた。そして今は、ベトコンがこのあいだまで使っていた建物を米軍がとりあえず本部にしている。

「今夜は砲撃に遭うだろう」とこの土地に詳しい将校がエルズバーグに言った。「いいか、今きみが立っているところにやつらはずっと住んでたんだ」

「まさか」と別の将校が返した。「こっちは迫撃砲やら航空支援やらで大隊を増強してるんだ。今夜、このぐるり一五キロにはベトコンなんか一人もいないさ」

エルズバーグは、漆喰の家のひとつで、大佐の隣の簡易ベッドを与えられた。夕食がすんだらベッドの周囲に蚊帳《かや》をつるし、服を着たまま寝た。

数時間後、爆発音でたたき起こされた。

エルズバーグはその音を「ズドーン！」と形容した。ズドーン！　ズドーン！

暗闇の中で起き上がると、大佐がブーツをはいているのが目に入った。エルズバーグもブーツをはいた。

靴ひもも結ばないまま大佐と通りに駆け出ると、あたり一面が砲弾の雨で、暗闇から放たれる機関銃の砲火が見えた。混み合った戦闘司令所に駆け込むとき、外で見張り番をしている若い兵士の顔が恐怖で引きつっているのに気がついた。彼はその日ベトナムに着いたばかりの二等兵だった。

ドアを閉めるや、すぐ外に砲弾が落ちた。建物が揺れて壁に掛かった地図が落ち、半分コーヒーの残ったカップが宙を舞った。部屋を照らしているランタンが激しく揺れてくるくる回り、倒れる人影が壁に映った。

「みんなヘルメットを探して這いずりまわっていた」そのときのことをエルズバーグは回想する。「自分のを持ってくればよかったとすぐに後悔した」

外にいた兵士のところで爆発が起き、兵士は近くの病院に運ばれる途中、ヘリの中で死んだ。

砲撃は始まったかと思うとすぐにやんだ。エルズバーグはベッドに戻って眠りに落ちた。翌朝目覚めると、六〇ミリ迫撃砲弾が爆発しないで自分のベッドから一メートルほどのところに突き刺さっていた。外に飛び出した数秒後、ここに落ちたに違いない。すれすれのところで死なずにすんだのを記録しておこうと、エルズバーグはカメラを取り出した。シャッターを切っていると爆薬チームが入ってきて、起爆させないように弾の信管をはずした。「おい、こら」チームの一人がエルズバーグに怒鳴った。「これは生《なま》の戦闘だぞ！」

＊

数日後、腰元まで稲が伸びた田んぼのぬかるみの中を、敵がいないか全方向に目を配りながら、米軍の小隊が進んでいた。カメラと借りた短機関銃を肩から提げたエルズバーグも一緒に歩いていた。

交戦地帯で非戦闘員が武器を持ち歩くことに関する規則を読んだ記憶は確かにある。サイゴンのアメリカ大使館職員である自分は、いかなる人間に対しても発砲できないことをエルズバーグは確実にわかっている。

田んぼの端に並んだ木々の合間から銃弾が数発びゅんと飛んできた。米兵はM-16をつかむと、木立に近づきながら撃ちかえした。エルズバーグはカメラを持ち上げてその光景を撮影した。

木立にたどり着いたときには敵は消えていた。怒り心頭に発した軍曹がエルズバーグに食ってかかった。

「あんた、記者か?」

「大使館員です」

「撃ち合ってるときにスナップ写真撮ってたのか?」

「いいえ。オブザーバーとして代理大使のかわりに、代理大使に見せる写真を撮ってるんです」

むかついたのか、軍曹は背を向けて歩きだした。文民のオブザーバーは小隊の足手まといになり危険だ。任務に集中すべきときもオブザーバーに注意を払わなくてはならない。もと海兵隊員のエルズバーグにはそれが理解できた。「そのあと、まわりの兵士たちが撃っているときには僕も撃った」

機会などいくらでもあった。偵察隊と行動をともにした一週間はエルズバーグがベトナム

1 インサイダー

見えない敵

の歩兵として生きた時間だった。若い兵士たちは二〇キロを超えるリュックをやっとの思いで背負いながら、ぬかるんだ田んぼを重い足取りで進み、深い森を抜けていった。ヘルメットの中は三七度を超え、頭が焼けつくほど暑かった。うっとうしい蚊の大群がつねにまとわりつき、つかのまの休息時間には、ブーツとずぶ濡れのソックスを脱いで足からヒルをはぎ取らねばならなかった。

長い行軍は、へとへとで、みじめで、退屈だった。そして予告なしの死と隣り合わせだった。踏み出した一歩が地中に埋まった地雷をいつ踏むとも限らない。木々の背後から砲火がいつ噴き出すかもわからない。発砲されたら身を伏せて反撃する。航空支援を求め、敵がいると思われる場所を爆撃してもらう。ヘリを呼び、負傷者を運んでもらう。そしてまた歩きはじめる。撃ってくる相手の姿は決して見えない。アメリカ人以外の死体でエルズバーグが見たのは、米軍の放った砲弾がそれて、それに当たり死んだ一〇代の少女だけ。

「あれじゃ士気は上がらない」とエルズバーグは言う。

来る日も来る日も同じパターンが続いた。ある日、ある地域からベトコンを追い出したと思ったら、翌日まったく同じ場所でベトコンから攻撃された。米兵たちの顔に怒りとイライラがにじみ出ているのがエルズバーグにもわかった。

「何かを成し遂げているなんて、とうてい思えなかった」

＊

一九六七年一月一日、エルズバーグはついにその目で敵の姿を見た。

小隊は索敵《さくてき》撃滅作戦〈サーチ・アンド・デストロイ〉の任務を遂行中だった。エルズバーグと三人の兵士たちは、ほかの兵よりも四〇～五〇メートル先の最前線を歩いていた。ベトコンの攻撃を誘い、その居所を突きとめるのが彼らの仕事だ。水田の水に膝まで浸かっていた。胸元まで伸びた稲がそよ風に揺れていた。水田から飛び出すと背後から銃声が聞こえた。エルズバーグが銃を持ち上げて振りかえると、幼い兵士がいた。一五歳くらいだろうか、黒い短パンしか身につけていない。

その少年兵は田んぼの中で身を低くし、ロシア製自動小銃ＡＫ‐47を米軍の小隊に向けて放った。彼のほかに少なくとも二人、ベトコンの兵士がいた。エルズバーグには彼らの黒髪が見えた。銃声も聞こえた。つい今しがた通りすぎた場所からこちらに撃っている。水の中にじっと横たわっていたのだと、そのときになって気づいた。先頭を歩く米兵をやり過ごしたベトコンたちは、先頭と後続部隊のあいだにはさまれたら銃撃をする。エルズバーグと三名の兵士たちがベトコンに撃ちかえそうとしても、そのさらに先に味方がいるので発砲できないのだ。

銃撃戦は例のごとく、すぐに終わった。一〇代の兵士は身をかがめたかと思うと消えてしまった。そして静寂が訪れた。

偵察が再開された。エルズバーグたちは畦《あぜ》を横切り、隣の水田にばしゃばしゃと足を踏み入れた。残りの小隊は五〇メートルほど後方を歩いていた。長く伸びた稲越しでは、どこを向いてもせいぜい一メートルほど先までしか水田の中は見えない。エルズバーグは、片足をおろすたびに敵兵を踏みつけるのではないかという不穏な思いに駆られた。

またしても背後から銃声がした。黒服がさっと動くのが見え、やがて消えた。

そしてまた行軍が再開された。

*

何時間かあと、兵士たちは水田と水田のあいだの畦道で休息を取った。田んぼのはるか先に木立があり、男たちが数名、三脚を立てて機関銃をセットしているのが目に入った。

小隊のリーダーが無線機を手に取り本部を呼び出した。

「俺たちの先にいる味方はだれだ?」とリーダーがたずねた。

返事を聞いたリーダーは「ふん」と不満の声を上げた。

「なんて言ってます?」と兵の一人が訊いた。

「味方はいないってよ」そう言うとリーダーはヘルメットをかぶった。

「これからどうします?」とエルズバーグが訊いた。

「やつらの正体を確かめるかな」

数分後、エルズバーグと兵士たちは銃を頭上に上げ、四つん這いで浅い水の中を前進した。背後から小隊の兵士たちが敵の機関銃に向けて発砲した。敵が機関銃で撃ちかえしてきた。

「言われなくても身を伏せたよ」とエルズバーグは言う。

敵の機関銃から一五メートルもないところまで近づいた。「ベルトから手榴弾を二つ取って、そのうちひとつの安全ピンを抜いて、腹ばいになり、むこうの機関銃めがけて腕をめいっぱい伸ばして投げた。もうひとつの手榴弾のピンも抜いて投げた。どちらもはずれたけど、機関銃の攻撃はやんだよ」

そのあとエルズバーグたちは、ぬかるみから跳びあがって木立にダッシュした。小枝の折れる音や、やぶを踏みつける音がしたが、やがてしんと静かになった。機関銃と三脚はなくなっていた。死傷者はすでに運び去られていた。

「優秀な兵士たちだ」とエルズバーグは思った。

米兵たちが次の水田に入ると、遠くの木立から銃撃された。数名が弾に当たり、ヘリがやって来て負傷兵を運び去った。小隊が銃撃者のいた場所にたどり着くと、血痕のある土の上に機関銃の使用済みカートリッジだけが落ちていた。そこでまた動き出すと、新たな場所から撃たれるのだった。

「そういうことが三、四回あった」とエルズバーグは言った。「銃撃され、そちらのほうに向かってジグザグに進む、というのをだいたい三〇分ごとに繰りかえした」ベトコンは二手に分かれていた。片方のグループが米兵を撃っているあいだに、もう片方が別の場所に退却して待ち伏せる。「こっちは遊ばれてた。馬跳びみたいなもんさ」

空が暗みはじめ、疲れきった米兵たちは地面に座り込んだ。そして水筒から水をがぶ飲みし、溶けたチョコレートバーを包み紙で持って舐めた。エルズバーグはいつか学校で読んだアメリカ独立戦争の話を思い出した。赤い制服を着て重いリュックを背負い、ニューイングランドの森を行軍している若いイギリス兵たちの話だ。木立や石壁から銃撃され、敵を追うのだが相手は動きが速く、土地を知りつくしているという話だ。

隣に座っている通信兵のほうを向き、エルズバーグはこうたずねた。「ねえ軍曹、独立戦争のときのイギリス兵みたいだと思わないか？」

「今日一日、ずっとそう思ってた」と通信兵は返した。

記憶

ラックキエンで一二日間過ごしたあと、エルズバーグはサイゴンに戻ることになっていたが、あと一回だけ、行軍に参加することにした。

「この地点に接近した偵察隊は必ず敵に攻撃されている」地図を指しながら将校がエルズバーグに言った。「ここと川沿いは木が鬱蒼と茂っているが、つねにベトコンがいるに違いない。今夜ここに中隊を送る。朝には敵をぎょっとさせて一掃するぞ」

米兵たちは夜中の二時に出発した。ポケットには何も入れず、リュックに荷物をすべて詰め込み、肩ひもをきつくして背負うと、柔らかい土の上をほとんど何もしゃべらずに移動した。雲も風もない夜で、水田の黒く動かない水面に光輝く満月が映っていた。

兵士たちは夜通し歩いた。夜が明ける直前に目標地点に着くと、畦の背後の泥水の中に横たわって目の前の木立を見守った。敵がそこにいるのだ。空が明るみはじめた。エルズバーグは左側に目をやり、赤く巨大な太陽が水面から昇ってきそうな気配がしている様子を見守った。

記憶

米軍の小隊が前進しはじめるや、木立から機関銃の発砲音が一斉に鳴り響いた。米兵は頭を低くし、太腿まで水に浸かって前進しながら撃ちかえした。木立にたどり着くころには敵は去っていた。

前進を命じられたかと思うと、鬱蒼としたジャングルの中に入っていた。枝や蔓《つる》をなでて切り落とし、川までの道を切り拓いてゆく。沼のような土地に足がみるみる沈んでゆく。

米兵たちが立ち止まった。一瞬、静寂が訪れた。そのあと、声がした。ひそひそと話す声。ベトナム語の会話。ほんの二〇メートルほど先で敵が川を渡っている。

小隊のリーダーは無線で砲兵隊を呼び出し、地図座標を小声で伝えた。数分後、敵を狙った破裂弾が、川むこうから次々と飛んできて木々に命中した。金属片や葉や引き裂かれた枝が川に降りそそいだ。

米兵たちはまたしても敵の姿を認められなかったことに疲弊し、苛立ち、近くの村に入っていった。一番手前の小屋に近づきながら、数人の海兵隊員が発砲しているところをエルズバーグはじっと見ていた。撃ち返してくる者はいなかった。

兵士たちは小屋の中に入った。人はいなかったが、炉辺の灰はまだ暖かかった。テーブルの上に食べものがあり、お手製のおもちゃがいくつか床に転がっていた。

なぜ兵士たちが小屋に向けて撃ったのかとエルズバーグは少尉に訊いた。

「こうやって偵察するんだ」と少尉が答えた。

ベトコンが中に隠れているかどうかをそうして確かめるほうが、ただ入っていって、そこにいるかもしれない伏兵に出くわすよりはずっと安全だという。

その小屋の住人がいたらどうするんです、とエルズバーグはたずねた。

「あいにくベトコンは俺たちがこのあたりで作戦行動中なのを知っていて、こっちの出す物音も聞こえていて、きっと隠れ場所に隠れているはずだ。部下を不要な危険にさらしたくない」

見たところ、おおかたの小屋は地面に穴が掘ってあったり、隅っこに砂入りの袋があったりと、シェルター的なものが何かしらあった。しかし、それを使っているのがベトコンと言えるのか？　あるいは、その小屋の住人が、撃ち合いの起きている中で生きのびようとしているだけなのか？　米兵にそれを知る手立てはない。

米兵たちは村を歩きながら火をつけていった。エルズバーグの目の前で若い海兵隊員がライターの炎を藁葺き屋根につけていた。別の二つの小屋からは、すでに黒い煙と赤い炎が上がっていた。

「ベトコンの小屋だ」と少尉がエルズバーグに言った。「今夜、あいつらは俺たちみたいに雨の中を移動するんだ！」

もちろん、こんなことをしても戦争になんら影響が及ばないことはだれもが承知していた。しかしエルズバーグには、彼らの怒りにまかせた衝動が理解できた。のちに彼はこの日のことをこう説明している。「二週間の行軍で初めて目に見える結果を出せた。自分たちに唯一残すことのできた、その場にいたというしるしだ」

エルズバーグはその日のうちにサイゴンに向かった。海兵隊はまもなく荷物をまとめてラックキエンから出ていった。するとまたベトコンが戻ってきた。

*

一九六七年一月、エルズバーグはバンコクで寝たきりになった。

休暇でタイに行き、パトリシアが初めてベトナムに来たとき一緒に遊びにいったビーチでのんびりしようと思っていたのだ。なのに休暇は消耗性疾患の肝炎でだいなしになった。きっと例の水田を行軍していたときに肝臓の病気をもらってしまったのだとエルズバーグは思った。バンコクでひと月寝て飛行機に乗れるくらいにはなったので、サイゴンに戻り、またひと月寝ていた。体が弱って動き回れないので、お腹にタイプライターを載せ、ベトナムで学んだことを報告書にまとめていった。

考える時間はたっぷりとあった。

かつて似たような経験をしたことがあった。そのときは数か月間、ベッドに寝たきりだった。一九四六年夏。一五歳のときだ。エルズバーグの家族――ダニエル、妹のグロリア、母アデルと父ハリー――は、母の兄の家で開かれるパーティに出るため、ミシガンからコロラドまで車で移動していた。

出発の日は家を出た時間が遅く、その夜泊まるつもりだったモーテルに着いたときには予約していた部屋がふさがっていた。グロリアとアデルは車中で眠り、ダニエルと父は地面に寝転び一枚の毛布を分け合って眠った。そのとき、父のハリーがひと晩中寝返りを打っていたのを憶えている。

翌七月四日、一家は午前中一杯ドライブしたあと、アイオワ州の道端で車を停めてピクニックをした。午前中は妹のグロリアが助手席に座っていたので、次はエルズバーグが助手席に座る番だった。が、ピクニックを終えて車に戻るとき、グロリアは叫びながらダッシュして助手席に飛び乗った。「死んでもここに座る!」

エルズバーグはしかたなく、スーツケースや毛布を積んだ後部座席、父親のうしろの席に体をねじ込んだ。母はグロリアのうしろに座った。

車は、はてしないトウモロコシ畑の中を走っていた。暑い日で、父のハリーは自分がうとうとしているのに気づいていた。

「車を停めて寝たほうがいいな」とハリーが言った。

しかしアデルは、のんびりしていたらデンバーのパーティに間に合わないと夫を急かした。

一時を少し回ったころ、ハリーは居眠りをしてしまった。車は道からそれ、高架道の側面

記憶

にぶつかった。衝撃で車の右半分がもぎ取られた。

エルズバーグが目覚めたのは三六時間後だ。

目覚めると白く明るい部屋にいた。まわりの人たちはみな白衣を着ていた。医師がエルズバーグをのぞき込んだ。

「自動車事故に遭ったんですよ」と医師が言った。「幸運にも命は取りとめた」

「母は？」

「即死です」

グロリアも亡くなっていた。父親はさほど重傷ではなかった。

その後エルズバーグは、ひどい脳震盪《のうしんとう》と膝の骨折から回復するまでの三か月間、病院のベッドで過ごした。父のハリーはやり場のない罪の意識にさいなまれていた。すべてが父の責任とは言いきれないと思った。それよりもエルズバーグは、なんともやりきれないことに気づき、向き合わねばならなかった。居心地の悪いことに、それはのちにベトナムで味わう苦い経験とも決して無関係ではなかった。

「たぶんあの事故が僕の中にあるイメージを残したんだと思う」とエルズバーグは言う。「父のように、尊敬している大好きな人が、つまりは権威が、ハンドルを握ったまま居眠りしてしまうこともある。だからそういう人は見守ってもらわなくてはならない。その人がダメだからというのではなく、尊敬している人でもリスクには無頓着かもしれないから」

2

秘密と嘘

クレディビリティ・ギャップ

「ベトナム民主共和国の平和を愛する国民に詫び状を書け」と捕虜収容所の衛兵が要求した。

「おまえの罪を告白しろ。ベトナムに二度と爆弾を落とさないと約束しろ」

「できない」とエヴェレット・アルバレスは答えた。

拷問はいつもこんなふうに始まった。

「態度が悪い！」と衛兵が激怒した。「おまえは空の海賊で、資本主義の戦争仕掛け人だってことを忘れるな！　おまえは温和なベトナム人を爆撃して殺した罪深き侵略者だ！」

顔面に突きつけられた供述書へのサインを拒むと、衛兵たちがアルバレスの両手を背中にまわして手錠をかけた。そして頭を押さえつけて両腕をぐいと上に引っぱると、激痛で悲鳴を上げるまでその状態をキープした。大きな悲鳴を上げれば上げるほど、殴る、蹴るがエスカレートした。

捕虜としてハノイ界隈の収容所に入っていた米兵は、一九六七年には一〇〇人を超えていた。自分以外のパイロットも同じように拷問されているのをアルバレスは知っていた。監房の壁越しに悲鳴が聞こえてきたからだ。

ジェイムズ・ストックデールの折れた脚はまともに治っておらず、衛兵から無理やり足かせをはめられたまま紫色に変色していた。海軍パイロットのジョン・マケインは一九六七年に撃墜され、何年間も独房に監禁され、尋問と鞭打ちのときだけ引きずり出された。セメントの壁越しにほかの捕虜たちとコミュニケーションを取るのが正気を保つ唯一の方法だった。

パイロットたちは少しずつタップコードに熟達してゆき、手っとり早く話す方法を編み出した。いわば一種のローテク・メールだ。彼らの頭には、しだいにこんな問いが浮かぶようになった。「WN DO U TC WE GO HM（When do you think we go home ?）」――いつ帰れるんだろうね？

＊

一九六七年が始まるころ、ベトナム従軍米兵はほぼ四〇万人に達していた。亡くなった米兵は六〇〇〇人を超えていたが、戦いの激化に伴い、この年の死者数はひと月一〇〇〇人近くまで跳ね上がった。

アメリカ人は毎晩、テレビニュースでベトナム戦争の映像を見守った。爆弾投下、銃撃戦、焼き払われる村。ストレッチャーで運ばれる負傷兵や、袋に入れられ飛行機で故郷への長旅に出る遺体。大統領はあいかわらず、アメリカはこの戦争で勝っていると言いつづけた。しかし、テレビ画面の映像は勝利を約束しているようには見えなかった。ジョンソン大統領の戦争への対処をめぐり、国民の支持率は初めて五〇パーセントを切った。

四月一五日、抗議を表明するために三〇万人以上がニューヨークのセントラルパークに詰めかけて、今なおアメリカ史上最大とされる反戦デモ行進をおこなった。公園の巨岩によじのぼった若者たちがライターで徴兵カードに火をつけているかたわらで、群衆が叫び声を上げた。

「阻止！　阻止！」

戦争を動かしている側の男たちは、高まる反戦運動に痛いところを突かれ、なんとも気まずい立場に追い込まれていた。マクナマラ国防長官の一〇代の息子クレイグは、自室にベトコンの旗を掲げて父親の度肝を抜いた。ウェストモーランド将軍の娘スティーヴィーは、父親を模した人形に大学生が火をつけているのを怯えながら見つめていた。大統領（リンドン・ベインズ・ジョンソン）は行く先々で抗議のシュプレヒコールに見舞われた。

「ヘイ、ヘイ、ＬＢＪ、今日は何人子どもを殺した？」

ジョンソンは敵意もあらわな有権者と向き合う気になかなかなれず、ホワイトハウスに収容された囚人の気分になりかけていた。ひとりぼっちでいても、マスコミのいう「クレディビリティ・ギャップ《信憑性の欠如》」――ジョンソンが国民に言っていることと、国民がベトナムの実態だと思っていることとのずれ――は大きくなるばかりだった。

アメリカ人の死傷者数を食い止めず、ベトナムから撤退しない理由をジャーナリストに問われたジョンソンは、何度も口にしてきた誓いを繰りかえした。「初めて戦争で負けたアメリカ大統領になるつもりはない」

公けの席では大統領もウェストモーランド将軍も、アメリカはベトナムで着実に手堅い成功を収めていると言いつづけた。が、内輪の会話は違っていた。ウェストモーランドは三月の会議でジョンソンにこう言った。「この戦争に終わりはないかもしれません」

現行どおりの計画でいけば、一九六七年末の時点でベトナム駐留米軍は四〇万から四七万に増えているだろう。が、それでは足りない。さらに一〇万、いや理想を言えば二〇万増兵すれば、消耗戦に勝てるようになるだろうと将軍は言った。

「こっちが兵を増やせば、敵も増やさないのか？　敵が増兵したら、戦争はいったいいつ終わるんだ？」

たしかに、と将軍はジョンソンの言葉に同意した。たぶんコミュニストはアメリカのエスカレーションに合わせて増兵するだろう。しかし、自分の要求どおりに増強すれば膠着状態から抜け出せる可能性はあるというのがウェストモーランドの主張だった。

マクナマラが終わりなきエスカレーションと決別したのはこのときだ。彼は大統領宛ての極秘メモで、ウェストモーランドの要求をはねつけるよう促した。

「あの軍事の天才マクナマラが、ハト派に変わったよ」と大統領は不満を漏らした。

ジョンソン大統領はいつもどおり、あれこれ悩んで腹を決めかねていた。戦争に負けるのが怖かったし、反戦運動が広がることにも怯えていた。それまで何度かしてきたように、彼はまたしても妥協した。五万五〇〇〇人増派し、駐留米軍を五二万五〇〇〇人まで増やすことを認めたのである。そしてまたいつもどおり、軍指令官たちの要求にはすべて応えていると国民に請け合った。

「我々は確実に正しい方向に向かっています」とジョンソンは全国民に告げた。

＊

一九六七年三月になると、エルズバーグはようやく、もう充分ベトナムは見てまわったと思えるようになっていた。そろそろベトナムを去るころだと思った。アメリカに戻る途中、ヨーロッパからパトリシアに電話して合流しないかと誘った。

連絡もないまま数か月、よくもまあすべてを放り出して駆けつけろなんて言えたものだとパトリシアは腹を立てた。

「ほっといて」とパトリシアは一蹴した。

エルズバーグはワシントンＤＣに留まった。国務省は辞めた。肝炎でまだ体調は不完全だったが、しばらく首都にいて、ベトナムで学んだことを話していこうと思った。インサイダーの立場を利用して、主要な政策決定者の考えを変えられたらと考えていたのだ。が、思いどおりにはいかなかった。

「ダン、戦況はよさそうだぞ」と国家安全保障担当補佐官のウォルト・ロストウがホワイトハウスの会議でエルズバーグに言った。「むこうは崩壊寸前だ。私は勝利が近いと思っている」

エルズバーグは耳を疑った。反論を始めるとロストウがさえぎった。

「しかしダン、最新データを見てみろ。ここにある。データはとてもいい」

「ウォルト、データなど見たくありませんよ。僕はベトナムから帰ってきたばかりなんです。二年もいたんだ」

「いや、きみはわかってない。勝利は近い。データを見せよう。数字はとてもいいんだ」

「勘弁してくださいよ。勝利なんて近くない」

「だが」とロストウは食い下がる。「数字はとてもいい」

これと同じような光景が、ペンタゴンや国務省のさまざまなオフィスで繰りかえされた。元同僚はエルズバーグの見方が否定的すぎると思っていた。「とても不機嫌でしたね。肝炎にかかっていたから、そのせいもあったと思いますが」とある職員は言った。

エルズバーグ自身、それをのちに認めている。「頭にきてた。たぶん肝臓のせいだったんだろう」

だがもちろん、それだけではない。政府の首脳たちが、ベトナムでの三年間の失敗から何も学んでいないらしいことにエルズバーグは愕然としていたのだ。さらに腹立たしかったのは、方針を変えなくてはまずいという危機感がまるでないことだった。

国務省高官のウィリアム・バンディはエルズバーグにこう言った。「たぶん選挙が終わるまでは動けない」選挙とは、一九六八年の大統領選のことだ。

「でもそれは一年先の話でしょう！」とエルズバーグは叫んだ。

バンディはため息まじりに頭《かぶり》を振った。

＊

経緯はまるで違ったが、マクナマラもまたベトナムについてエルズバーグと同じ結論に達していた。

「我々は失敗した」とのちにマクナマラは書いた。「なぜ失敗したのか？　失敗は防げなかったのか？　同じような失敗がまた繰りかえされないよう、我々の経験からどんな教訓が得られるのか？」

六月、マクナマラは国防次官補マクノートンに、将来政府の人間や学者の参考になるような機密文書を集めてほしいと頼んだ。「どんな結果が出ても隠すなと研究員たちに言っておいてくれ」と言いそえて。

この報告書はやがて「ペンタゴン・ペーパーズ」として悪名をはせる。しかし、このときはまださほど覚えやすいタイトルではなく、「ベトナムにおけるアメリカの政策決定の歴史」と呼ばれていた。

研究チームの責任者はモートン・ハルペリンというペンタゴンの官僚で、彼のチームはアメリカのベトナム介入を一九四五年までさかのぼり、時代ごとに調査、研究していった。ハルペリンからチームに入らないかと誘いを受けたエルズバーグは、さらに知識を深めるためにチャンスに飛びついた。このプロジェクトでは、内容はもとより、研究が存在することじたい伏せておくように周知徹底された。大統領にさえ言ってはならなかった。ジョンソンにプロジェクトの存在を知られたら、つぶされるとマクナマラは思っていたのだ。

おそらくマクナマラの見立ては正しかった。この報告書はベトナム戦争の知られざる歴史そのものだった。把握していた事実とかけ離れたことを政府の高官たちが言いつづけていたと暴露する文書であった。

「いいか」積み重なってゆく書類の山を見ながらマクナマラは言った。「この書類の中身で縛り首になる人間がいるとも限らないんだからな」

リークの力

「神経が参っていたね」——一九六七年が終わるころのロバート・マクナマラをジョンソンはこう評した。「プレッシャーが大きすぎて彼は夜も眠れていなかった。ノイローゼじゃないかと心配だったよ」

会議中のマクナマラは、ことあるごとに戦争を罵り、声を荒らげた。「あの空軍のアホどもが、第二次世界大戦の最後の年にアメリカがドイツに落としたよりもたくさんの爆弾を北ベトナムに落としてやがる。しかもそれが何の役にも立ってない！」

そして、涙を隠すために窓のほうを向くのだった。

「いつもそうなんです」マクナマラの秘書の一人がある訪問者に向かって言った。「カーテンに向かって泣いておられて」

ジョンソンはマクナマラに世界銀行総裁という、さほど反発を買わない名誉ある職務を与え、やんわりとペンタゴンから追い出した。「ペンタゴンを辞めたのか辞めさせられたのか今もってわからない」と後年マクナマラは述べている。「たぶん両方だろうな」

いずれにせよ、マクナマラは去った。そして政権に残っている者たちは、ジョンソンの命令にしたがい、国民の気分を変えるためにベトナムのよいニュースを広めていった。ウェストモーランド将軍も短い帰国期間中、それに加わった。「ベトナムに駐留して四年、今ほど勇気づけられているときはありません」とタラップをおりてきた将軍は言った。「我々は大きな成果を上げげつつあります」

そのあと一一月の記者会見で、ウェストモーランドは「新たな段階が始まっている」と述べた。「終わりの始まりが見えかけている重要な段階まできました」

＊

一九六八年一月三一日夜、サイゴンの夜空は花火に彩られていた。通りはベトナムの正月、テトを祝う人びとで溢れかえっていた。

夜どおし続くお祭りの真っ最中、ある自動車修理店に、ベトナム人の若い男たちが一九人集まっていた。積み上げた薪の下や米の入った籠の中に隠した弾薬やトリニトロトルエンを、彼らは何か月もかけてこっそりサイゴンに運び込んできていた。店の経営者は長らくベトコンのスパイをしている女で、武器を隠す手助けをしてきたのだった。

銃や爆弾が配られ、分隊のリーダーが任務を細かく説明した。午前二時四五分、彼らは小型トラック一台、タクシー一台にぎゅう詰めになって乗り込み出発した。暗い並木道を行った先にはコンクリート塀に囲まれたアメリカ大使館がある。

数分後、大使館の敷地が大きな爆発で揺さぶられた。アメリカのMP《憲兵》が二人、爆発のあった場所に走り、壁にあいた直径約一メートルの穴をよじのぼって中に入ろうとしている者たちを見つけて発砲した。

「入ってくる!」とMPの一人が無線に向かって叫んだ。「入ってくる!」

*

ワシントンDCは真昼だった。国家安全保障担当補佐官ロストウが記者の取材を受けていると、側近がやって来て紙切れを一枚手渡した。

「サイゴンで何かトラブルがあったようで」と補佐官が言った。

それは控えめな表現だった。アメリカ大使館で起きた戦闘は、〈テト攻勢〉という大規模な攻撃のごく一部にすぎなかった。その夜、七万人以上のコミュニスト兵が南ベトナム全土の一〇〇を超える都市や町を奇襲したのである。

アメリカ人がテレビをつけると、大使館の窓から発砲するアメリカの外交官らの姿が画面に映った。そこいらじゅうにがれきが散らばり、アメリカ人とベトコンの死体が横たわっていた。サイゴン時間の午前九時を少し回ったころ、大使館の安全が確保され、ウェストモーランド将軍は記者たちに戦いの跡を見せていった。サイゴン市内の別の場所で続いている銃撃戦の音をバックに、ウェストモーランドは勝利を宣言した。「敵の周到な計画は頓挫しました」

「記者たちは耳を疑った」とワシントン・ポストのある記者は当時を振りかえる。「ウェストモーランドが廃墟の中に立ち、万事順調とのたまっていたからね」

ウェストモーランドはある程度正しかった。コミュニストからすれば、〈テト攻勢〉は大惨事に終わった。アメリカ人と南ベトナム軍にあらゆる場所で反撃され、ベトコンと北ベトナムの兵士があわせて五万人以上殺されたのだから。

だがそれはアメリカにとっても同じことだった。アメリカは心理的な大惨事に見舞われた。大統領は長いあいだ、ベトナムの戦況が上々だと国民に言いつづけてきたが、今や国民は、安全なはずの領地や町を取りかえすべく米軍が容赦なき戦いをしているさまをつぶさに見ている。ベトナムには米兵が五〇万以上いる。戦死者の数は二万人を超えている。彼らは何のために戦地に行き、死んだのか？　戦争が始まってほぼ四年だが、敵がここまで大きな攻撃をしかけられるなら、アメリカはいったい何を成し遂げたというのだろう？

アメリカ一視聴率の高いニュース番組のキャスター、ウォルター・クロンカイトの口から漏れた言葉が、このときの国民の気分を要約している。ベトナムの最新情報を伝えたあと、コマーシャルに入るや、クロンカイトはカメラに背を向けてこう言った。
「いったい全体どうなってるんだよ？　勝ってると思ってたのに」

＊

そんなあれこれをエルズバーグは南カリフォルニアの新居から眺めていた。政府の仕事をやめた彼は、ペンタゴンに入る前に働いていたランド研究所に戻る決心をしていた。「もう一度自由になって、ベトナム政策について僕の知っていることや信じていることを伝えたかった。三年間多くのことを聞き、たくさんのことを学んだから、自分はベトナムの状況についていろいろわかっている、それは自分の口で伝える価値のあるものだと信じていた」

エルズバーグは髪を長く伸ばし、マリブの浜辺に小さな家を借りた。砂の上にどうにか建っているお粗末なつくりで、各部屋の床が違った方向に傾いていた。配線にも問題があって、シャワーの水で漏電するような設置のされかただった。「いつもシャワーの少し外から身を乗り出すようにして浴びてたよ」とエルズバーグは言った。「それなら電気が噴き出てきたとき、水のかからないところに倒れられると思ったから」

エルズバーグは海辺の暮らしを気に入っていた。子どもたちの暮らす家に近かったし、ランド研究所の本社にも近かった。毎日海で泳ぎ、夜はベッドに横たわって波の音を聴いた。

しかし、エルズバーグはまだワシントンの内情を知る者《インサイダー》として信頼されていた。〈テト攻勢〉のあと、ランドからワシントンDCに短期間派遣され、新しい国防長官クラーク・クリフォードの顧問グループに加わった。

＊

ジョンソン大統領は再びホワイトハウスの廊下を徘徊していた。眠れないので、ナイトガウンとスリッパ履きのまま地下の危機管理室におりていった。

国務長官のラスクは当時を思いかえしてこう言った。「だれも彼の悪習を止められなかった。体に悪いからやめたほうがいいと思っても、毎朝四時半か五時に起きて危機管理室に行き、ベトナムから報告された死傷者数をチェックして、犠牲者の一人ひとりから責められているような気になる悪習を止めることができなかった」

〈テト攻勢〉のあと、統合参謀本部とウェストモーランド将軍はさらなる増兵を求めてきた。今こそ攻撃に出るときだと彼らは言った。「リスクが高いと同時に大きなチャンスを秘めた状況に直面しています」ウェストモーランドはそう主張して、兵をあと二〇万六〇〇〇人送ってほしいと大統領に訴えた。

ジョンソンがさらなる苦渋の決断を迫られて悩んでいたとき、増兵を要求する文書のコピーがエルズバーグのデスクに回ってきた。極秘なのはエルズバーグにもわかっていた。大統領がまた大々的なエスカレーションを検討していることは議会でさえ知らない。これは秘密裡に決めるべきことではない、とエルズバーグは思った。国民には知る権利がある。

*

一九六八年三月一〇日の朝、ニューヨーク・タイムズの朝刊を手に取ったエルズバーグは、その見出しに唖然となった。「ウェストモーランド将軍、二〇万六〇〇〇人の増兵要求、政権内で議論活発化」

ニール・シーハンとヘドリック・スミスの書いた記事は、軍部が秘かに出した要求をすべて事細かく暴露していた。

エルズバーグはショックを受けた。だれが漏らしたのか見当もつかなかった。

衝撃はまたたく間に伝わり、議員たちが増兵に反対を表明しはじめた。トンキン湾決議の可決に尽力した上院議員ウィリアム・フルブライトは、自分の取った行動を悔やんでいると表明した。それまでジョンソンは少しずつベトナム派兵を増やし、劇的な声明は出していなかったのだが、この暴露記事が出たおかげでそんなこともできなくなった。

「このリークが及ぼす影響を見ていて、なんというか突然雲に切れ間が見えたように思った」自分の人生に訪れた転機について、エルズバーグはのちにこう述べている。「以前は自分の職業特有の倫理観を本能的に受けいれていた。どんな場合でもリークは本質的に悪であって、背信行為だという考えかただけど……僕は間違っていたよ。リークは愛国的で建設的な行為たりうると、はっきりわかったんだ」

最悪の日々

リンドン・ジョンソンは断固許さなかった。

政府で働く者には政府内で自分の主張を述べる権利があるが、「いったん決定が下されたら、持てるエネルギーをすべて注ぎ込み、あらゆる知恵を働かせて、それを成し遂げる義務もまたある」とジョンソンは回顧録で書いている。「どうしてもそれができないなら、辞職すべきである。大統領と政府の決定を内側から妨害する権利はない」

いずれにしても記事は世に出て、ジョンソンは威信を傷つけられた。世論調査での大統領支持率はわずか三六パーセント。大統領の戦争への対応を支持する国民はわずか二六パーセントだった。一番の問題はジョンソンの言葉に信憑性がないことだった。「国民の大半は、大統領がしょっちゅう嘘をついていると思っていた」とある補佐官は露骨に言ったものだ。

「私は戦争なんかまっぴらなんだよ」とジョンソンは側近にこっそり愚痴った。「その人が求めているのとその人が与えるイメージとは別物だ」

やがて再選をめざすジョンソンの選挙戦が始まったが、ニュースは悪くなる一方だった。ニューハンプシャーでおこなわれた最初の民主党予備選では、反戦を掲げる上院議員ユージン・マッカーシーにジョンソンはかろうじて勝った。肉薄すると予想されていなかった相手だけに、ジョンソンの劣勢があらわになり、ジョン・F・ケネディの弟ロバートが民主党指名争いに参入することになった。ロバート・ケネディはまたたくまにトップに躍り出た。

三月三一日夜、ジョンソンは大統領執務室のデスクから国民に語りかけた。まずベトナムのことを話し、これ以上戦争を拡大しないと表明した。北爆を大幅に減らすように命じて、北ベトナムとの和平交渉に望みをつなぐと国民に告げた。

そのあと、自らの今後について話す部分に差しかかった。ジョンソン自身の書いた言葉がテレプロンプターの画面に流れたが、大統領がほんとうにそれを読むのか、最も近い補佐官たちでさえわからなかった。ジョンソンはしばしためらい、テレビカメラの背後で見守るレディ・バードをちらりと見た。そして、こう続けた。

「アメリカの息子たちは、はるか彼方の戦場で戦い、彼らのふるさとアメリカでは目下、国の未来に難題が突きつけられています。私は自分の時間を一日、一時間たりとも個人的で党派的ないかなる主義主張にも捧げるべきではないと思っています。……したがって私は、民主党の次期大統領候補の指名を求めることも、受けいれることもいたしません」

北ベトナムがパリでの和平会談に同意したのは、それから数日後のことだった。

＊

「我々は大統領を打倒し、あるいは体制があと少しで打倒を受けいれるところにまで達した」ニュージャージー州プリンストンで開かれた集会で反戦活動家トム・ヘイデンは群衆に語りかけた。「我々は戦争を終わらせた」

エルズバーグは、平和主義者や徴兵拒否者に囲まれて座っていた。この集会にやってきたのは、彼らの話に耳を傾け、異なる意見に触れるためだった。そこに居合わせた人たち全員と同じように、エルズバーグも戦争が終わったと心から思いたがっていた。

戦争は終わっていなかった。終わりに近づいてさえいなかった。このあと数か月、エルズバーグは人生で最も暗い時期を送ることになる。

この集会でエルズバーグは、キング牧師が非暴力抗議運動について書いた本をある女性から教えられた。とくに感銘を受けたのは、ベトナム戦争反対を表明したキングの最近の演説だった。翌四月四日、マーティン・ルーサー・キングがテネシー州メンフィスで暗殺された。

アメリカが失ったものの大きさに恐れおののきながら、エルズバーグはカリフォルニア州マリブの浜辺に帰っていった。そのときはもう、前よりは少し頑丈な家に一人で暮らしていた。エルズバーグはロバート・ケネディの大統領選挙運動を支援しはじめた。戦争を終わらせようとするロバートの決意に心打たれ、重要なカリフォルニア州予備選に向けて彼のスピーチ原稿を練り上げる手伝いをした。六月五日、民主党のカリフォルニア州予備選で勝利を収めた数時間後、ロバートはロサンジェルスで暗殺者の凶弾に倒れ、この世を去った。

そのニュースを聞いたのはひげを剃っているときだった。

「何?」とエルズバーグは叫んだ。「なんだよそれ?」

エルズバーグはベッドのへりに腰をおろしてすすり泣いた。涙が頬のシェービングクリームの中に細い線を描いていった。たぶんこの国を変えることなんかできないんだ、とエルズバーグは思った。

＊

パリ和平会談は一九六八年五月に始まった。が、進展は何もなかった。アメリカは北ベトナム軍が南でおこなっている戦闘支援をやめるべきだと主張した。北ベトナムは、ベトコンの代表を含めた政府を南ベトナム政府に代わって樹立すべきだと要求した。

最悪の日々

戦争は続いた。一九六八年ほど禍々《まがまが》しい一年はなかった。「一一月になってもこの戦争が終わっていないなら、アメリカ国民は新しいリーダーを選んで差しつかえないと言っておきましょう。そして、新しいリーダーが戦争を終わらせ、平和を勝ちとるのだとみなさんにお約束します」と共和党の大統領候補ニクソンは宣言した。

ニクソンはアイゼンハワーの副大統領を八年務めたあと、一九六〇年の大統領選でジョン・F・ケネディに悲痛なまでの僅差で負ける経験をしていた。一九六二年には地元カリフォルニアで州知事選に出馬し、またしても敗北した。そんな彼がついに優位に立つ日が訪れた。ベトナム戦争の対応を誤ったジョンソンと民主党に国民は怒っていた。ニクソンは遊説に出向いた先々で繰りかえし約束した。「名誉とともに」戦争を終わらせる、と。どう終わらせるのかは述べなかったのだが。

民主党の大統領候補に指名されたのはジョンソンの副大統領、ヒューバート・ハンフリーだ。ニクソンにはなんとも好都合な話だった。公けになってはいなかったが、じつはハンフリーはベトナム戦争を痛烈に批判していたのである。彼はジョンソンが交渉で解決を図ろうとせず、ぐずぐずしていると考えていた。が、それを公言してジョンソンを激怒させるのは避けたいと思っていた。おかげでシカゴの民主党大会は惨憺《さんたん》たる結果に終わった。ハンフリーは反戦の政治綱領を採択せずに会場内の反戦論者を激怒させた。場外の路上では、戦争に反対する人びとの群れと警察が激しく衝突した。

フィリップ・カプートはこの暴動を間近で見ていた。ベトナムの行軍を生きのびて帰国したカプートは、シカゴの新聞社の記者になっていた。抗議する人びとが警官をなじり、ガラスを割り、警官が催涙弾を投げ、警棒で頭を叩くのをじっと見つめていた。カオスの現場をパトカーや救急車のライトが青や赤に照らし出していた。

「世の中が混乱してコントロール不能になっていた」とカプートは回想する。「アメリカ社会は、まるで木っ端みじんに割れてフレームだけが残った鏡のようになっていた」

＊

エルズバーグがテレビを消したのはそのときだ。エルズバーグはそのとき完全に関心を失ってしまった。

その夏は子どもたちと過ごした。もっとも、子どものほうは父親がいつ姿を見せるのかまるでわかっていなかったのだが。エルズバーグは職場にほとんど姿を見せなかった。たまに現れたと思うと、落ち着きがなくてピリピリし、どこか焦点が定まっていないように同僚には見えた。

「そのかわり、エネルギーの大部分を独身男の私生活にとことん注ぎ込んだ。極度の無力感と闘っていた」とエルズバーグはのちに述べている。

ひどい落ち込みと生きることへの無関心に悩まされた彼は、週に四日、精神科医のルイス・フィールディング博士のもとへ通いはじめた。

夏の終わりの世論調査では、ニクソンがハンフリーを一五ポイント、リードしていた。ニクソンは勝利に向けて順調に歩んでいた。それが九月末になって突然、面白い事態が起きた。ソルトレイクシティーの演説で、ハンフリーが勇気を奮いおこし、ジョンソンとの訣別に踏みきったのだ。「平和を成し遂げるために私はあらゆる可能な手段を試みます」とハンフリーは言い放った。「一月になれば状況は刷新されているでしょう。そのとき私は和睦を結びます」

大統領選まであとひと月、選挙戦は厳しさを増していった。

やがて、パリ和平会談が予想外の進展をみせたというニュースが舞い込んできた。アメリカが北爆停止を表明し、北ベトナムが南ベトナム政府代表との交渉の席につくことに同意したのである。ジョンソン大統領は一〇月三一日、この画期的な進展をテレビで高らかに報告し、新たな和平会談が数日中に始まると国民に告げた。

世論調査でハンフリーとニクソンは互角になった。

その結果がエルズバーグの目を引いた。「ハンフリーを大統領に」と謳ったポスターを、エルズバーグは愛車のフロントガラスにテープで貼りつけた。

「選挙戦にはあまり貢献できなかったな。ボンネットの塗装がテープではがれてしまったけどね」

＊

人生最高の選挙戦を戦っていたニクソンは、苦労してかせいだリードが雲散霧消してゆくさまを目の当たりにした。「爆撃が停止になったので、選挙戦で私にかなり有利に働くはずだった問題の効果が薄れてしまった。民主党政権では恒久平和は勝ち取れないと言って戦っていたから」のちにニクソンはこのときのことをそう説明した。

しかし、和平会談がニクソンの勝機を蝕《むしば》んだとしても、ニクソンには和平会談を蝕む用意ができていた。

一九六八年一〇月三一日、ニクソンの選挙対策本部長ジョン・ミッチェルは、アナ・シェノールトという名の女性に電話をかけた。

「アナ、ニクソンの代わりにかけている」とミッチェルは切り出した。「ベトナムの友人たちに共和党の置かれた立場をわかってもらわなくてはならない。きみが彼らにちゃんと伝えてくれてるといいんだが」

一九二五年に中国で生まれたシェノールトは徹底した反共主義者で、共和党婦人連盟の議長としてニクソンを支えていた。必要なら自分のコネを使い、ニクソンの代わりに南ベトナム大統領グエン・バン・チューに内密の伝言を送れると彼女は言った。そうする必要が出てきていた。伝えたいメッセージは単刀直入、こういうことだった。チュー大統領にパリ和平会談に参加しないように言ってくれ。ニクソンが勝つまでねばってほしい、南ベトナムはハンフリーよりもニクソンと組むほうがいいと伝えてくれ。

選挙戦の最終週、ミッチェルは毎日シェノールトに電話をかけた。シェノールトが駐米南ベトナム大使ブイ・ジェムにメッセージを伝えると、大使はそれをサイゴンにいるチュー大統領に電報で伝えた。

ブイ・ジェムはある電報にこう書いた。「ニクソンの側近と頻繁に連絡を取っています。共和党の多くの友人たちから連絡を受け、強硬姿勢でいくようにと勧められています」

一一月二日の世論調査ではハンフリーがニクソンを三ポイント、リードした。

同じ日、シェノールトは何度も繰りかえしてきたメッセージをジェム大使に送った。「今しばらくの辛抱だとボスに伝えてほしい」

南ベトナムのチュー大統領は、和平会談に出席しないと表明した。チューが不在では交渉はまた止まってしまう。アメリカの有権者は大きな失望感に見舞われた。

ニクソンはテキサス州の大会で和平交渉の頓挫に失望感を表した。「平和への見通しは、ほんの数日前に見られたほど明るくなさそうです」

*

「こりゃ国家に対する反逆だぞ！」とジョンソン大統領が怒鳴った。

ＣＩＡがチュー大統領のオフィスに盗聴器をしかけていたことをニクソンは知らなかった。アメリカのスパイは南ベトナム大使館とサイゴンの電報を日常的に傍受して、ブイ・ジェム大使の通話を盗聴していた。ニクソンが何をたくらんでいるのか、ジョンソンは正確に把握していた。

「チューが共和党と共謀しているとばれたら、世の中はえらい騒ぎになるな」とジョンソンは側近たちに言った。「北ベトナム政府があらゆる条件に対処してくれたのに、ニクソンが南ベトナムと結託して妨害しようとしている。そんなことが明るみに出たら、国民はなんて言うと思う？」

私は大統領選の四八時間前に世の中を揺さぶりたいのか？　私は、大統領候補の一人がベトナム戦争を終結させようとしている私の努力を邪魔していると国民に告げたいのか？　ジョンソンにはわからなかった。そこで、上院議員として長年共に働いてきた男に電話をして助言を求めた。イリノイ州選出の共和党議員、エヴェレット・ダークセンだ。

「友人としてきみに話したいことがあるんだが、これは内密に頼む」とジョンソンは切り出した。「危ない橋を渡ることになると思うから」大統領はつかんだ情報を詳しく説明した。

「裏工作をしている者の名を言える。張本人を把握してるからね」そしてこう続けた。「どう対処すべきだと思う?」

「私から彼に連絡したほうがいいな」とダークセンは返した。

血迷った男

一九六八年一一月三日の午後早々、ジョンソン大統領の電話が鳴った。電話に出たのは大統領本人だった。通話の録音装置が動いていた。

「大統領ですか。ディック・ニクソンです」

「私だ、ディック」

ダークセン上院議員から話を聞いた、とニクソンは落ち着かない調子で言った。明らかに何か誤解されているようです。私は大統領のなさっていることを支持しているし、チュー大統領はパリに行くべきだと思っている、と彼は自分の見解を述べた。

「そう強く思っていることを、わかっていただきたいと思いまして」とニクソンは続けた。

「だれかが南ベトナム政府の動きを妨害しようとしているという噂が流れているなら、私に関する限り、どれも根も葉もない噂だと断言できます」

「それをお聞きできてよかった」とジョンソンが返した。「というのも、実際、妨害が起きているのでね」

するとニクソンが笑い声を上げげた。「まさか私が、南ベトナム政府に、交渉の席に着くなと言うわけがありませんよ。パリまで行ってもらわないと。彼らをパリに行かせなくては和平が実現しない」

「そういう見解をお持ちなら、あなたは非常に健全な立場に立っておられるということだ」

そういう見解を持っている、戦争は終わってほしい、とニクソンはジョンソンに請け合った。「早ければ早いほどいいし、政治的な評価などクソくらえだ。ご信用ください」

「ありがとう」

ジョンソンは電話を切った。ニクソンの演技など信じていなかった。

しかし、どうすればいいのかわからない。ニクソンのいかがわしい取引の唯一の証拠の出所は盗聴器と電信傍受装置だ。それは絶対国民に知られたくない。それに、国家安全保障担当補佐官ロストウの見方にも賛成だった。「あまりに材料が危険すぎて、わが国の受けるダメージが大きいと思います。ニクソンが当選してもしなくても」

結局ジョンソンは口をつぐむことにした。アメリカ国民の知らない秘密がまたひとつ増えた。

ニクソンは一九六八年のベトナム戦争終結を阻んだと言えるのか？　たぶんそこまでは言えないだろう。チュー大統領は、アメリカの支援なしにコミュニストに立ち向かえば南ベトナム政府は長続きしないと承知していた。米軍を撤退させる協定をあせって結ぼうとは思っていなかった。だからハンフリーが早期終戦をスローガンに掲げて出馬したとき、チューがニクソンの勝利を望んだとみるのは筋が取った話ではあった。

選挙に勝つために和平交渉を妨害するニクソンは、いったいどんな人格なのか。ニクソンにとってゲームとはそういうものだったのだ。政治と選挙はいちかばちかの戦いで、気弱な人間には向いていない。だからニクソンは側近に言った。「私は真剣勝負でいく」

＊

投票がおこなわれる一一月五日の朝、ニクソンはタラップをのぼって〈トリシア〉号に搭乗した。娘の一人にちなんで名づけられた選挙運動用の飛行機だ。機内は風船や選挙ポスターで飾られていた。その一枚の前に立ち止まったニクソンはスローガンを読み上げた。

「ニクソンに決まり！」

「そうであることを願うよ」とニクソンは言った。

その日の午後、ニクソンはニューヨークで家族に合流した。マンハッタンのホテル、三五階のスイートルームだ。

　ニクソンはその日をこう述懐した。「自分へのご褒美に、熱い湯を張った巨大なバスタブに長いこと浸かった。時間をかけてひげを剃り、髪をとかしてから、ハルデマンに電話して、今どうなっているのか訊いた」

　ニクソンに最も近い補佐官の一人、ボブ・ハルデマンは隣室でニュースを見守っていた。妻のパット、二〇代前半の娘ジュリーとトリシアもテレビをつけていた。ニクソンだけがテレビを観ようとしなかった。緊張でいてもたってもいられなくなるからだ。

　東海岸では投票が終わり、集計結果が出はじめていた。ニクソンはソファに一人座ってコーヒーをすすりながら、膝に載せた黄色の法律用箋にメモを取っていた。接戦だが、当選に必要とされている選挙人投票数二七〇票は取れるのではないかとみていた。

　開票は夜通し続いた。ニクソンはうたた寝しようとしたが、できなかった。翌朝八時半になってようやく側近が最新情報を伝えにやって来た。「たった今、ＡＢＣがあなたの勝ちだと言いました！　やりました。当選です」ニクソンは廊下を駆けてゆき、妻や娘たちと抱き合った。娘のジュリーが言った。「パパ、絶対に勝つと思ってた！」

＊

2　秘密と嘘
血迷った男

1968年11月11日。新大統領リチャード・ニクソンと
去りゆく大統領リンドン・ジョンソン（後ろ）。

「一一月六日、投票日の翌日にはもう、いつものベトナムへの執着が戻っていた」とエルズバーグは言った。

自分の仕事はこれだという熱い思いが再び湧き上がり、早く仕事がしたくてランド研究所に戻ったころ、ヘンリー・キッシンジャーがランドにやって来た。ハーヴァード大学教授のキッシンジャーは国際情勢に関する幅広い知識があることと、その場にいない人間を侮辱する癖があることで有名だった。

「ニクソンは大統領に向いてない」エルズバーグは研究所を訪れたキッシンジャーがはっきりそう言うのを耳にしている。

数週間後、国家安全保障担当補佐官になってほしいとニクソンに請われたキッシンジャーはそのチャンスに飛びついた。

これはエルズバーグの励みになった。キッシンジャーはハーヴァードにいたころから知っているし、ベトナムでも一緒に過ごしたことがある。和平会談を支援したことも知っている。もう戦争を終える時期だと、彼ならニクソンに助言してくれるだろう。

エルズバーグが新政権に内部から影響を与えられるチャンスはすぐに訪れた。ニクソン政権で働くことを決めたキッシンジャーが、エルズバーグの上司、ランド研究所のハリー・ロウアンに電話をかけてきたのである。ニクソンが取りうるベトナム政策の選択肢を分析し、まとめてほしいという依頼だった。ロウアンは報告書の作成をエルズバーグに任せた。

エルズバーグが書いた報告書は、個々の選択肢に優劣をつけ、どれがよいかを論じたものではなかった。キッシンジャーが求めていた報告書ではなかった。それでも、自分がよいと思うやりかたの利点を少しだけ強調してはいた。和平会談と米軍の撤退が望ましいのではないかと。

「ダン、〝勝ち〟の選択肢が入ってないよ」報告書について話をするために面会したとき、キッシンジャーはそう言った。

「僕には勝ちの選択肢があるとは思えません」とエルズバーグは反論した。「兵力を倍にすれば状況は今より落ち着くかもしれません。ただしそれは撤兵するまでのあいだの話です。核兵器を使って皆殺しにすることもできるでしょう。でもそれが勝利だと私は思いません」
　キッシンジャーの考えを動かすことができたかどうかわからなかったが、エルズバーグは満足だった。できる限りのことはしたのだから。

＊

　一九六九年一月二〇日、レディ・バードとリンドン・ジョンソンはホワイト・ハウスの窓から外を眺めながら朝食をとっていた。曇り空の風が強い朝だった。一〇時半に、二人はホワイトハウスの北玄関、ノース・ポルチコのポーチに出た。車が一台その前に寄ってきて停リーだ。

まった。おりてきたのはリチャード・ニクソンと妻のパット、そして娘のトリシアとジュ

〈レッドルーム〉の暖炉の前で、気まずい沈黙の中、彼らはコーヒーをすすった。ニクソンは社交が大の苦手で、ときどき側近に頼んで、カードに話題のアイデアを書いてもらったりしていた。話に詰まると、こっそりそのカードを盗み見るのである。

ジョンソンは座を打ち解けさせようとしてニクソンにこう言った。「あなたの就任演説、どのくらいの長さになるのか興味がありますな」

二〇分くらいです、とニクソンは答え、ジョークを飛ばそうとヒューバート・ハンフリーのほうを向いた。

「ヒューバート、私の代わりに演説しないか？」

「そのつもりだったが、きみに邪魔されたよ」とハンフリーが返した。

彼らはそろって車に乗り、戸外で行われるのが慣例の就任式に出るため国会議事堂に向かった。この先どうなるだろうと思いながら、ジョンソンはニクソンの就任宣誓を見守った。

「今だから思うことだが、この世にアメリカ大統領となるに充分な能力を備えた人間などいない。大統領になるという大志を抱いていても、あの重大な仕事に就いたら、だれでも取るに足りない人間に成り下がってしまう」とジョンソンはのちに述べている。

ジョンソン一家は、その日のうちにテキサスの家に向かった。

*

次々に催される就任祝いのパーティに出席したニクソン一家がようやくホワイトハウスに戻ってきたのは夜中の一時半だった。スナックはないかと冷蔵庫をあさっていたトリシアとジュリーは、ジョンソン家の娘たちが置いていったピーナッツバター・アイスクリームとドクター・ペッパーを見つけて大喜びだった。

ニクソンは一家の居住スペースに置かれたピアノの前に座り、結婚前にパットに贈った自作の曲など数曲を演奏した。幸せなひとときだった。だが彼は、自分が世界で一番手強い仕事を引き受けたばかりだということを自覚していた。ジョンソン政権はベトナム戦争に壊されたのであって、自分にもそれと同じことは起こりうる。

しかし、ニクソンには自信があった。ジョンソンにはなかったものが自分にはあると思っていた。彼には、あるプランがあった。

「私に言わせれば、血迷った男のセオリーだ」選挙前、ニクソンは、海岸を散歩しながら側近のボブ・ハルデマンにそう言ったことがある。「戦争を終わらせるためなら何でもやってしまいそうなところまで大統領は来ていると、北ベトナムに思わせてやろうじゃないか。やつらの前で口を滑らせてこう言うんだよ、『まったくニクソンときたら、コミュニストを潰さねばならないという強迫観念に取りつかれている。頭に血が上ったら私たちには止められない。あの男は核のボタンに手を置いている』――するとホー・チ・ミンは、二日後にパリにやって来て和平を乞うさ」

フランス人やリンドン・ジョンソンに足りなかったのは強靭さであり、自分なら北ベトナムを脅して引き下がらせることができるという自信がニクソンにはあった。

「この国でそれができる人間が私なんだよ、ボブ」

ペンタゴン・ペーパーズ

「かなり変わった、感じの悪い人だった」ヘンリー・キッシンジャーは、新しいボス、リチャード・ニクソンのことを後年そう評した。「人と一緒にいるのを楽しめない人だった。なぜ政治の世界に入ったのか、まったく理解できないね」

だが、一緒にいてもあまり楽しくない大統領だとしても、キッシンジャーはニクソンの知性と大胆な行動力を評価するようになっていった。ニクソンもキッシンジャーも筋金入りの冷戦闘士だった。どちらも内密に仕事することを好んだ。このあと五年間、二人はアメリカの外交政策をともに作りかえてゆく。

優先順位が一番高かったのはもちろんベトナムだ。ニクソンが政権を引き継いだとき、ベトナム駐留米兵は五二万五〇〇〇人。戦死者はすでに三万人を超え、さらに毎週三〇〇人以上が死んでいた。北ベトナムに撃墜され、おぞましいホアロー捕虜収容所に入っているパイロットは約四〇〇人いた。パリの和平会談は進展しなかった。三月一六日、ニクソンは、ベトナム政策を話し合うためにキッシンジャーやアール・ホイーラー将軍と会議を開いた。

「さて、そろそろ決定しなくてはならないところまできてるんだが」と大統領が話の口火を切った。「爆撃するか、しないのか」

ニクソンはジョンソンが停止した北爆の再開には消極的だった。そんなことをすれば、戦争に嫌気がさしている米国民から激しい批判や抗議の声が上がるだろう。

「しかし、今直面していることに向き合わなくてはならない」とニクソンは続けた。「交渉の行きづまりを打開するには、何らかの軍事的な動きをするしかない。それは有権者も理解してくれるだろう」

今こそ血迷った男のセオリーを試すときだ。

一九六九年三月一七日、アメリカの爆撃機B‐52はカンボジア東部、ベトナムとの国境地帯にある目標に向けて攻撃を開始した。コミュニストはカンボジア領内から南ベトナムに補給品を運び込んで攻撃を展開しているのだから、これなら正当性があるだろうという気持ちがニクソンにはあったのだが、アメリカ国民がそれを知る必要はないと考えていた。「政権が発足してまだ二か月だったから、最初はできる限り国民から激しい抗議を受けないようにしたかった」とニクソンはのちに述べている。

有権者は戦争を拡大させるために自分を選んだわけではないことを彼は充分承知していた。カンボジアの作戦を伏せておくため、軍部は、ベトナムに爆弾を落としていると書いた偽りの報告書を議会向けに用意した。

*

ペンタゴンでは、マクナマラの作ったベトナム研究チームの仕事がようやく終わりかけていた。七〇〇〇ページにもおよぶ報告書で、作成されたコピーは一五部だけ。

そのころワシントンDCに行くことの多かったエルズバーグは、あるとき、チーム責任者のモートン・ハルペリンに一部貸してほしいと頼んでみた。読みたくてしかたがなかったのだ。国家安全保障会議メンバーとなりキッシンジャーのもとで働いていたハルペリンはためらった。この研究の存在を外部に漏らすわけにはいかなかったからだ。慎重に扱う、とエルズバーグは約束した。

ワシントンからロサンジェルスに帰るとき、エルズバーグは小分けにしたペンタゴン・

ペーパーズをブリーフケースに入れて飛行機に乗り、全文書を数回で運び終えた。報告書はすべてランド研究所のオフィスの鍵つき金庫にしまった。

カリフォルニアに戻ったエルズバーグのところに、ある日、意外な人から電話がかかってきた。パトリシアだ。最後に話したのはベトナムからアメリカに帰る途中、ヨーロッパから電話したときだ。あのときの電話にはまだ腹を立てている、とパトリシアは言った。何の音沙汰もなくいきなり電話してきて、そのあとも全然連絡してこなかったことを怒っていると言った。けれどまだ愛しているとも。

その春、しばらくして、パトリシアは自分の番組の仕事でロナルド・レーガン州知事にインタビューするため、カリフォルニアにやって来た。そのとき、エルズバーグにも会いに来た。関係はまだ終わっていないと、二人は会ったとたんに直感した。「以前と同じようにビッと感じるものがあった」とパトリシアは言う。

それはエルズバーグも同じで、「彼女に会えてほんとうに嬉しかった」

パトリシアはニューヨークに戻ったが、この先どうするか、二人はまだはっきりと決めてなかった。それでもその後数か月、エルズバーグとパトリシアは互いのことを思いつづけた。

＊

一九六九年五月九日の朝、キッシンジャーはフロリダ州キービスケインにあるニクソンの別荘でプールサイドに座っていた。朝食を食べながら新聞各紙に目を走らせていた彼は、ニューヨーク・タイムズを手に取るや椅子から跳び上がった。

第一面の見出しはこうだ。「米のカンボジア爆撃に抗議なし」

おそらくアメリカが極秘でカンボジアを爆撃しているのだろう、と記事にはあった。

「何だこれは！」プールサイドを歩きながらキッシンジャーは同じ言葉を繰りかえした。「何だこれは！」

ニクソンに一面記事を見せるため、キッシンジャーは駆けていった。

「何か手を打たないと！」キッシンジャーは息巻いた。「こいつらを潰さないと！」

「漏らしたやつを見つけ出してクビにしろ」ニクソンがぴしゃりと言った。

数時間もしないうちに、キッシンジャーの依頼を受けたFBIが、キッシンジャーの補佐官たちの電話に盗聴器をしかけていった。それでも漏えい者が見つからないので、FBIはジャーナリスト数名の電話を盗聴した。が、不法な盗聴をしても犯人は突きとめられなかった。ニューヨーク・タイムズは、カンボジア駐在の英人ジャーナリストからこの話を入手していたのだ。

いっぽうペンタゴンは、アメリカのカンボジア爆撃を公式に否定した。他紙はこの件をそれ以上追わなかった。爆撃は続いたが、話は立ち消えになった。

エルズバーグは事実を知る数少ないアメリカ人だった。

「そのとおりだよ」ハルペリンはニューヨーク・タイムズの記事が正しいとエルズバーグに言った。そして、極秘爆撃の背景について説明してくれた。「ニクソンは戦争を続けるつもりだ、撤退はしない」

リチャード・ニクソンが秘かにベトナム戦争を拡大している――エルズバーグは情報源を明かさずに、ランドの同僚たちに危機を訴えかけた。

「だれにも信じてもらえなかった。当時は政府が否定さえすれば事実を消し去れたからね」

＊

同月、しばらくたったあと、エルズバーグはオハイオ大学に招かれて講演をした。テーマはベトナムだ。

反戦を主張する学生が聴衆だったので、ペンタゴンに勤務していた経歴を持つ自分に不信を抱いている空気があった。スムースに対話を進めようと、エルズバーグはこう質問して挙手を求めた。南ベトナムではベトコンの勝利を望んでいる市民がほとんどだと思う人。

ほとんどの学生が手を挙げた。

「きみたちが正しいかもしれない」とエルズバーグは言った。「でも僕はそうは思わない」

ベトナムで見てきたことをふまえてエルズバーグは説明していった。南ベトナムの人たちの大半は、コミュニストでもなければ徹底した反共でもない。彼らは世界を冷戦の文脈で見ていない。「ここしばらく、こう思ってきた」とエルズバーグは言った。「南ベトナム人の大多数は、何であれ今のようなかたちで戦争が続くよりは、どちらが勝とうが、戦争が終わるほうがいいと思っているのではないかと」

講演が済み、学生たちが帰ったあと、エルズバーグはそのことについてさらに深く考えてみた。

「南ベトナム人の大多数は、だれが勝とうが戦争が終わればいいと思っていると言ったが、それはつまりどういうことだ？　アメリカは戦争を続けるといって自分たちの意志を押しつけているが、そこに正当性はあるのか？」

エルズバーグは夜遅くまで考え、翌朝、モートン・ハルペリンに電話をかけた。

「きみにひとつ質問があるんだ、モート。今、何でもいいから戦争の終結を望んでいるベトナム人の割合なんだが、きみから見て最も妥当な推測でどのくらいになる？」

「おそらく八〇から九〇パーセントくらいだね」

エルズバーグも同じ意見だった。「だが、新しい疑問が出てきたんだよ。そのことですごく悩みはじめてね。南ベトナム人の大部分が戦争の終結を望んでいるというのが事実なら、彼らの国で戦争を長引かせているアメリカに正当性はあるんだろうか？　一日でも長く戦争を続ける権利がなぜアメリカにあるんだ?」

長い沈黙のあと、ハルペリンが返した答えはこうだった。「とてもいい質問だ」

＊

エルズバーグはその夏、頭の中で疑問をくすぶらせながらペンタゴン・ペーパーズを読んでいった。

マクナマラの命じた研究報告書は分厚い三穴バインダー四七冊分もの難物だった。中身は、約一〇〇万語におよぶ政府や軍部の機密文書と、研究員たちが書き綴った一五〇万語の歴史物語である。エルズバーグにとっては目新しくない内容なので、どこを読んでもショックは受けなかった。

むしろ驚いたのは、その欺《あざむ》きのパターンだ。それがまたとても明確に記録されていることにも驚いた。

報告書には何もかもが記録されていた。発端はトルーマン大統領の下した決定だ。アメリカはベトナム人の大半が独立を願ってホー・チ・ミンを支持していると知りながら、戦争で旧植民地を取りかえそうとしているフランスを支援したのだった。フランスが戦争で敗れたあとの記録もあった。アイゼンハワー大統領は南ベトナム政府と結託し、ホー・チ・ミンが勝つとわかっていた統一選挙の実現を阻んだ。

「つまりアメリカは、民主主義を支援するふりをして選挙を妨害した」エルズバーグは報告書を読みながら、そう結論づけた。

このパターンは一九六〇年代に入っても続いた。一九六一年、ケネディ大統領は南ベトナムに特殊部隊を送り、ベトナムでの戦闘にアメリカ人を初めて参加させた。しかし、その事実は国民には伏せられた。報告書の大部分はジョンソン大統領時代に焦点を当てていた。トンキン湾事件で事実とは異なる公式声明を出し、そのあとも国民を欺きつづけたことがすべて記されていた。ＣＩＡの報告書の内容も記載されていた。それによると、北爆は「北ベトナム政府が軍事作戦を展開、維持する能力に対して目立った、あるいは直接的な効果をあげておらず」、一九六五年と一九六六年だけでも爆撃による犠牲者数は約三万六〇〇〇人にのぼり、そのうち「約八〇パーセントが民間人」ということだった。また、腐敗して評判の悪い南ベトナム政府を支援するためにアメリカ人が死んでいることをジョンソンが知っていたという証拠もあった。

のちにエルズバーグはペンタゴン・ペーパーズを回想してこう言う。「ランドの金庫の中に僕が保管してたのは、四人の大統領とその政権が二三年間つきとおした七〇〇〇ページにおよぶ嘘の記録だった」

市民の反抗

エルズバーグは自分のオフィスのドアを閉め、ひと夏かけてペンタゴン・ペーパーズを読みつづけた。

読み進むにつれ、また別のかたちの、嘘よりも厄介な欺きのあることがわかってきた。エルズバーグ自身、一九六七年にベトナムから戻ったあと、短期間この研究調査にたずさわっていたときに感じかけていたことだった。

今や彼は完全に打ちのめされていた。インドシナで戦争が始まってから二〇年以上、じつはアメリカは勝とうとしてこなかったのである。

もちろん、どの大統領も勝利を期待したし、望みもした。しかし、報告書を読んでいくと、どの大統領も勝つ可能性がほとんどないのを知りながらベトナム介入を拡大する決定を下している。軍の上層部は、勝つためには何が必要かを大統領に繰りかえし訴えている。大統領は戦争を繰りかえし拡大している。ただしその拡大は、将軍たちの求めるレベルの手前で止められている。

「大統領が変わるたびに同じことが繰りかえされるようになり、結局どうなったかというと、軍部の勧めに従って一発勝負に出るでもなく、和解交渉をして戦争をやめるでもない。戦争を継続する決定が年々下されていった。そんなアプローチでは行きづまりを打開できないと、あらゆる予測が示していたのに」

その傾向が最も顕著だったのはジョンソン時代だ。アメリカが戦争を拡大してゆけば、それに合わせて北ベトナムも戦うことをジョンソンはわかっていた。共産軍の士気が高いこと、共産軍はどこまでも戦うつもりでいることを知っていた。「むこうをノックアウトできるのは原爆だけ」だと、一九六七年の文書でマクジョージ・バンディはジョンソンに警告している。原爆を落とさなければ北ベトナムが全力で侵攻してくる、するとおそらく中国軍がやって来てさらに大きな惨事に至る、というのがバンディの意見だった。

となると……なぜ、なぜアメリカ人をベトナムに送りつづけるのか?

＊

内政、それがこの問題を解く鍵なのだとエルズバーグは思い至った。

「初めて戦争で負けたアメリカ大統領になるつもりはない」とジョンソンは繰りかえし口にしている。

市民の反抗

それがヒントだ。

「共和党だろうが民主党だろうが、戦争に負けたりサイゴンを失ったりしたいと思うアメリカ大統領はいない」のだとエルズバーグは悟った。「彼らは負け犬呼ばわりされないために人びとを死に追いやろうとしていた。どれだけ人が死のうと、面目を保つために戦争を続けたがった。ベトナムで決定的に重要だったのは、負けないことだった」

どの大統領も、とりあえず次の選挙までは南ベトナムが敗けずにすむ策を実行した。この胸くそ悪い推測から出てきた結論によってエルズバーグのベトナム戦争への見かたが変わった。しばらく前から反戦に転じてはいたものの、この戦争は本質的には立派な闘いだと彼はつねづね思ってきた。「尊い努力が方向性を間違え、善意が失敗している例だ」と思っていたのだ。

「でもそのときにわかった。これはある場所に甚大な被害を与えている、絶望的に行きづまった正当性のない戦争を続けているだけの話ではない、そもそも最初から間違っていた戦争だったんだと」

アメリカはベトナム戦争で判断を誤っていると反戦論者が声高に主張するところをエルズバーグは何度も聞いてきたが、彼らの主張は的が外れていた。

「判断を誤っていたのではなくて、アメリカじたいが誤りだったんだよ」

＊

そのパターンはおのずと繰りかえされていた。ベトナム戦争を軍事の力で勝利に導く現実的手立てはないとニクソンは思っていた。米国民が受け入れてくれる程度の犠牲では勝利はかなわない。彼にとっての取り組むべき課題は、北ベトナムをどうにか譲歩させて交渉の席に着かせること。そうすれば、国民に約束した「名誉ある平和」を手にすることができる。六月、ニクソンは大胆な動きに出た。まずは二万五〇〇〇人、ベトナムから米軍を撤退させてゆくと宣言したのだ。おかげで支持率は一気に七〇パーセントを超えた。

これでホー・チ・ミンも彼なりの譲歩案を出してくるだろうとの期待がニクソンにはあった。キッシンジャーはパリに出向き、ニクソンの姿勢を北ベトナム特使に明確に説明した。大統領は北爆を再開しておらず、米軍を撤退させ始めている。これが和平協定につながることを大統領は期待していると。

「しかし同時に、あなたがたに、心の底から真剣にこう伝えてほしいとも言われています」とキッシンジャーは続けた。「一一月一日までに解決に向けて大きな進展がなければ、まことに遺憾ながら、我々は重篤な結果をもたらす措置を取らざるをえない、と」

北ベトナムは譲歩を拒んだ。やがて一九六九年九月三日にホー・チ・ミンが亡くなった。北ベトナムの指導層は戦いを続行すると断言した。

ニクソンとキッシンジャーの側にボールが打って返されたわけだ。二人はさまざまな譲歩、さまざまな脅しを試みた。残された道はわずかだった。

「北ベトナムみたいな弱小の三流国がこのままずっと持ちこたえるなんて私は絶対に思わないね」とキッシンジャーはスタッフに言った。「強烈な一撃を、腰をすえて考えようじゃないか」

ニクソンは北ベトナムに一一月一日まで猶予期間を与え、譲歩を求めることに決めた。むこうが譲らないなら、こちらには「強烈な一撃」――コードネームは〈ダックフック作戦〉――の用意がある。

ニクソンは、共和党議員上層部と非公式に話しているときに自分の軍事行動計画をほのめかしている。詳しい話は避けたが、彼は議員たちにこう確約した。「初めて戦争で負けた合衆国大統領になるつもりはない」と。

＊

エルズバーグはフィラデルフィアのとある裁判所前の歩道に立っていた。完全なアホになった気分だった。反戦活動家のグループが目の前でデモ行進している。プラカードを持ち、スローガンを叫び、ビラを配っている。

「われわれは、自己の投票権のすべてを行使すべきである」という言葉がエルズバーグの頭に浮かんだ。「単なる一片の投票用紙ではなく、自己の影響力のすべてを投じるべきである」

この言葉が頭から離れなかった。ヘンリー・デイヴィッド・ソローが一八四九年に書いた有名なエッセイ『市民の反抗』の一節だ。奴隷制や、アメリカがメキシコで繰りひろげている、彼の目には不当と映る戦争に抗議して、ソローは税金の納付を拒否した。そのため逮捕され、刑務所に入ったのだが、彼はまったく後悔しなかった。

「われわれは、自己の投票権のすべてを行使すべきである。……自己の影響力のすべてを」

その考えかたにエルズバーグは、はっとさせられた。だがそれでも、自分はばかみたいだと思った。

フィラデルフィア近郊の大学で開かれる反戦活動家の国際会議に出席するため、エルズバーグははるばる西海岸から飛行機でやって来た。講演と討論をしようと思っていたのだ。なのに参加者はみな隊列を組み、裁判所に向かってデモ行進している。裁判所ではボブ・イートンという仲間の活動家が、徴兵を拒んだために禁固刑を下されようとしていた。エルズバーグは言い訳をつくって逃げ出そうかと思った。具合が悪いと言えばいいだろうか？でもそのあとどうする？　週末のあいだずっと部屋に隠れてるのか？

この前平和デモに参加したのは一九六五年、パトリシアと行ったときだった。それが唯一彼の参加したデモで、しかもデートしたさに行っただけだった。エルズバーグは今回もあのときと同じ恐怖を味わっていた。新聞に自分の写真が載ったらどうしよう？　ワシントンやランドの同僚の嘲り笑う声が聞こえてくる。

それでも、戦争に対する自分の思いはちゃんとわかっていた。エルズバーグはまわりを見回した。テレビカメラも記者もいない。警官の姿も見えない。通勤途中の人びとは急ぎ足で通りすぎ、デモなどほとんど気にかけていないようだ。

エルズバーグは足を踏み出してデモに加わった。

なぜ僕らはこんなことをしている？　まず思ったのはそれだった。僕はここで何をしている？　合衆国政府の巨大な力にこんなふうに立ち向かうなんて、ばかげてないか。ほかの参加者はエルズバーグの目の前でプラカードを振り、行進している。エルズバーグは反戦ビラをひと束つかむと、道行く人に配ってみた。

と突然、意外にも楽しくなってきた。

エルズバーグはこれまでずっと、インサイダーのサークルから切り離され、はじき出される恐怖に怯えていた。サークルにはとても明確なルールがあった。「権力者の政策に対して公けに立ち向かう見込みが少しでもあるなら、権力者に信頼されることも、権力者の信頼を得た者としてあてにされることもない。それがインサイダーの聖なる掟だった」と彼はのちに語っている。

社会人になってからというもの、エルズバーグはその掟に従って生きてきた。だがその日、その瞬間、彼は一線を越えた。エルズバーグは道行く人たちにビラを配っていった。ほとんど受けとってもらえなかったが、そんなことは気にならなかった。

「もう、それまでの恐怖に縛られてはいなかった。僕は、やがて知られることになる危険人物になりかけていた」

*

裁判所前のデモの翌日、エルズバーグは反戦活動家の集会で、すし詰めの会場の後列に座っていた。ランディ・ケーラーという若い活動家が聴衆の前に立っていた。

「昨日、僕らの友人のボブが刑務所に入った」とケーラーが話しはじめた。「先月はデイヴィッド・ハリスが刑務所に入った。ウォーレンやジョンやテリーやその他多くの友人もすでに入っている」

ケーラーはそこで言葉を止め、咳払いした。後方の席にいるエルズバーグにも彼の目に光る涙が見えた。

「きみたちが思うほど僕はこのことを悲しんでいない」とケーラーは言葉を継いだ。「何かこう、すごく素晴らしくて、僕ももうすぐ彼らの仲間になれるかと思うとわくわくする」

徴兵拒否をしたことでケーラーも収監されそうになっているのを聴衆は知っていた。数人が拍手し始めた。さらに何人かがそれに加わった。やがて会場にいる全員が立ち上がり、拍手をした。

「僕は刑務所に行くのが楽しみだし、後悔や恐れはまったくない。なぜかと言えば、ここにいるみんな、そして世界中のきみたちみたいな人たちが運動を続けてくれるからだ」

聴衆はみな手をたたき、歓声を上げていた。泣いている者もたくさんいた。エルズバーグは突然めまいを覚え、息切れがして、席に腰をおろした。外に出なくては、広いところに出なくては。人の列をかき分けてホールに出たあと、彼はトイレに駆け込んだ。電気をつけ、反対側の壁に寄りかかりながらずるずると体をすべらせた。そしてタイルの床に座り込むと、すすり泣いた。

「若者を食いつぶしている」とエルズバーグは独りごちた。

会場にいた若者は海兵隊で出会った友人たちに似ていた。国のために戦う愛国者。アメリカ最良の若者たちの行く先は戦場か刑務所だ。今一三歳の息子のロバートはどうなるのだろう？　ロバートが徴兵される年齢になる五年後も、戦争は続いているだろうか？

床にしゃがんだ彼は、体の震えが止まらなかった。

やがてエルズバーグはやっとのことで自分を取りもどし、深い息を数回ついた。立ち上がって洗面台に歩みより、バシャバシャと顔を洗った。そして鏡に映った自分を見つめた。

「おい」とエルズバーグは自分に問いかけた。「この戦争を終わらせるために、おまえに何がてきる？」

夜のコピー

一九六九年九月三〇日、トニー・ルッソの部屋の電話が鳴った。トニーは受話器を取った。「会って話したいことがある、二人で話し合ってきたことについて」と受話器のむこうの男が言った。「決心したよ」

声の主はダニエル・エルズバーグだとルッソにはわかった。エルズバーグの言うことの意味もちゃんとわかった。電話で話すようなことではない。

ルッソは三二歳、毛むくじゃらのもみあげと肩まで伸ばした縮れ毛のせいで体制側のインサイダーという印象はなかった。実際、もう体制側ではなかった。一九六九年の初頭まではランド研究所のアナリストで、廊下をはさんでエルズバーグの向かいにオフィスがあった。エルズバーグとはベトナムについてあれこれ話し合ってきた仲だった。ルッソはエルズバーグよりもずけずけと戦争を批判したので、ランドをクビになったのだった。解雇の理由は「予算上の問題」だと上司は言った。が、ランドはペンタゴンから直接仕事をもらっているから、その上司が雇い主の機嫌を損ねたくなかったというのがほんとうのところだろう。

「残念だとは思わなかった」突然の解雇について、のちにルッソはそう言った。エルズバーグ同様、彼も以前は中から政策を変えようとした。エルズバーグ同様、彼も別のアプローチを試したいと思っていた。二人はずっと交友を続け、夕食を食べたり浜辺を散歩したりしながら語り合ってきた。あるときエルズバーグが、金庫に保管しているペンタゴン・ペーパーズのことを口に出した。

「ダン、マスコミにリークすべきだ」とルッソは言った。

が、エルズバーグには一気にそこまでする心の準備ができていないようだった。

ノックの音がした。ルッソはエルズバーグを招き入れた。

「二週間ほど前に話した報告書のことだけど」とエルズバーグが話しはじめた。「外に出す」

「そうだよ！　やろうよ！」

量がすごいんだ、とエルズバーグが言った。コピーには時間がかかるだろうし、街のコピー店でできるような代物ではない。

「どこかにコピー機、ないかな？」

ルッソはにやりと笑ってこう返した。「絶好の場所がある」

＊

翌日、ランド研究所の警備員は、本社に出入りする人間全員の身分証をいつもどおりにチェックした。屋上では双眼鏡を手にした警備員が監視を続けていた。ほんの一ブロック西では、サンタモニカ埠頭脇の広い砂浜に波が打ち寄せていた。

エルズバーグは研究所内のオフィスに座り、同僚が帰るのを待っていた。

日が暮れ、まわりに人がいなくなってから、エルズバーグは金庫を開けた。「極秘」の判が押された何冊もの青の分厚いバインダーをさっと見わたした。気づかれずに持ち出すことなど、とても無理だ。革のブリーフケースに入れられるだけのものを入れ、エルズバーグは廊下に出た。

階下のロビーでは、駐車場に通じるガラス扉前の警備デスクに警備員が二人いた。ふつうはそのまま出られるが、たまに職員のブリーフケースがチェックされることもあった。

エルズバーグは警備員のほうに歩いていった。ロビーには第二次世界大戦時のポスターが何枚か貼ってある。戦時には守秘が大切だと市民に訴えるポスターだ。

「口は禍《わざわい》のもと」と警告するものが一枚。

「ここで見るもの、しゃべることは、ここだけに留めること」というのもある。

エルズバーグは空いたほうの手を警備員に振って通りすぎた。

「ご苦労さま、ダン」という挨拶が返ってきた。

＊

エルズバーグはルッソのアパート前に車を停めた。部屋に入ると、リンダ・シネイという二〇代の女性を紹介された。シネイはルッソのガールフレンドで、小さな広告代理店を経営しているらしかった。彼女のオフィスにコピー機があり、営業時間後なら使っていいという。「力になりたかったの」とのちにシネイは言った。「これほどの大事になるとは思ってもみなかった」

三人は車でシネイのオフィスに向かった。小さなビルの二階にあり、一階には花屋が入っている。シネイはオフィスの鍵を開け、防犯アラームを解除するときの鍵はどれかを教えた。解除するには鍵を右に回せばいいのか左に回せばいいのか全然覚えられない、と笑いながら。

オフィス内をさっと案内したあと、シネイは受付脇にある大きなコピー機を見せた。エルズバーグは青いバインダーを一冊取り出し、紙を綴じている金具を開いた。そして最初の一枚を取り出すと、表《おもて》を下にしてコピー機のガラスの上に置き、「コピー」ボタンを押した。明るい緑色の光がエルズバーグの目を照らした。

一九六九年当時のコピー機は今よりはるかに動作が遅かった。書類を一枚ずつ手でガラス面に置かねばならないうえ、一枚コピーするのに数秒かかる。エルズバーグはコピーを四部取りたかったのだが、それではいつまでたっても終わらないとすぐに悟り、結局二部取ることにした。機械の操作はエルズバーグで、出てきたコピーをシネイのデスクに運び、ページ順に並べてそろえてゆくのがルッソの役目だ。

ガラスのドアをノックする大きな音でエルズバーグの集中が途切れた。見上げるとドアの外に警官が二人立っていた。そのうちの一人が、今しがたドアをたたくのに使った警棒を持っている。

なるべくさりげなく見えるよう、エルズバーグはこれからコピーするつもりのページに押された「極秘」印の上に白紙を落とした。そしてドアまで歩いていった。

「どうしました?」とエルズバーグ。

「アラームが切れてるよ」

「リンダ、きみにお客さんだ!」どうかルッソが気づいてくれるように、と思いながらエルズバーグは大声でシネイを呼んだ。

警官たちがオフィスに入ってきた。エルズバーグがあとに続いた。ルッソが積み上げている紙の山にちらりと目をやった。文字はちゃんと隠してあった。

「やあ、リンダ」と警官の一人が言った。「また、やっちまったな?」

「あらら、ごめんなさい。あの鍵の使いかた、私ほんとにわかってなくて」

「まあ、いい。使いかたを覚えるんだぞ」

「そうします」

警官たちは手を振り出ていった。エルズバーグとルッソは顔を見合わせると、再び作業に戻った。

＊

ルッソとシネイは深夜に帰宅した。エルズバーグは夜明けまで作業を続けた。

朝五時半に作業が終わると、原本を慎重にバインダーに戻し、書類をすべて自分の車まで運んだ。オフィスの金庫に戻したくてしかたなかったが、まだ無理だろう。こんなに早く出社したことがないので、警備員が不審に思うはずだ。彼はレストランに入り、時間をかけて朝食を食べた。

八時になると、エルズバーグはランド研究所のロビーをゆったり通りぬけて、自分のオフィスに上がった。そしてバインダーを金庫に入れて鍵をかけると家に帰った。空が青く晴れわたった素晴らしい朝だった。緊張しすぎて眠くなってきたので、水着に着替えて浜に走り、波に飛び込んだ。大きな波に身をゆだねて岸まで運ばれたら、沖に向かって泳いでいった。

太平洋でのボディサーフィンは、エルズバーグの大のお気に入りのひとつだ。あと何回できるだろう？

「ひと月ほどすれば、僕は刑務所の中だろう。たぶん一生出られないかもしれない」と彼は独りごとをつぶやいた。

＊

三日後、エルズバーグと息子のロバートは、屋外のピクニックテーブルにバーベキューチキンの皿を運んでいた。道路沿いのこのレストランは彼らの長年のお気に入りだ。しかし、今日は楽しむためにやって来たのではない。

ここ三日、エルズバーグはシネイのオフィスのコピー機の前で夜を過ごしていた。この先眠れない夜が何週間も続くだろう。自分の行動が招く結果を想像し、くよくよ悩むのはやめようとしてきたが、刑務所に面会に来た子どもたちの姿を思い浮かべると胸が苦しくなった。

「二週間もしないうちに、子どもたちとこんなふうに向かい合って話すことも二度とできなくなるだろう。話すときはガラス越しだ」エルズバーグは心配だった。「子どもたちはすぐ、新聞やテレビで父親が裏切り者になったと知るんだ」

メアリーはまだ一〇歳で、小さくて理解できないだろう。だが、ロバートはもうすぐ一四だ。終わりなきベトナム戦争に息子が送られるかもしれない――それもまたエルズバーグを極秘文書のコピーへと向かわせた大きな動機のひとつだった。自分が今していることとその理由を、エルズバーグは息子に伝えておきたかった。お昼を食べながら、彼はロバートに、ペンタゴン・ペーパーズとその中で明かされていることを話した。そして自分が疲れた顔をしている理由を説明した。

ロバートはショックを受けていないように見えた。彼は、父親のすすめでソローの『市民の反抗』やインドの非暴力独立運動を率いたガンジーの伝記を読んでいた。正義を追い求める人間は、たとえ刑務所に入ることになろうと、行動しなくてはならないときもある、という考えにロバートは賛成だった。

ペンタゴン・ペーパーズのコピーを手伝いたいか、とエルズバーグは息子に訊いた。手伝いたい、とロバートは答えた。「すごく重要で、絶対ばらしてはいけないことに仲間入りしてる感じがあった」ロバートはそのとき、そう思ったという。

＊

二人はシネイのオフィスに車を走らせた。シネイがデスクで仕事していたが、週末なのでほかの社員はいなかった。エルズバーグは作業手順をロバートに説明した。まず、コピーの上部と下部に押された「極秘」印の部分をはさみで切り取る。切って少し小さくなった紙をもう一度コピーして、スタンプのないフルサイズの書類を作るのだ。退屈な作業だが、この報告書をこれからどうするのか、どのくらいの期間持ち歩くのかわからない。だから、スタンプのないコピーを持っているほうが安全なのだ。

コピーはロバートが取った。エルズバーグは床に座り、紙の上下を切り取っていった。

警官がドアをノックした。今回は三人だ。ロバートが警官を中に入れた。

「またアラームが切れてる」警官の一人がエルズバーグに言った。

「すみません」とエルズバーグは床に座ったまま答えた。まわりには「極秘」の紙切れが散らばっている。「アラームのつけかたを覚えなきゃな」

警官たちはあたりを見回した。机の前に女が一人、はさみを手に床に座っている男が一人、コピー機のところに一〇代の子どもが一人。家族で工作か何かしているのだろうか？

警官の一人が、外へ出ながら「オーケー」と言った。「もっと気をつけて」

その夜、エルズバーグは息子を家まで送り届けた。

「今日はコピー機の使いかたを覚えたよ」とロバートは母親に言った。

「あら、そうなの？　よかったね」

「うん、パパが極秘文書を全部コピーしてた」

トラブルメイカー

「もうカンカンに怒りました」元夫が夜に何をしているのか聞いたときのことをキャロル・カミングズはのちにそう語った。「内心、頭がおかしくなったに違いないって思ったわ」

キャロルは受話器を取ると、エルズバーグの番号を回した。

「例の書類の件で今すぐ話がしたいの」

「電話じゃできない」

「ええ、でも話す必要があるわ。これは本気で言ってるの」

エルズバーグはキャロルと中華料理店で会うことにした。ベトナムから帰って以降、彼女とはうまくやっていた。「でも、これでずたずたになった」とエルズバーグは嘆いた。

夕食を食べながら、エルズバーグは、ロバートと二人で何をしたのか、なぜそんなことをしたのかを説明していった。

「あのね、あなたが何をコピーしてるのか知らないし」とキャロルがさえぎった。「知りたくもないわ。そんなこと、聞きたくない」キャロルも反戦主義者だったが、大事なのはそこではない。私が言いたいのはね、すごく簡単なことなのよ、とキャロルは語気を強めた。「子どもを道連れに重罪を犯さないで」

もうロバートを巻き込んだりしないとエルズバーグが言ったので、キャロルは少し安心した。思い込んだらあとには引かない人だとわかっていたし、むこう見ずな人間だとも思っていた。が、正気を失っていないことは確かだ。

夕食後、エルズバーグはランド研究所まで車を走らせて、金庫の中から次の書類の束を取り出した。

*

一週間後の一〇月一五日、ニクソンはテレビでアメリカン・フットボールを観戦していた。ホワイトハウスは何千人という抗議者に取り囲まれていた。「取り乱すな」とニクソンはメモ用紙に書き込んだ。「動揺するな、反応するな」

政権発足後、しばらく小康状態が続いたが、ここのところ戦争反対の声が大きくなってきていた。今回のデモは最大で、全国の大小の町で二〇〇万人以上が行進やデモをおこなっていた。教会からは死者を悼む鐘の音が聞こえてきた。死者は四万人を超え、さらに増えつづけていた。

取り乱すなとメモ用紙に書きつけたにもかかわらず、ニクソンは動揺していた。

このとき廊下の先では、〈ダックフック作戦〉を発表するために大統領が読み上げる原稿をスピーチライターが書いていた。ニクソンとキッシンジャーは、「強烈な一撃」で北ベトナムを譲歩に追い込むことができるだろうと期待していた。が、ニクソンは二の足を踏んでいた。

「これだけ抗議デモが起きてしまうと、何であれ戦争を拡大するたびに、アメリカの世論は真っ二つに割れるだろうと思った」と彼はのちに書いている。

〈ダックフック作戦〉は当面、棚上げとなった。自分たちがどれほど大きな影響を与えたか、デモ参加者には知るよしもなかった。

*

エルズバーグはロサンジェルスのローカルテレビ番組にゲストスピーカーとして出演した。子どもたちにも見せてやろうと、ロバートとメアリーも連れていった。テレビ局からの帰り道、エルズバーグは書類を取るためにリンダ・シネイのオフィスに立ち寄った。パパとロバートが中から大急ぎで取ってくるから、そのあいだ車の中で待ってなさい、とエルズバーグはメアリーに言った。が、メアリーが一人残されるのは嫌だと言うので三人でオフィスに入っていった。

出来上がっていたコピーを取りに寄るだけのつもりだったのだ。でも、せっかく来たのだし、ちょっとだけ仕事していこうと思い立った。キャロルとの約束があったから、メアリーはコピー機から離れた部屋のソファに座らせておいた。そして、この前と同じように、ロバートがコピーしているかたわらで紙を切っていった。どのみち、ロバートはもう巻き込まれているのだ。

メアリーは退屈で飽きてしまった。

「隠れて何かをしているなと、はっきりわかりました。戦争を終わらせることに関係していて、しかも危険なことなんだとわかりました」とメアリーはのちに語っている。

メアリーはソファから立ち上がり、二人の作業を見にいった。エルズバーグは娘にはさみを渡すと、一緒に床に座り込み、「極秘」部分を切り取っていった。

「今日ここでしたことはママには内緒だよ、とその夜は娘に言ったんだ」とエルズバーグは回想する。両親の言い争いに巻き込んで、娘にはほんとうに身勝手なことをしたとのちに気づくことになるのだが。

コピーは一〇月一杯続いた。ルッソは夜にたびたびやって来て手伝ったが、あるとき名案を思いついた。コピー機のガラス面に細く切ったボール紙を二枚テープで貼ってコピーすれば時間を節約できる。報告書をガラス面に置くと、「極秘」部分がボール紙で隠れるので、本文だけをコピーすることができる。

「即席の機密解除法だね」とエルズバーグはジョークを言った。

＊

一九六九年一一月二日、マリブの浜辺の家にいたエルズバーグは、窓から道路を見つめながらタクシーの到着を待っていた。パトリシアが来ることになっていた。

その年の春、パトリシアがカリフォルニアを訪ねたあと、二人は電話で連絡を取りつづけていた。エルズバーグはもう一度やり直したいと思っていた。パトリシアはニューヨークからやって来て一週間滞在してもいいと言ってくれた。そろそろ着くころだった。

そのとき電話が鳴った。反戦運動を主催している重要人物からだった。その男は自己紹介をすると、戦略会議を開くので今すぐワシントンDCに来てほしいとエルズバーグに言った。受話器を耳に当てて話を聞いているときにノックの音がした。エルズバーグはドアを開けて、中に入れとパトリシアに身ぶりで示した。

パトリシアはバッグを家に運び入れた。エルズバーグは話し相手に「行く」と答えて電話を切った。

「面倒な状況だった」とエルズバーグは回想する。「それまでの三年間で、パトリシアと僕が一番長く一緒にいたのは、あのときだったから」

しかしエルズバーグは会議を逃したくなかった。それにワシントンに行けば、次のステップに進めるかもしれない。ウィリアム・フルブライト上院議員にペンタゴン・ペーパーズのことを話してコピーを渡せるだろう。

ワシントンに行かなくてはならない、とエルズバーグはパトリシアに言った。突然ベトナムに発ったときに少し似ていた。が、今回はパトリシアに同行してほしいと言った。彼女はまだ荷を解いてもいなかった。

エルズバーグの何かが変わった、とパトリシアは感じた。「一途なところは同じだったけど、そこに思いやりや人間味が加わっていた」と彼女はのちに言う。「だから私たちは愛し合うことができたの」

二人は午前中に空港へ車で向かった。エルズバーグのスーツケースに詰まった服の下には、ペンタゴン・ペーパーズの最初の一〇〇〇ページがしのばせてあった。

*

その日の夜、これが一〇月一五日の大規模デモに応じるスピーチになるといいが、と思いながら、ニクソンはベトナム戦争について国民に語りかけた。

「我々全員で理解しようではありませんか。今、目の前にある問題は、平和支持者がいたり戦争支持者がいたりするということなのではありません。どうすればアメリカの平和を勝ち取れるか、それが大きな問題なのです」

ニクソンは、北ベトナムと交渉するために自分がどのような努力を重ねてきたのか振りかえり、戦争継続の非は北ベトナムにあると主張した。今後は、徐々に南ベトナム軍に戦いを引き継ぐ「ベトナム化政策」を取ってゆく。米軍撤退のスケジュールは未定だ。それは、戦場および交渉の席での進捗具合による、とニクソンは言った。

「ですから今夜、私はみなさんに、声なき偉大なる大衆であるアメリカ国民のみなさんに支援を求めます。平和のために一致団結しましょう。敗北せぬよう団結しましょう。なぜなら、北ベトナムは合衆国を負かしたり辱めたりできないからです。それができるのはアメリカ人だけなのです」と結んだ。

国民の肯定的な反応にニクソンは興奮した。支持率は上がった。「私の求めていた支持を国民から得られた」とのちに彼は述べた。「ベトナムで戦いながらパリで和平交渉を進める政策を続け、いずれ名誉や成功とともに戦争を終えるために必要な支持を」

＊

両手にブリーフケースを持ったエルズバーグは、フルブライト上院議員のオフィスに入るとソファに腰をおろした。カーテンが引かれた大きな部屋にはランプがぼんやり灯っていた。

上院議員と首席補佐官のノーヴィル・ジョーンズは、ブリーフケースの中身とそれを公開すべきと考える理由をエルズバーグが説明するのに耳を傾けた。エルズバーグは早口で、身ぶり手ぶりを加えながらしゃべった。「意見ははっきり言うけれど、神経質な人だった」とは当時を回想したジョーンズの評だ。

フルブライトはすぐさま興味を示した。すでに彼はトンキン湾事件に嘘があったことを知っており、おそらくほかにもいろいろな嘘があるのだろうと考えていた。ジョーンズに報告書を渡してくれ、とフルブライトはエルズバーグに言った。二人ですぐに読み、上院外交委員会の公聴会を開こうと言った。ペンタゴン・ペーパーズの存在を米国民に明かすドラマチックなセッティングだ。

ジョーンズのオフィスに招き入れられたエルズバーグは、ブリーフケースを開けると書類をデスクの上に積み上げた。ジョーンズはオフィスの金庫にそれを入れて鍵をかけた。

カリフォルニアに戻る前に、エルズバーグはパトリシアにペンタゴン・ペーパーズのことを打ち明けた。エルズバーグが危ない橋を渡っているのは心配だったが、パトリシアは報告書を公けにする決意に賛成だった。

「これで私たちは完全に意見が一致したの」とのちに彼女は語った。

カリフォルニアのマリブの浜辺に戻ったエルズバーグは、パトリシアに三度目のプロポーズをした。パトリシアは少し考えさせてほしいと答えた。「僕が信頼できる人間なのか、まだ確信が持てていなかったんだよ」とエルズバーグは当時を振りかえる。彼女がイエスと答えたのは一九七〇年の初頭だ。

娘から結婚話を聞かされたパトリシアの父、ルイスは、娘が選んだ男についてこう警告した。「そいつはトラブルメイカーだな」

パトリシアには百も承知のことだった。

大統領の素顔

一九七〇年早々のある冬の日、エヴェレット・アルバレスを含むアメリカ人捕虜数名は、ジープに乗せられ、ハノイの街なかに連れていかれた。どこに行くのか彼らには見当もつかなかった。

ジープは革命博物館の前で停まった。捕虜たちは中に誘導され、ベトナム人が血を流してフランスからもぎ取った勝利と、現在進行中のアメリカとの戦いをたたえる展示を見せられた。撃墜された飛行機と捕らえられたパイロットの写った大きな写真もあった。アルバレスは自分の名前がはっきり書かれたフライト・ヘルメットと制服が展示されているのを見つけて呆然となった。

しかし、ほんとうにショックを受けたのは許可をもらってトイレに入ったときだ。五年半、壊れたバケツで用を足してきたアルバレスの目の前にあらわれた小便器が信じられないほどきれいで立派だったのだ。手を洗いながら、捕虜になって初めて鏡に映った自分の姿を見た。「嘘だろ?」とアルバレスは息をのんだ。「これが俺なのか?」

拷問はこの一年でずいぶんましになったが、顔にはそのダメージがあらわれていた。まるで中年男のような、こけた頬と目元のしわを彼は指先でさすった。髪にはところどころ白いものが混じっている。アルバレスは三二歳になっていた。

＊

一九七〇年二月二一日、ヘンリー・キッシンジャーはパリ郊外の住宅の小さなリビングルームに座っていた。北ベトナム政府高官、レ・ドク・トとのあいだで繰りかえしおこなわれることになる極秘会談の第一回目である。ニクソンもキッシンジャーも、北ベトナムを譲歩に向かわせる道をあいかわらず探っていた。そういうわけで今回、会談の場を設けることにしたのだった。

キッシンジャーとレ・ドク・トは一メートルほど離れて安楽椅子に座った。トは白髪の五九歳で、「非の打ちどころがない」とのちにキッシンジャーが評するマナーの持ち主だった。一六歳で抗仏勢力に加わり、フランスがベトナムにつくった収容所で一〇年過ごし、革命に生涯を捧げた男だった。

開口一番、トはサイゴン政府をアメリカの「傀儡《かいらい》」だと言った。海外の大国に糸を引いてもらわなくては自分の足で立つこともできない政権だと。

「我々は大きな犠牲と損失を被り、並々ならぬ困難を経験してきたにもかかわらず、勝利を手にしました」とトは続けた。

「あなたがたが戦争に勝ったと?」

「以前は米兵とサイゴンの兵が一〇〇万人以上いましたが、あなたがたは事を成せなかった。傀儡政権の兵士たちに戦わせて、どうして勝つことができます?」

それこそまさにキッシンジャーがかねてから悩んでいたことだった。ニクソンのベトナム化政策の弱点だ。それでもキッシンジャーは、ニクソンを甘く見てはいけない、彼の決意を大胆に試したりしてはいけないと、トを戒《いまし》めた。翌月また会う約束をして二人は別れた。

ニクソンは今後一二か月かけてベトナムから米兵をさらに一五万人撤退させると宣言し、ベトナム化政策を続行していた。となると、ベトナム駐留米軍は彼が大統領に就任したときの半分になる。

ニクソンは、北ベトナムの考えかたを変えたいという希望も捨ててはいなかった。「私たちに打てる先手を考えなくてはならなかった」とニクソンはのちに書いている。「ベトナムで果たすと約束したことを、アメリカはまだ本気で考えているのだと敵に示すために」

＊

フルブライト上院議員からは何の知らせも来なかった。面会後の数か月、エルズバーグは何度もノーヴィル・ジョーンズに電話をかけた。上院議員はどう行動すべきかを比較検討中だと言って、ジョーンズはエルズバーグをはぐらかした。じつはフルブライトは、自分が極秘文書を公けにしていいのかどうか真剣に悩んでいたのである。

エルズバーグが三九歳になった四月七日、ＦＢＩの訪問を受けたとキャロルが電話をかけてきた。元夫がコピーしたかもしれない機密文書について何か知らないかと尋ねられたという。キャロルは、知らないと答えたらしかった。

ＦＢＩがいったいどうやって嗅ぎつけたのか。エルズバーグはキャロルの家に車を走らせた。

「あのこと、だれかにしゃべったのか？」とエルズバーグは詰問した。

「しゃべってないわよ」

メアリーがそばで両親の言い争いを見ていた。

「メアリー、おまえだな」とエルズバーグが言った。

「だれにも言ってないよ、パパ」不当に責められたメアリーは深く傷ついた。

メアリーもコピーに巻き込まれていたとキャロルが知ったのはそのときである。

エルズバーグが漏れた経緯を知るのは何年もたってからだ。前年のクリスマス、父親の家をたずねたキャロルが元夫のしていることを継母に話していたのだ。だれかに打ち明けてストレス発散しようとしただけだった。ほかの人には言わないでくれとキャロルは念を押したが、キャロルが帰るやいなや、継母はＦＢＩに電話した。

ＦＢＩがどこまで本気でこのことを調べているのかわからないが、時間は限られている、とエルズバーグは思った。だから取ったコピーを小分けにして友人たちの家に隠し、ランドを辞めようと決心した。「保安官が僕を訪ねてくるのは時間の問題で、訪ねてくる場所をランドにしたくはなかった」

エルズバーグはマサチューセッツ工科大学にいる友人に電話をかけ、ランドの半分の給料でＭＩＴ国際研究センターの職を紹介してもらった。

「こんなふうに終わらなくてはならないなんてすごく残念だ」とエルズバーグの友人でランド研究所の長年の上司、ハリー・ロウアンは言った。

その思いはエルズバーグも同じだったが、まだ何も終わっていないこともわかっていた。彼の頭に浮かんでいたのは作家E・M・フォースターの一文である。「国家を裏切るか友を裏切るかと迫られたときには、国家を裏切る勇気をもちたいと思う」

それこそエルズバーグが抱えていたジレンマだった。事実上ランドから盗んだといえる機密文書を明るみに出せば、信頼を寄せてくれていたロウアンを個人としても職業人としても裏切り、傷つけることになる。しかし明るみに出さなければ、また別のかたちで裏切ることになるとエルズバーグは考えていた。それは愛する国家と、今なおベトナムで命を落としている人たちへの裏切りではないかと思ったのだ。

今回の場合、フォースターの言葉は当てはまらないな、とエルズバーグは思った。

＊

ニクソンは眠れずに何度も寝返りを打っていた。が、とうとうあきらめて、ホワイトハウス内のリンカーン・シッティングルームまで歩いてゆき、夜明けまで一人きりで座っていた。一九七〇年四月三〇日のことである。

その日は重大な声明を出すことになっていた。厄介なことになりそうだった。モートン・ハルペリンを含め、キッシンジャーが重用していた側近四人が、大統領の決定に抗議して、すでに職を辞していた。とくに気がかりなのは、スミス・カレッジに通う娘ジュリーのことだった。「この声明を出したあと、学生たちが怒りを爆発させるかもしれない」とニクソンは閣僚に言った。

その夜、ニクソンは東南アジアの大きな地図の横に座り、国民に呼びかけた。「ベトナムにいる米兵たちを守るため、そして米軍の撤退とベトナム化政策を必ずや首尾よく継続してゆくために、行動を起こすときが来たと私は判断しました」

共産軍はカンボジアの領土内に補給品を蓄え、南ベトナムに攻撃を展開している。地図でカンボジアを指し示しながら、ニクソンはそう説明した。そのため、国境を越えてベトナムからカンボジアに米軍を送る決定を下したと。

「アメリカは屈辱をなめるわけにゆきません」ニクソンは国民に語りかけた。「負けるわけにはいかないのです」

＊

ニクソンがカンボジア侵攻を決めると、過去最大の抗議デモに火がついた。彼の予想どおり、大学のキャンパスは騒然となった。

海兵隊員からシカゴ・トリビューンの新聞記者に転じたフィリップ・カプートは、部長から電話をもらったとき自宅にいた。オハイオ州のケント州立大学がえらい騒動だと部長は言った。反戦派の学生たちが軍の使用している建物の窓ガラスを割って火をつけたので、州兵が出動し、キャンパスを占拠しているという。

カプートはクリーブランドまで飛行機で飛んでレンタカーを借りた。ケントめざして車を走らせているとき、カーラジオからニュースが流れてきた。州兵がケント州立大学で発砲したらしい。カプートは最後の数キロを飛ばした。

キャンパスはまるで紛争地帯のようだった。学生の姿は見えず、焼け跡が目に入った。銃剣を取りつけたライフル銃を持つ州兵が木立の背後にしゃがんでいた。駐車場のアスファルトがところどころ血で滲んでいた。

いったい何があったのかをカプートはほかの記者から聞いた。その日の朝、反戦派の学生たちがデモをするためにキャンパスに集まってきた。ガスマスクをつけた州兵が群衆に向かって催涙弾を投げ、学生たちは州兵に石を投げた。学生の大半はただ叫んでいただけだった。州兵の小隊が機関銃を発砲し、学生が四人死んだ。女子と男子が二人ずつだ。

カプートにはとても信じられなかった。「石を投げたり罵声を浴びせたりする者たちに三〇口径のライフル銃で手当たりしだい打ちまくるなんてことが、アメリカで起きているとはとても思えなかった」とカプートは回想する。「いやたぶん、ありえたかもしれない。アメリカは変わってしまったから」

＊

「ケント州立大学の事件後の数日間は、大統領だった期間中、とくに暗い日々だった」とニクソンはのちに語る。「子どもたちが死んだニュースをいきなり突きつけられた家族のことを考えずにはいられなかった」

事件後、抗議はさらに激化した。四五〇の大学のキャンパスを怒り狂った学生が完全封鎖し、ワシントンDCには反戦派の学生がなだれ込んだ。キッシンジャーは、自宅のあるアパートメントハウスを騒ぎ立てる群衆に取り囲まれて眠ることができず、ホワイトハウスの地下室に逃げ込んだ。若き補佐官エジル・クローは、ホワイトハウスの周囲にバスを六〇台、数珠つなぎに駐車させてバリケードをつくり、当座をしのぐ案を思いついた。「一〇万人以上の怒れる学生たちが、ホワイトハウスになだれ込まないようにするため」だったという。

デモの参加者は道路に座り込み、ホワイトハウスに入ろうとする者をさえぎった。催涙弾がバスのバリケードのむこうから弧を描いて飛んできて、学生たちのところに落ちた。ホワイトハウス内の者たちはみな極度に疲れ、神経をとがらせていた。とくにニクソンはひどかった。

「大統領は情緒不安定になっている。彼の心身が心配だ」と首席補佐官のハルデマンは日記に書いている。

一九七〇年五月九日午前四時一五分、エジル・クローは、道をはさんでホワイトハウスの向かいにあるシークレット・サービス司令所のデスクについていた。これからまた始まる大混乱の一日に備えていたのだ。

そのとき、スピーカーから声がした。「サーチライトが芝生にいる!」

クローは手元の仕事から目を上げた。「サーチライト」とはシークレット・サービスがニクソン大統領につけたコードネームである。

「サーチライトが車を一台要求」

クローが危機感を強めた。まだ夜中だ。ニクソンはベッドで寝てないのか?

建物から走り出ると、クローは道を横切ってホワイトハウスに駆け込み、一階を通りぬけて、裏口からローズガーデンの芝生に出た。ちょうどニクソンの乗ったリムジンのテイルライトが裏門を抜けて消えるのが見えた。

＊

五分後、リムジンが縁石に寄せて停まると、大統領が車からおりてきた。ニクソンは、ワシントンで一番美しいと思うものを見上げた。夜のリンカーン記念堂だ。大理石の階段を上

大統領の素顔

1970年5月9日深夜。ワシントンのリンカーン記念堂を不意に訪れたニクソン大統領は反戦活動家たちと語った。(photo by Robert Moustakas)

がり、エイブラハム・リンカーンの堂々たる座像の前に立った。

あたり一面、反戦派の学生が野宿している。だれがやって来たのか確かめようと、眠たげな顔をした学生が八人から一〇人ほど歩みよってきた。ニクソンは学生たちと握手をかわし、自己紹介した。最初、学生たちはニクソンのものまね芸人が来たのだと思い込んでいた。

「きみたちのほとんどが私のことをろくでなしと思ってるのは知っているよ」とニクソンは言った。「が、きみたちの気持ちは私にもわかるってことを知ってほしい」

若者と気持ちが通じ合わないことに苛立ったニクソンは、自分のほうから会話のきっかけをつくっていった。第二次世界大戦前には戦争に反対していたこと。世界を旅することや自然やカレッジ・フットボールが好きなこと。

取り巻く学生が三〇人ほどに増えた。ワシントン記念塔のてっぺんが、のぼりたての朝日の光を受けて、淡いピンク色に輝いた。

「わかっていただきたいんですが、僕たちは自分たちの信じることのためなら死んでもいいと思っています」とある学生が言った。

「もちろんそれはわかっているよ」とニクソンが答えた。

学生たちがさらに目を覚ましはじめた。ニクソンの身辺の世話をしているマノロ・サンチェスが、車に戻ったほうがいいと大統領に言った。

ニクソンは学生数人と握手をするとこう言った。「いろいろな欠点はあるが、この国は偉大だということを忘れないでほしい」

ニクソンはリムジンに乗ったが、一風変わったドライブはまだ終わっていなかった。国会議事堂まで行ってくれと彼はサンチェスに言った。議事堂に着くとニクソンは車をおり、サンチェスを下院まで連れていった。守衛に鍵を開けてもらって中に入ると、若き下院議員だったころ座っていた席に腰をおろした。議長席にのぼってスピーチしてくれ、とニクソンはサンチェスに言った。

「だめです、大統領。私がそんなことできません」

「いいから、マノロ」とニクソンは言い張った。「あそこに上がってスピーチだ！」

エジル・クローが追いかけて下院の議事堂に入ると、ちょうどサンチェスが議長の演壇にのろのろと歩いてゆくところだった。サンチェスはアメリカ人であることの喜びをごく手短に話した。

洞窟のように広い部屋にニクソンの拍手が響いた。

そんな大統領を見たクローは、「あまりに驚いて声をかけられなかった」とのちに語った。「むき出しの、生身の感情をさらけ出した彼を目にした」ので、ニクソンに対する忠誠心がさらに増したという。

「一所懸命に尽くそうと、それまで以上に思った。私は大統領の素顔を見たんだ」

背水の陣

一九七〇年八月八日、ニューヨーク郊外にあるパトリシアの兄の家でエルズバーグとパトリシアは結婚した。パーティのあと、二人はヘリコプターに乗り込み夜の街へと飛びたった。そして翌日、ハネムーン先のハワイに向かった。

この先何が起きようと、二人は一緒だ。

数週間後、カリフォルニアに戻ったエルズバーグは、サンクレメンテの海辺にあるニクソンの家でヘンリー・キッシンジャーに面会する約束を取りつけた。背の高い門に車を寄せると、守衛所のてっぺんに設置されたスピーカーから声がして、駐車場までの行きかたを指示された。そのあと、歯医者の受付を思わせる小さな待合室に案内された。笑みを浮かべた大統領の大きなカラー写真が壁に掛かっていた。その顔に見下ろされながら、エルズバーグは長いこと待っていた。

ようやく面会が始まったかと思ったら、キッシンジャーは中東の緊張について講釈をたれはじめた。「一触即発の状況だと思うんだ」と彼は言った。

エルズバーグは、今日ここに来たのはベトナムの話をするためだと口をはさんだ。「一触即発はそちらのほうではないかと」

キッシンジャーは手でテーブルをとんとん叩きながらこう言った。「私たちの政策について議論したくはないね。議題を変えようじゃないか」

ほかに話したいことなどエルズバーグにはなかった。彼はまだ、何らかのかたちで政府のベトナム政策に影響を及ぼすことができるのではないかと期待していたので、マクナマラの極秘報告書について聞いたことはあるかとキッシンジャーにたずねた。

聞いたことがあるとキッシンジャーは答えた。

「読んだことはありますか？」とエルズバーグがたずねた。

「いや。そんな必要があるのかね？」

「ぜひ、お読みになるべきだと思います」

「だが、そんな報告書から学べることがほんとうにあるのかい？」

その言葉にエルズバーグはがっくりとなった。ニクソンもキッシンジャーも、先の四人の大統領の失敗からほんとうに学ぶ気がないのだろうか？

「はい、絶対にそうなさるべきかと」とエルズバーグは続けた。「ベトナム介入の二〇年間の歴史ですから、学ぶことは非常に多いです」

「しかし、何だかんだ言っても、いまはかなり違う決定を下しているからね」

「カンボジアが、かなり違う決定だとは思えませんでしたが」キッシンジャーは椅子の上で姿勢を変え、「いいかね」と口を開いた。「カンボジアに侵攻したのは込み入った理由があったからだ」

絶望的な気分になったせいで言葉を慎めず、エルズバーグは思わず言いかえした。「ヘンリー、この二〇年、この分野で下されたどうしようもない決定で、込み入った理由のなかったものなんかないですよ」

政権の中枢につながる架け橋を焼き落としてしまった――家に車を走らせながら、エルズバーグは思った。「高官にあんな口のききかたをするもんじゃないよ、その人のオフィスをもう一度訪ねたいと思ってるならね」と後年彼は語った。

＊

エルズバーグとパトリシアはベッドルームがひとつのアパートに引っ越した。エルズバーグの新しい職場、ＭＩＴのあるマサチューセッツ州ケンブリッジの共同住宅の三階だ。いつＦＢＩがやって来るのだろうと二人はまだ思っていた。が、じつはＦＢＩの調査はおさまっていた。たぶんキャロルの継母の告発に間違いはないと捜査官はみていたが、確実な証拠が入手できなかったのだ。

二人は新しいリビングルームに白いソファと籐椅子を置き、色とりどりのクッションを並べた。ステレオセットの横にレコードの入った箱を積み上げ、壁には二人で行った旅の写真を飾った。エルズバーグはタイプライターをテーブルに置いて深夜まで叩き、階下の住人を苛立たせた。

エルズバーグはベトナムの本の執筆に取り組んでいるはずだった。しかし、それよりもペンタゴン・ペーパーズをどうするかに、はるかに気を取られていた。フルブライト上院議員からは、あいかわらずはっきりした回答が返ってこなかった。何か別の方法で公けにしてみてはどうかとノーヴィル・ジョーンズが言うのは、たぶんよいサインではなかった。

一九七一年一月、エルズバーグは幸運にも、ワシントンでサウスダコタ州選出の上院議員ジョージ・マクガヴァンに会うことができた。歯に衣着せぬ反戦派のマクガヴァンは、ペンタゴン・ペーパーズの公開を前向きに考えると言ってくれた。

「これを出したいね」とマクガヴァンは言った。「私が出す」ただ、少し時間がほしい、と言いそえた。「二週間後、きみに電話するよ」

エルズバーグは彼のスタッフに書類を預けて家に帰ると、パトリシアに朗報を伝えた。マクガヴァンは一週間後に電話をくれた。

「すまない、私には無理だ」が返事だった。

「わかります」

エルズバーグは先刻承知だった。マクガヴァンは一九七二年の大統領選に出馬したがっている。ペンタゴン・ペーパーズを公開しても、優秀な指揮官たるに充分な人物とは、あまり国民には思ってもらえないだろう。

「その時点で、議会への道は閉ざされたように思った」とエルズバーグは回想する。

トニー・ルッソは、なかば冗談めかして、ヘリを借りて国会議事堂上空からペンタゴン・ペーパーズをばらまこうと言ったりした。

パトリシアはもう少し現実的だった。「上院議員たちはリスクを冒す価値がないと思ってるようだけど、それが間違いだとなぜあなたは思うわけ？」

「間違ってると言いきることはできないが、彼らは文書を読んでない。僕しか読んでいないというのが問題なんだよ。だから彼らの判断には従えない。自分の判断に頼らざるをえないんだ」

パトリシアも同じ意見だった。今度は彼女がペンタゴン・ペーパーズを読む番だ。エルズバーグはざっと目を通し、重要な文書や電報を選び出した。パトリシアはそれを寝室に持って入るとドアを閉めた。ペンタゴンのタイピスト以外、この文書を読んだ女性はいない、自分が初めてだとパトリシアは自覚していた。

一時間後、目をうるませて寝室から出てくるとパトリシアはこう言った。「これは外に出すべきよ。あなたがやらなくちゃ」

＊

一月後半、キッシンジャーは講演するためにＭＩＴにやって来た。会議室に入るとエルズバーグの姿が目に入った。二人は握手をした。

それからいつもと同じように、ベトナム戦争が大きな「悲劇」だという話をしたが、その悲劇がニクソン政権のもたらしたものかもしれないことには触れなかった。

ベトナム戦争が悲劇だとすればなぜ今も続いているんですか、とある学生が質問した。「それはアメリカがベトナムに留まる政策を取っているかのような質問のしかただが」とキッシンジャーは返した。「私たちはベトナムから出てゆく政策を取っている」米軍はベトナムから撤退しつつある、犠牲者の数は減っているとキッシンジャーは言った。

エルズバーグは我慢ができずに立ち上がった。「長官はインドシナの犠牲者や難民の数、落とされた爆弾の量については述べておられませんね。これらはどれも増えています」とエルズバーグは言った。「そういう事実を省略することによって、アメリカ人はインドシナの人々が被っている影響を気にする必要はないし、気にすべきではないと長官は国民におっしゃっている」

部屋中が水を打ったように静まりかえった。

「そこでひとつ質問したいのですが」とエルズバーグは続けた。「今後一二か月、あなたがたの政策を継続した場合、インドシナの人びとを何人殺すことになるのか、長官の最も正確な見積りをお聞かせください」

キッシンジャーは愕然として、しばし言葉を失った。

「政府が人種差別政策をしていると訴えておられるのかな？」と彼はようやく返した。

「私は今、人種差別が問題だと言っているのではありません」とエルズバーグがやり返す。「今後一二か月、あなたがたの政策のもと、人間が何人殺されるのでしょうか？」

「きみの代案は？」

「見積もっておられるのか、おられないのか、どちらです？」

張りつめた緊張が長いあいだ続いた。キッシンジャーを聴衆に紹介した学生が立ち上がった。

「さて、今夜はずいぶん長くなりましたので、もうご質問も充分かと思います。そろそろキッシンジャー博士はワシントンにお戻りになる時間かもしれません」

＊

最初に始めた大統領はニクソンではない。

背水の陣

一九四〇年、大統領執務室の机上のランプと電話機の中にマイクを隠したのはフランクリン・ルーズベルトだった。彼に続く大統領たちは全員、ホワイトハウス内の会話の一部をこっそり録音した。

「いいかい、信用できない人間と話しているときは会話を録音するんだ」側近たちにそうアドバイスしたのはアイゼンハワー大統領だ。副大統領のニクソンもその側近の一人だった。ケネディはアイゼンハワーのやりかたを踏襲し、部屋中に隠しマイクを設置して、デスクの裏側にスイッチを取りつけた。ジョンソンはおびただしい数の通話をテープに録音した。ニクソンは、自分のオフィスでかわされた会話という会話を細かく記録したがり、首席補佐官のハルデマンに頼んでケネディと同じような装置を部屋にしつらえた。

「大統領、いつもスイッチをお忘れですよ」とハルデマンは言った。「いざ録音を聞きたいというとき、だれもスイッチをつけてないといつも大声でおっしゃる。それでは遅いんですがね」

そこで彼らは大統領執務室のあちこちに音声作動式の装置をしのばせた。閣議室のテーブルの裏面にも取りつけた。装置はすべて地下の録音機につながるように配線されていた。その後二年半、ほぼ四〇〇〇時間にわたる会議や通話の記録がテープに残された。その中には、ニクソンとエルズバーグの緊迫感あふれる対決場面を録音したものすごいテープもある。

だが当時は録音機の存在さえ伏せられていた。二月に初めて装置が作動したとき、ハルデマンは録音内容を補佐官にタイプさせたいかとニクソンに訊いた。

「絶対にさせない」とニクソンは答えた。「テープを聴くのは私ときみだけだ」

＊

一九七一年三月上旬、エルズバーグは再びワシントンに赴いた。国会議事堂でまたしても欲求不満になる一日を過ごしたあと、彼は友人のニール・シーハンに電話をかけた。ベトナム時代に知り合った、ワシントン駐在のニューヨーク・タイムズの記者である。その夜家に泊めてもらえないかとシーハンに訊くと、むこうは快諾してくれた。

ボストンフレームの眼鏡をかけた黒髪のシーハンは三五歳のベテラン記者だ。同僚に言わせれば、「ブルドッグなみの粘り強さ」があり、「ニュースを嗅ぎつける力が完ぺきに近い」男だった。ベトナムから戻ったのはアメリカの高官たちがつく嘘にいいかげん嫌気がさしたからなのだが、彼は今まさに、高官たちのついたそんな嘘の数々を、世界の津々浦々で読まれている新聞の第一面で公開するチャンスを与えられようとしていた。

訪ねてきたエルズバーグは気が立っているのがシーハンにはわかった。エルズバーグを仕事部屋に招き入れたシーハンは、ソファに敷くシーツを何枚か出してきた。

が、エルズバーグはベッドを使わなかった。二人は夜通し話したのである。

ニューヨーク・タイムズ

ニューヨーク・タイムズ

翌日、ニューヨーク・タイムズ社ワシントン支局のニュース編集室で、シーハンは上司のロバート・フェルプスに声をかけた。二人だけで話したいのでロビーまで来てもらえないかと。あるニュースソースから、ベトナムに関する政府の極秘報告書、ペンタゴン・ペーパーズのコピーがあると言われたと、エレベーターの前でシーハンは説明した。

「スコッティ・レストンに知らせたほうがいいな」とフェルプスは言った。ニューヨーク本社にいる副社長、ジェイムズ・スコッティ・レストンだ。「この手のことは何が絡んでいるかわからん。それを把握してから進めないと」

ペンタゴン・ペーパーズの話を聞いたレストンの返事はこうだった。「俺が許可するから先に進めろ」

*

「報告書のコピーをもっと取らなきゃって何か月も言ってるわよ」とパトリシアはワシントンから帰ってきた夫に言った。「いいかげん重い腰を上げてコピーしたら？」

パトリシアの言うとおりだった。フルブライトに報告書全部のコピーを渡したので、今手元に残っているのは、数セクションのコピーが一部と残りのセクションのコピーが二部。コピーする作業はストレスが多いのでエルズバーグは作業を先のばしにしていた。しかし、これからやろうと思っていることを実行するためには、さらにコピーを取らねばならない。

エルズバーグはファイルをしまった箱を取り出すと、最初のときに見落とした「極秘」印はないかと確認しながら、数夜かけて報告書に目を通した。パトリシアは夜になると紙束を抱えて、ハーヴァード大学そばにある二四時間営業のコピー店に足を運んだ。行く店は日によって変え、必ず肩越しにまわりをちらちら見てから店に入った。二人は数夜、寝る時間を割いてコピーを取り、きちんと整理して複数の箱にしまうと、ボストンじゅうの友人の家に隠してもらった。

協力してもらえるのは嬉しかったが、妻と作業すればリスクは高くなるだけだとエルズバーグは思った。「パトリシアとつきあって、婚約して、結婚したと思ったら、失うものが格段に大きくなった。パトリシアを失うのは死ぬのも同じ、という感じだった」

＊

2　秘密と嘘

ニューヨーク・タイムズ

一九七一年三月一二日の金曜日、パトリシアは兄のスペンサーが暮らすボストンのアパートの鍵を開けて中に入った。夫とニューヨーク・タイムズのニール・シーハンがあとに続いた。その週末、スペンサーは留守だった。

シーハンは、エルズバーグが話を持ちかけたペンタゴン・ペーパーズを見ようとボストンを訪れたのだった。彼の目にはエルズバーグもパトリシアも疲労困憊しているように映った。とくにエルズバーグが不機嫌そうだった。逮捕されはしないかと心配なのだろう。ランドやペンタゴンの友人たちを裏切っている罪の意識もあるのだろう。

シーハン自身もピリピリしていた。空前絶後の特ダネが、今にも手に届きそうなところにあるのだから。

エルズバーグがアパート内の隠し場所からファイルを一冊取り出して、シーハンのところに持ってきた。ページを繰りはじめたシーハンの目が大きく見開かれた。一部コピーをもらえないだろうか、とシーハンは言った。

エルズバーグはそれを断った。まず最初に、ニューヨーク・タイムズがほんとうにこの記事を載せてくれるかどうかを確認したいからだ。

全容がわからないので少し時間がほしいとシーハンは答えた。エルズバーグは、部屋の鍵をシーハンに渡すと、ここで読んでもいいが文書は持ち出すなと念を押した。

シーハンは二日間ペンタゴン・ペーパーズを読んだあと、ワシントンに戻って支局長のマックス・フランケルにメモ書きを見せた。

「文書の大半がこんな感じなら、宝の山を掘り当てたな」とフランケルは言った。

*

キッシンジャーはパリのアパートメントハウスで北ベトナム特使レ・ドク・トと会いつづけていた。会談ではもっぱら、トがキッシンジャーに対し、南ベトナム政府からアメリカの「傀儡」をおろす必要があると説きつづけていた。

ニクソン大統領は、ベトナム化政策が功を奏していると国民に言い張った。撤退はゆっくりおこなう必要がある、「名誉ある」終戦を迎えるまでは米軍は駐留する必要があると弁明した。

三月一九日に大統領執務室で交わされた会話の録音を聞くと、ベトナム戦争を延ばした理由は別にあったことがわかる。

「時間をかけて撤退する必要がありますね。むこうに全土を掌握されないようにしないと」とキッシンジャーはニクソンに言っている。「むこう」とはコミュニストだ。「はっきり言って、選挙までは持ちこたえなくてはなりません」

「そうだな」とニクソンは答えた。

一九七二年の大統領選まで、まだ一年半以上もあった。

＊

同じく三月一九日、「コントロール・データ株式会社のミスター・ジョンソン」と名乗る人物が、マサチューセッツ州ケンブリッジのモーテル〈トレッドウェイ・モーター・イン〉にチェックインした。その客は荷物をおろすと外に出て、路上の公衆電話から妻に電話をかけた。このモーテルに来てほしい、ミセス・ジョンソンと名乗ってチェックインしてくれないかと妻に言った。

ニール・シーハンは電話を切るとモーテルの部屋に戻り、妻のスーザンを待った。スーザンはニューヨーカー誌の記者だった。モーテルにやって来た妻を伴い、シーハンはスペンサー・マークスのアパートに向かった。空のショッピングバッグを手にしていた。アパートから出てきたとき、シーハン夫妻のバッグは満杯になっていた。

その週末、エルズバーグが出かけているのをシーハンは知っていた。だから機密文書をコピーするチャンスだと思ったのだ。

シーハンとスーザンはショッピングバッグをさげて地元のコピー店に行き、カウンターの男に書類を手渡した。男は書類にざっと目を通すと、何枚かに「極秘」印があると言った。エルズバーグが見落としていたページだ。シーハンはホワイトハウスの取材通行証をさっと取り出して、書類はもう機密解除になっていると言った。

コピーは週末一杯かかった。まず最初にコピー機が故障したので、シーハンは書類をすべて抱えて別の店に行かねばならなかった。土曜の深夜にはお金がなくなってしまった。途方にくれたのでボストン支局長に電話をかけ、今すぐコピー店に現金六〇〇ドルを持ってきてほしいと頼んだ。用途は言おうとしなかった。

ボストン支局長はニューヨークにいる上司、ジーン・ロバーツに連絡し、どうしたものかと指示をあおいだ。ロバーツは、ワシントン支局長マックス・フランケルに電話をかけた。

「いったいニューイングランドで何が起きてる?」とロバーツは問いつめた。

「まあ落ち着いてください」とフランケルは返した。「電話ではお話しできませんが、とにかく外信部関係です」

「外信部？　おい、場所はニューイングランドだぞ！」

「すみません、ニールのしていることをここではお話しできないんです。お金だけ届けてやってもらえませんか」

シーハンは現金を手に入れて、コピーを取り終えた。そして、エルズバーグに気づかれないうちに原本を元に戻し、ぱんぱんに膨れたショッピングバッグを五袋抱えて、妻とともにニューヨークに飛んだ。彼は自分のしたことに罪の意識を感じたか？　答えはノー。ペンタゴン・ペーパーズはダニエル・エルズバーグの所有物ではないのだから、と後年シーハンは語っている。「あの文書は、血を流して犠牲を払ったアメリカとインドシナの人びとのものだ」

＊

一九七一年四月七日、エルズバーグは妻や友人たちとケンブリッジのアパートで四〇歳の誕生日を祝った。

ニューヨーク・タイムズ社で何が起きているのか、彼には知るよしもなかった。四月中、シーハンに何度も電話をかけたが、記事にするかどうか編集局が決めかねているという返事が返ってきただけだった。それに、別の事件の取材があるからとも言われた。

どちらも嘘だった。じつはシーハンは、エルズバーグが口の堅い人間ではないと思っていたのだ。少しでも秘密が漏れたら、スコッティ・レストンの言う「今世紀最大のスクープ」をこの手で世に出すチャンスが消えてしまう、とシーハンはそのとき思っていたのである。

＊

「うちが手に入れた文書のことは聞いてるかい？」ニューヨーク・タイムズの編集局長エイブ・ローゼンタールが三七歳の弁護士ジェイムズ・グッデールに訊いた。

グッデールの耳にはもう入っていた。

「明日、その件で会議を開くが、きみも来ないか？」

「もちろん行きます」とグッデールは答えた。機密文書の暴露記事を出すと法に触れることになるのか、記者たちに助言するのが企業内弁護士グッデールの仕事だ。

翌日、副社長スコッティ・レストンのオフィスで、記者や役員一〇人ほどが集まった会議に彼は参加した。椅子やソファに座っている者が多かったが、カーペットに座り込んでいる者も何人かいた。部屋は紙やら雑誌やらが山積みで散らかっていた。自分のデスクでパイプをふかしているレストンを前に、シーハンはペンタゴン・ペーパーズの由来について一同に説明した。この文書が、戦争に関して政府がついてきた数々の嘘の明確な記録だということも説明した。文書の入手先である人物については、「私のソース」と言うにとどめておいた。

極秘のニュースソースの名を訊く者はいなかったが、信用できる相手だという保証をレストンは欲しがった。

ちゃんとした人物です、とシーハンは請け合った。「ここにその文書があるので、読んでご自分で確認してください」

戦時に機密文書を公開するリスクについてよく考えてもらいたい、とワシントン支局長のフランケルは一同に言った。政府に公然と挑んでもよいほど重要な記事なのか？　訴訟にあっても出す価値のある記事なのか？

それには全員が同意した。全員が弁護士のほうを向いた。

ペンタゴン・ペーパーズをスクープすれば、ニクソンは一九一七年のスパイ法を盾に我が社を叩きにくるだろうとグッデールは言った。国家の防衛に関わる文書を、見ることを認められていない人物に「故意に伝えたり渡したり」する人間は、罰金を科せられるか刑務所に送られることもあるとした法律である。

スパイ法は、アメリカに損害を与えかねない情報が敵に漏れないようにと作られた法律である。それはニューヨーク・タイムズ社の意図するところではない、とグッデールは主張した。我が社の目的は、大衆に知る権利があることを記事にすることです。さらに、と彼はつけ加えた。最も重要で、最もこの件に関係している法は憲法修正第一条です。連邦議会は、言論または出版の自由を制限する法律を制定してはならないことになっています。

ただし、それはグッデール個人の見解でしかない。いったん提訴されたら、どんなことも起こりうる。

「お静かに！　みなさんどうかお忘れなく」会議のメンバーが席を立ちはじめたときにグッデールは忠告した。「今日ここに集まった方々はみな重罪に関わったかもしれないので」

愛国心

スペインの古い伝道所を思わせる高い白壁とアーチの連なる通路。ラトゥナ連邦矯正施設はテキサス州西部の砂漠に建っている。背後には荒涼たる山脈がそびえている。

堂々たるファサードの裏にある建物は、刑務所だったころの面影をそのまま残していた。武装した看守が監視するコンクリートの中庭に座り、エルズバーグはランディ・ケーラーと話していた。その演説がエルズバーグに感銘を与えた反戦活動家だ。ケーラーは徴兵拒否をしたためにラトゥナで二年間の服役を言いわたされていた。

互いの近況を報告し、戦争について語り合ったあと、エルズバーグは刑務所の暮らしについてあれこれとたずねた。食事はどうか。運動はさせてもらえるか。まともな読み物はあるか。ケーラーはペンタゴン・ペーパーズが暴露されそうなことを知らなかったが、エルズバーグの質問には友人への気遣い以上のものがあると感じた。もしかしたら彼もしばらく刑務所に入るのだろうか。

面会時間が終わったとき、エルズバーグは最後の質問をした。その質問の意味するところをケーラーが知るのは数週間後だ。

「ニューヨーク・タイムズは購読してる？」

「いいえ」

「読んでみるかい？」

「もちろん」とケーラーは答えた。「嬉しいな」

*

一九七一年春の世論調査では、アメリカ人の七一パーセントがアメリカのベトナム介入が間違いだったと回答した。国民の七〇パーセント以上は、一九七一年末までに米軍をすべて撤退させることを望んでいた。

帰還兵の中には公けに大統領を批判する者まで出てきた。四月二二日、二七歳のジョン・ケリーは、ベトナム戦争従軍経験者として初めて米議会の公聴会で反戦演説をおこなった。これはほかの軍人たちへの一種の裏切りだと言う者もいた。が、兵士を裏切った罪を負わねばならないのは政府のほうだというのがケリーの見解だった。一九七〇年、ベトナムでは六〇〇〇人以上のアメリカ人が死に、一九七一年にはさらに二四〇〇人が亡くなることになる。彼らは何のために死んだのか？　なぜ、ニクソンのベトナム化政策はこんなにも遅々として進まないのか？

「毎日だれかが死ななければならないのは、ニクソン大統領が『初めて戦争で負けた大統領』になりたくないからであって、大統領ご自身、そうなりたくないとおっしゃっています。それについてアメリカ国民に考えてほしいのです。兵士に、ベトナムで決して死ぬなと、うかうかと死ぬなとよくも言えたものだ」とケリーは主張した。

＊

公聴会のあった日、マンハッタンのヒルトン・ホテル一一〇六号室のドアをノックする音がした。ニール・シーハンがドアを開けると、ニューヨーク・タイムズの同僚記者、ヘドリック・スミスが廊下に立っていた。

「よく来てくれた」とシーハンが言った。

スミスが入った部屋は、さながら間に合わせの戦略会議室のようだった。三部屋続きのスイートルームには、デスクと椅子、タイプライター、ファイルキャビネット、三つの大きな金庫が押し込まれていた。ペンタゴン・ペーパーズはセンセーショナルすぎてニューヨーク・タイムズ社のビル内ではとても扱えないとボスたちが言うので、シーハンは仕事場所をヒルトンに移したのだった。

四月末から五月にかけて、編集局のさまざまな記者たちと秘書ら総勢一六人からなるチームが一日一二時間働き、シーハンがボストンから持ちかえった数千ページもの書類を読んでいった。シーハンとスミスは隣り合わせの部屋でそれぞれ書類を読み、全速力で記事をタイプしていった。片方がとくに面白い部分を見つけると、隣室に駆け込んで「これ見ろよ！」と叫んだりした。

記事の下書きやメモを取った紙切れはニューヨーク・タイムズ社に持ちかえり、地下のシュレッダーに入れて処分した。

いっぽう、ニューヨーク・タイムズ社の一四階にある役員室では、社主アーサー・サルズバーガーが機密文書暴露への反対意見に聴き入っていた。一八〇〇年代末からニューヨーク・タイムズ社の代理を務める一流法律事務所、ロード・デイ・アンド・ロードが反対しているのだ。御社はスパイ法違反のかどで起訴されるでしょう――法律事務所のパートナーの一人、ルイス・ローブがそう警告した。それだけではない、機密文書を公開することじたいがよろしくない。政府が機密と見なしている情報なのだから、一個人や新聞社の一存で不正を告発すべきではない。

「愛国心の問題です」とローブは言った。

＊

エルズバーグはニューヨーク・タイムズ社内で起きていることを知らなかったが、そろそろ弁護士が必要になるかもしれないと考えていた。そこでパトリシアの知り合いのハーヴァード・ロースクール教授に夫婦で会いにいった。教授宅のリビングルームで、エルズバーグはペンタゴン・ペーパーズの内容と、それをどう扱ったのかを説明した。

「今すぐ話をやめてください」教授は片手をかざしてエルズバーグの話をさえぎった。「このお話にこれ以上関わることはできない」

「はい？」

「あなたは罪を犯す計画を話しておられるようにお見受けします。もうこれ以上聞きたくない。一弁護士として、関与はできません」

エルズバーグは思わず安楽椅子から跳び上がり、こう怒鳴った。「私はあなたに七〇〇〇ページからなる文書に記録された罪についてお話ししているんですよ。四人の大統領が二〇年にわたって犯した罪の記録です」

教授は身動きひとつしなかった。

エルズバーグには別の弁護士が必要そうだった。

＊

2　秘密と嘘

愛国心

一九七一年六月一二日、エルズバーグのもとに、ニューヨーク・タイムズの知り合いの記者トニー・オースティンから電話がかかってきた。土曜の午前だった。いつだったか、彼にペンタゴン・ペーパーズのことを話し、数ページだけ見せたことがあったのだ。

「いつか少し見せてもらった例の研究報告書なんだが、ニューヨーク・タイムズがすべて入手している」とオースティンは言った。「今日印刷に入るよ。ビルは厳重に閉まっていて、出入りする人間はみなチェックされている。印刷前にFBIが来るかもしれないしね」

ショックだった。ニール・シーハンからは何も聞いていない。

「ほんとうか？」エルズバーグの口からようやく言葉が出た。

ほんとうだった。数時間後には印刷機が回りはじめるという。

「そうか、知らせてくれてよかった」

激しい動悸をおぼえながら、エルズバーグはニューヨーク・タイムズ社にいるシーハンに電話をかけた。呼び出し音が一回、二回、三回と鳴る。「先月も先週も何も言わなかったくせに、それになんだよ、今朝だってひと言もなしか！」呼び出し音を聞きながら、エルズバーグは考えていた。「いったい、いつ僕に言うつもりだったんだ？」

ニュース編集室にいる人間が電話に出て、伝言を受けてくれた。

エルズバーグはロサンジェルスのトニー・ルッソのアパートに電話をかけた。留守だった。

パトリシアが家に帰ってきたので、エルズバーグは事の次第を話した。自宅にはペンタゴン・ペーパーズがすべて保管してある。どこか隠し場所を探さなくては。エルズバーグは友人のハワード・ジンに電話をかけた。ボストン大学教授の反戦活動家だ。書類の入った箱を今すぐ持ってこいとジンは言った。

*

ニューヨーク・タイムズの編集局長ローゼンタールは、ニュース編集室のデスクで頭を抱えていた。

「四時半になれ」とローゼンタールは唱えていた。「とにかく四時半になれ」

四時半はいわゆる「マジックアワー」、その時刻を過ぎれば、翌日の新聞は変更できなくなる。四時半になれば原稿はすべて組版室に送られ、鉛の活字が組まれてゆく。六時になると地下の巨大な印刷機が大音量で回り出し、毎時二〇万部の新聞が印刷されて出てくるのだ。

社主サルズバーガーは、堂々めぐりのすえ、シーハンの記事の掲載を承認した。

だが、四時半まではどんなことも起こりうる。

ローゼンタールは立ち上がり、だだっ広いニュース編集室をゆっくりと歩いた。記者たちが記事を書いていると、タイプライターのカタカタ鳴る音が聞こえるのだが、今はもうデスクの三分の二が空っぽだ。土曜午後のニュース編集室はおおむねゆったりとしているのだ。

＊

ニクソン大統領はホワイトハウスの窓から外をのぞき見て、もう一度空模様を確認した。外はどんより曇り、まだ霧雨が降っていた。

その日の午後、長女のトリシアが結婚することになっていた。トリシアはホワイトハウスのローズガーデンで屋外結婚式をしたいと心に決めていた。が、ワシントンの空はその思いに寄りそってはいなかった。予報では一日中、曇り時々雨。妻のパットや次女ジュリー、ホワイトハウスのスタッフ全員が、式を屋内でやろうとトリシアの説得を試みていた。

「予定どおりローズガーデンでやりたいな」とトリシアは父親に言った。

「おまえがそうしたいなら、それでいいじゃないか」

ニクソンが空軍勤務の気象学者に電話をかけると、四時半から四時四五分のあいだは雲が切れそうだと答えが返ってきた。式は四時半きっかりに開始だ、とニクソンは宣言した。雨が予測どおり四時半にぴたりとやんだので、案内係たちは外に駆け出して、芝生に並べた椅子四〇〇席にかけたカバーを取り払った。招待客は大急ぎで椅子に腰かけた。数分後、バンド演奏が始まると、満面の笑みを浮かべたニクソンとトリシアが腕を組んでホワイトハウスの階段をおり、ローズガーデンに歩み出てきた。あれほど幸せそうでリラックスした大統領はここ何年見たことがない、と招待客は思った。

そのあと屋内で披露宴が開かれている最中、ニューヨーク・デイリーニュースの記者から大統領報道官のロン・ジーグラー宛てに伝言が届いた。詳しくはわからないが、明日のニューヨーク・タイムズに、ベトナムに関する一大スクープが出るとの噂が流れているという。それほどのスクープではないだろうとジーグラーは思った。

＊

ニューヨーク・タイムズのスタッフのほとんどはニューヨーク・ヒルトンの一一〇六号室から社のビルに移動した。第一刷を見るためである。シーハンはホテルのスイートルームに残って、今週後半に出す記事を大急ぎで書いていた。

その日、夕方六時半を少し回ったころ、雑用係が新聞の束を持って部屋に入ってきて、シーハンのデスクに数部置いていった。シーハンは嬉しさのあまり、甲高い声を上げて椅子から跳び上がった。

一〇万部刷ったという連絡が入り、ここまでくれば引き返せないと思った時点でシーハンは受話器をつかんだ。「彼のおかげだ」と大声で言いながら、シーハンはエルズバーグの番号を回した。

電話にはだれも出なかった。

＊

エルズバーグ夫妻は、ハワード・ジンとその妻ローズと一緒にレストランで食事中だった。シーハンから音沙汰がないことにいい気持ちはしなかったが、夜がふけるにつれ気分はよくなっていった。ペンタゴン・ペーパーズがまさに世に出ようとしている、大事なのはそこだ。ディナーのあと、四人は映画「明日に向って撃て！」を観にいった。エルズバーグが何度も観たお気に入りの映画だ。それからアイスクリームを買い、コーンを舐めながらハーヴァード・スクエアをそぞろ歩いた。そのとき、スーツ姿のがっしりした男たち数人に行く手を阻まれた。一人が喧嘩腰に手を挙げ、こちらを止まらせた。

エルズバーグたち四人は、アイスクリームを持ったまま歩道で立ち止まった。

手を挙げた男が南米なまりの英語でこう訊いてきた。「コンバット・ゾーン《戦闘地帯》へはどう行けばいいんだ？」

質問の意味がわからず一瞬考えた。〈コンバット・ゾーン〉とは、近くのストリップ・クラブの名前だった。

＊

ニューヨークでは、ニール・シーハンとその同僚数人が小さなイタリア料理店のテーブルを囲んでいた。

「俺たちはここから何を学んだんだろうな？」とシーハンの上司、ロバート・フェルプスが訊いた。

「今後、政府の言うことは絶対に信用しないってことですよ」とヘドリック・スミスが答えた。

彼らはキャンティのグラスを掲げ、スミスの言葉に乾杯した。

＊

その日の深夜、招待客が帰ったあと、ニクソンはパットやジュリーと二階で過ごしていた。テレビ各局が結婚式のハイライトシーンを流していた。大統領は娘と二人で通路を歩く自分の姿を見つめた。

「まあ、少なくとも背筋はまっすぐ伸びてるな」と彼は冗談を飛ばした。

テレビ映りをつねに気にするニクソンは、自分の姿を見るのを嫌がった。しかし今日は例外だ。「素晴らしい一日だった」と彼はのちに書いている。「その後も私たち全員の記憶に残る日になった。私たちはみな、ほんとうに、ただただ幸せだったのだ」

＊

夜半過ぎ、エルズバーグとパトリシアはアパート近くの地下鉄の駅まで歩いていった。階段を駆けおりて、ニューヨーク・タイムズ日曜版の早刷りを売っているキオスクに向かった。地上に戻ってきたときには、数部を手にして一面を見つめていた。

上段の左隅には大統領と娘が腕を組んだ写真があり、こんな見出しがついている。「トリシア・ニクソン、ホワイトハウスで誓いを立てる」

真ん中には三段にまたがる記事があり、見出しはこうだ。「米ベトナム介入の記録：三〇年間を追ったペンタゴン報告書」

さして目を引く見出しではない。が、ニール・シーハンの署名記事にはとてつもない威力があった。

新聞の束を抱えて駅の出口から出てきたエルズバーグは友人に出くわした。

「やあ、元気?」と友人が訊いた。

エルズバーグは笑顔でこう答えた。「しばらく遠出するかもしれない」

3

アウトサイダー

広がる波紋

トレイに載った朝食をベッドに座って食べながら、ニクソンはワシントン・ポストとニューヨーク・タイムズに目を走らせていた。日曜の早朝だった。ニューヨーク・タイムズに出たトリシアの結婚式の写真がいい。ニクソンの気分はまだ上々だ。

午後は翌週の準備をするため側近とミーティングだ。ニューヨーク・タイムズのベトナムの記事についても手短に話したが、最優先事項ではなかった。

「過剰に反応しないよう極力慎重に」と言ったのは大統領の法律顧問、チャールズ・コルソンだ。

ニクソンも同じ意見だった。リークは腹立たしいが、この程度ならさほどのダメージは受けないだろう。なんだかんだ言っても、ペンタゴン・ペーパーズに書かれているのは一九六八年までの話で、自分は大統領に就任もしていない。

「とにかく関わらないことだ」とニクソンは言った。「影響を被る人間どうし、こきおろし合えばいい」

その立場を貫いておけばよかったと、ニクソンはのちに大きく悔やむことになる。

＊

ニューヨーク・タイムズの企業内弁護士であるジェイムズ・グッデール法務部長は、携帯ラジオ持参でコネティカットの自宅付近の湖に来ていた。ニューヨーク・タイムズの一面に出た衝撃的な記事がきっとニュースで流れるだろうと思いながら、グッデールはラジオのチャンネルを合わせた。

ラジオはトリシア・ニクソンの結婚話でもちきりだった。

その朝、ニューヨーク・タイムズ記者のハリソン・ソールズベリーは友人たちと一緒だった。全員ニューヨーク・タイムズを購読しているはずだが、だれも、ひと言も、ペンタゴン・ペーパーズのことを話題にしなかった。

「記事は失敗だな」とソールズベリーは思った。

しかしその日、時間がたつにつれて、メディアの注目はトリシアからペンタゴン・ペーパーズに移っていった。その日の午後、カリフォルニアのトニー・ルッソは、公園から家に戻るとラジオをつけてニュースを聞いた。

「やった！」とルッソは思わず声を上げた。「出たぞ」

エルズバーグの息子ロバートは、ペンタゴン・ペーパーズが公開されたと聞いて歓声を上げた。「何をコピーしてたのか即わかった」とロバートは回想する。「もちろん、だれにも言えなかったけどね」

母親のキャロルはそこまで熱くはならなかった。「まったく、なんてことを」と思った。テキサス州ラトゥナの矯正施設にいるランディ・ケーラーは、その日のニューヨーク・タイムズを読んでにんまりした。エルズバーグがなぜあれほど自分にニューヨーク・タイムズを読ませたがったのか、これで合点がいった。

ワシントンDCのオフィスでは、金庫を開けてペンタゴン・ペーパーズのコピーがなくなっていないか確認した人間が数名いた。この歴史に残る漏えいをしたのはいったい何者か、アメリカじゅうで憶測が飛びはじめた。政府内部の人間にはわかっていた。漏らしたのはペンタゴン・ペーパーズを見ることができた少数の人間の中にいる、それも反戦に転じた人間に違いないと。

「ダン・エルズバーグに違いない」と元国務省高官ウィリアム・バンディは思った。

ランド研究所の職員も同じことを考えていた。「みんな腹の中ではダンがやったと思っていた」と元同僚は回想した。

ランドが関わっていると疑って次々にかかってくる電話をさばいたのは、エルズバーグの元上司ハリー・ロウアンだ。「もうごめんだ、勘弁してくれ」とロウアンは受話器をたたき下ろした。

＊

その日の午後三時過ぎ、キッシンジャーはカリフォルニアからニクソンに電話をかけた。

「恥知らずな」記事のことをキッシンジャーはそう言った。

「恥知らずなのは漏らした人間のほうだ」とニクソンが調子を合わせた。「だが幸い、我々の政権については何も書かれていない」

そこが重要なポイントだとキッシンジャーも言った。「前政権のせいで我々がこうなったことを示す貴重な資料ですよ」

「ふん」とニクソンは笑い声を上げた。「確かに！」

しかし、記事について話せば話すほど、ニクソンは腹立たしくなってきた。

「暴露したやつらは反逆罪に問われることをしてるな」とニクソンはキッシンジャーに言った。

「まさにそのとおり」

「機密情報は含まれてないのか？」

「最高機密が含まれてますよ」

「そうか」

「反逆罪です」とキッシンジャーが返した。

次なるステップは司法長官のジョン・ミッチェルに訴訟の可能性について相談すること、ということで二人の意見は一致した。

＊

一九七一年六月一四日月曜日、ニューヨーク・タイムズはペンタゴン・ペーパーズの連載記事を続行した。見出しは「爆撃合意は六四年の大統領選以前」だ。ジョンソン大統領が「戦争は拡大しない」と国民に言いながら、アメリカのベトナム介入を拡大する決意をしたと記事にはあった。最高機密文書の中身も載っていて、反ばくしようのない証拠が挙がっていた。

ヒルトン・ホテルの仕事を終えたシーハンとスタッフは一一〇六号室の撤収作業に追われていた。

「警察が来たら逮捕される！」と秘書が大声を上げた。

「大丈夫」とシーハンが返した。「刑務所行きは俺一人だ」

彼らは、証拠になりそうなあらゆる書類を大きなスーツケースにどうにか押し込んだ。若い記者ボブ・ローゼンタールが九〇キロのスーツケースをドアまで運んだ。シーハンは彼に二〇ドルを渡すと、タクシーをつかまえて会社の裏口に行けと言った。もしそこにＦＢＩがいたら、乗ったまま通りすぎろと指示を出した。

ボブ・ローゼンタールは社屋に無事入ることができた。中では記者たちが三日目の記事を準備していた。ニクソン大統領からいつ連絡が来るかと思いながら。

＊

連絡が来るまでに時間はかからなかった。ヘンリー・キッシンジャーが何かひとこと言いたいのなら、そう時間はかからない。

「いいかボブ、今日だ、大統領が行動しなきゃならんのは！」机を拳でたたきながら、キッシンジャーは大統領首席補佐官のボブ・ハルデマンにどなった。「大規模な政府転覆計画が進んでいる」

ニクソン政権が崩壊して何年もたったあと、キッシンジャーは、ペンタゴン・ペーパーズには強い反感も共感も抱かなかったと言いきった。

ハルデマンはこうコメントした。「ヘンリーにとってはあいにくだが、あのときの会話の録音があるのでね」

最高機密文書がマスコミに漏れる危険性があるのを大統領がなぜ把握できていないのか、キッシンジャーが話し出したちょうどそのとき、ニクソンが部屋に入ってきた。

「あの記事のせいで、あなたが軟弱者ということになっている」とキッシンジャーはニクソンに向けて声を荒らげた。

ニクソンは、ニューヨーク・タイムズとの接触を一切断つようスタッフに命じた。「あいつらには何も話すな！　やつらとは距離を置く。国家に対する忠誠心がないからな」

そのあとニクソンは内政担当補佐官ジョン・アーリックマンと、より強硬な手段に訴えるかどうかを話し合った。ミッチェル司法長官から何度も電話がかかっているとアーリックマンは言った。ニューヨーク・タイムズに今すぐペンタゴン・ペーパーズの公開をやめさせ、むこうが拒めば起訴をちらつかせる許可がほしいと言っているらしい。

「ニューヨーク・タイムズを訴えるってことか？」とニクソンが訊いた。

「そうです」

「まさか。ニューヨーク・タイムズを訴える気はないよ。私が訴えたいのはニューヨーク・タイムズに情報を漏らした忌々しいやつらだ」

「そうですね、大統領がその人物を突きとめられるなら」

ニクソンはミッチェルの自宅に電話をかけた。

「例のニューヨーク・タイムズの件、きみはどう思う？」とニクソンは訊いた。「きみなら

——訴えるかい？」

「そうするでしょうね」

＊

ニューヨーク・タイムズの記事は、日がたつにつれて注目を集めていった。国防長官メルヴィン・レアードはテレビ出演し、軍事機密文書を記事にした新聞を非難した。

エルズバーグのアパートの電話は、ほぼ休みなく鳴りつづけた。記者だろう、とエルズバーグは思った。リークに関係しているらしいという噂を聞きつけたのだ。エルズバーグは受話器を取らなかった。

エルズバーグとパトリシアはさしあたり鳴りをひそめて、国じゅうがペンタゴン・ペーパーズに夢中になってゆくのを楽しみながら見守った。この機密文書の中身が面白いのは確かだが、国民の興味をほんとうにかき立てていたのは、ニューヨーク・タイムズがどこでこんな大特ダネを手に入れたかという謎だった。その夜、二人は友人宅のディナー・パーティに立ち寄った。リークした人間はだれだろうと、みんなあれこれ推測しては楽しんでいた。

「パトリシアと僕は、意見をあまり言わずにみんなの話を聞いていた」とエルズバーグは言った。

法務部長ジェイムズ・グッデールは、司法長官から連絡が来るだろうと一日中待っていたのだが、結局夜七時になったので帰宅することにした。

が、帰宅してもリラックスできず、じっと座っていられなかった。「何かが起きているはずだ」と思った。グッデールは受話器を取って会社に電話した。

「司法省から記事の掲載をやめろという電話が入りました」とある記者が言った。

グッデールは大急ぎで会社に取ってかえし、エレベーターで一四階に上がった。着く前からもう叫び声が聞こえてきた。編集幹部が集まっているのだ。暑い夜だった。いつもなら重役フロアにはだれもいない時間なので、エアコンはすでに切れている。みな上着を脱ぎ、ネクタイをゆるめている。たった今、ミッチェル司法長官から届いたばかりの電報について彼らは議論を戦わせていた。

「一九七一年六月一三および一四日付のニューヨーク・タイムズに掲載された資料は、合衆国の国防に関わる情報を含み、最高機密情報を伝えています」という書き出しでミッチェルの電報は始まっていた。

「したがって、スパイ法の規定により、本情報は直ちに掲載禁止となります」と文章は続く。

*

「また、このような類の情報が今後も掲載された場合、合衆国の国防に取りかえしのつかない損害がもたらされることになります。

したがって、今後この種の情報を一切掲載されることのなきよう、およびこれらの文書を国防総省に返却する手配をされた旨、私にお伝えくださるよう、慎んでお願いする次第です」

翌日の新聞の活字はもうセットされている。第一面にはペンタゴン・ペーパーズの続きを掲載する予定だ。印刷センターはゴーサインを待っている。ニューヨーク・タイムズのスタッフの大半はこのまま行きたいと思っている。が、反対意見もある。社内では怒号が飛びかっている。

「電報を受け取ったからといって掲載をやめてはいけません」とグッデールは強く主張した。「裁判所命令が出ているなら話は別です。しかし、これは裁判所命令ではありません。電報の指示にしたがわないことへの罰則はない」

いずれにしても、これほどの重大事を決定できるのは、出張で最近イギリスに出かけたばかりの社主、アーサー・サルズバーガーだけだと編集局は知っている。ロンドンは今、夜中の二時だが、彼らは寝ているサルズバーガーをたたき起こして、スピーカーフォンに応答させた。

「ルイスは何と言ってる?」ニューヨーク・タイムズ社の代理を務める法律事務所、ロード・デイ・アンド・ロードのルイス・ローブのことだ。

「これ以上、掲載するなと言っています」と編集の一人が言った。

編集局長のエイブ・ローゼンタールがグッデールの脇腹をつつき、「頼むから何か言え！」と急かした。

「掲載をやめるのは大きな間違いではないでしょうか」とグッデールが言った。

「政府の要求をのまずに、我が社のリスクを大きくしろと？」とサルズバーガー。

そうです、とグッデールは認めた。

サルズバーガーはしばらく考え込んでからこう答えた。

「オーケー、このまま掲載だ」

ミスター・ボストン

編集局長ローゼンタールはエレベーターに駆け込むと、スタッフ一五〇名が集まっている三階で跳びおりた。

「行くぞ！」とローゼンタールが叫んだ。

スタッフは大歓声を上げ、それぞれの仕事に戻った。数分後に印刷機が回り出した。

グッデールは法律事務所のルイス・ローブに電話をかけて最新情報を伝え、明日の朝に出廷する準備をこれからしてもらいたいと言った。出廷はしない、とローブは返した。今後、ロード・デイ・アンド・ロードがニューヨーク・タイムズ社を代理することはない、と言った。

この訴訟に自力で対処できるだろうかと一瞬グッデールは思った。できない、と思った。グッデールが「法廷に立ったのは、争いのない離婚訴訟を二回担当したときだけだった」のだから。

夜中の一二時近くになっていた。グッデールは何か所かに電話をかけ始めた。

＊

火曜日のニューヨーク・タイムズ一面にニール・シーハンの新たな署名記事が載った。この日のハイライトは、米兵をベトナムの地上戦に送ろうという、ジョンソン前大統領の極秘計画についてだ。が、それ以上に大きな見出しで報じられたのは、昨夜司法長官から届いた電報の一件だった。「ミッチェル長官、連載差止めを求めるもニューヨーク・タイムズ拒否」ペンタゴン・ペーパーズの公開は、いまやラジオやテレビのトップニュースになっていた。

記事が注目を集めていると思うと、エルズバーグの心は奮いたったが、自分が何をしたのかを明かす心の準備がまだちゃんとできていなかった。ニューズウィークの記者につかまったエルズバーグは、次号の表紙に自分の写真が載ると教えられた。

「ニュースソースはあなただと確信しています」と記者は言った。

「世に出てよかったと思っていますよ」とエルズバーグは笑顔で答えた。「僕が漏らしたと疑われているなんて光栄です」

実際、彼は文書のリークについて公的に責任を取るつもりでいた。しかし、まだ時期尚早だった。まずは全文書を公開しなくては。「どこかのページやどこかの巻に書いてあったこと、発覚した個々の事実が衝撃的だったんじゃない」と彼はのちに語る。「欺瞞にパターンがあるということ、それが執拗に繰りかえされていることが衝撃だったんだ」

＊

「最悪の事態だ」火曜の朝、ニクソンは執務室でスタッフに言った。「漏らしたのは過激派だな。たぶん過激派だぞ」

「エルズバーグですか？」と首席補佐官のハルデマンが訊いた。

「だれかはわからない。が、エルズバーグかもしれん」そう言うとニクソンはデスクをたたいた。「畜生、だれだか知らんが刑務所に送ってやる」

次なるステップはニューヨーク・タイムズを訴えることだとハルデマンがニクソンに言った。

「ニール・シーハンは、たちの悪い反戦派だ」とニクソンはうめくような声を上げた。「ニューヨーク・タイムズがここまでやるなら、こっちはどんな手を使ってでも戦う。私は——私たちは思いきった行動に出る」

ニクソンの命を受けた司法省は、ニューヨーク・タイムズに対する差止め命令をニューヨーク市の連邦地方裁判所に求めた。ペンタゴン・ペーパーズの掲載を禁止する裁判所命令を出せという要求だ。

＊

その日の午前中、オフィスにいたグッデールのもとに電話がかかってきた。ニューヨーク・タイムズ社は正午までに出廷のこと、との通達である。グッデールはアレクサンダー・ビッケルとフロイド・エイブラムズにただちに報告した。どちらも憲法解釈に関して評判の高い弁護士で、この訴訟を担当すると言ってくれたのだった。二人は夜を徹して準備を進め、グッデールのオフィスに姿を見せたときには瞼が腫れて目が充血していた。グッデールは彼らとタクシーに乗り込み、ダウンタウンの裁判所に向かった。

法廷は混み合っていた。ほとんどは反戦活動家で、ニューヨーク・タイムズがスパイ法に違反していると政府側の代理人が主張すると、シーッと非難の声を上げた。ニューヨーク・タイムズは憲法修正第一条によって守られる、これはアメリカ史上初めて政府が新聞社を黙らせようとした例だとビッケルは応酬した。

「しかし、この国の歴史において、このような出版物はかつて出たことがありません」と大統領に任命されて間もない判事、マリー・ガーファインが指摘した。

この事件についてじっくり考察したいので、ニューヨーク・タイムズは数日間自発的に掲載を止められるだろうかと判事が訊いてきた。会社に問い合わせないとわからないとグッデールは答えた。それから電話ボックスに走り、副社長のハーディング・バンクロフトに電話した。

「判事に自発的な掲載停止を求められてます」とグッデールは言った。「どうすればいいでしょう」

「調べてこちらから電話する」

グッデールは電話を切り、暑苦しい電話ボックスの中で待った。電話をかけたい人びとが列をなしていた。叫んだり、ガラスのドアをたたく者たちが出はじめた。が、グッデールは身じろぎひとつしなかった。シャツが汗でじっとりと濡れた。彼は受話器を取り、バンクロフトに電話をかけた。

「ハーディング、掲載をやめてはだめです。そんなのは最低だ」

「そうだな」

グッデールはニューヨーク・タイムズの意志をガーファイン判事に伝えた。が、判事は暫定的差止め命令を言いわたし、裁判が終了するまでのあいだ、ニューヨーク・タイムズがペンタゴン・ペーパーズを掲載することを禁じた。

第一ラウンドはニクソン大統領に軍配が上がった。

＊

翌朝、ワシントン・ポストの編集局次長ベン・バグディキアンは、会議を終えてニュース編集室から出てきたときに紙切れを一枚渡された。紙には短くこう書いてあった。

「安全な電話からミスター・ボストンに電話を」

偽名のような気がした。メモに書いてある電話番号の市外局番は六一七。ボストンである。バグディキアンはぴんときた。すぐに社屋から走り出て、通りのむこうに並ぶ公衆電話のひとつに入った。そしてコインを一枚入れ、メモに書かれた番号を回した。電話に男が出た。

「古い友だちがあなたに大事なことを伝えたがっている」とその男は言った。「公衆電話の番号を教えてくれたら数分後に友だちが電話する」

バグディキアンは身をかがめて、電話機のダイヤル部分に書かれた番号を読み上げた。通話相手が電話を切った。と思ったら、かたわらの電話が鳴った。バグディキアンは受話器を取った。

「お望みのものを渡したら、掲載してくれるかな?」

ダニエル・エルズバーグの声だとわかった。彼とは長年のつき合いで、政治やベトナムについて何度も話し合ってきた仲だ。

確認を取ってからでないと会社の見解を明らかにすることはできなかった。「折り返し必ず電話する」

上司に確認を取ったらすぐボストンに来て、これこれこういうモーテルに「ミスター・メドフォード」と名乗ってチェックインしてくれとエルズバーグはバグディキアンに指示を出した。大きなスーツケース持参で来てほしいとも。

*

その日のニューヨーク・タイムズ第一面では、波乱の新たな展開が報道された。「判事、政府の求めに応じてベトナム連載記事を差止め」もしペンタゴン・ペーパーズを手に入れたら、ワシントン・ポストも危険を顧みず掲載に踏みきるのか。

バグディキアンには判断がつかなかった。彼は編集主幹のベン・ブラッドリーに電話して状況を説明した。

ブラッドリーは言った。「掲載しないとワシントン・ポストの編集主幹が入れ替えになる」

バグディキアンはボストン行きの次の飛行機に乗り、指定されたモーテルにチェックインした。三階の部屋に入るや電話が鳴った。聞き慣れた声がケンブリッジの住所を告げ、そこで「資料」をもらうようにと言った。

「腰は痛めてないかい？」とエルズバーグが訊いた。「とても重いんだ」

「大丈夫だ」とバグディキアンは答えた。じつは最近、腰がひどく痛かったのだが、手に入るもののすごさを考えれば些細なことだった。

その夜、バグディキアンは、タクシーをつかまえてケンブリッジの住所を運転手に伝え、目的のものがある場所に向かった。灯りが消えた並木道はとても暗く、家々のドアに表示された番地番号が見えなかった。運転手は車をおり、一軒一軒ドアの前でマッチをすっては番号を確認していった。そうしてようやく目当ての家を探しあてた。

バグディキアンがノックした。ドアを開けたのは女性だった。

「ここで荷物を受けとれるとダン・エルズバーグに言われたので」

女が大きな箱を二つ、指差した。バグディキアンは箱をタクシーまで運ぶと、モーテルに取ってかえした。重い箱をどうにかエレベーターからおろすと、自分の部屋に向かって廊下を歩き出した。

そのとき、自販機のある奥まったスペースから、氷の容器を手にした男が現れた。ダニエル・エルズバーグだ。

「げっそりしていた」とバグディキアンは回想する。「頭痛がひどいとこぼしていた」

二人はバグディキアンの部屋に入ってドアを閉めた。エアコンが故障して、部屋は蒸し風呂のようだった。パトリシアもいた。三人は箱のひとつを開け、ツインベッドの両方に文書を広げた。

ばらばらの文書をほぼ一晩かけてまとめたあと、バグディキアンは持参したスーツケースに書類を詰めた。しかし、あまりの多さに入りきらなかった。箱を持って飛行機に乗るしかない。箱をしばる紐をもらおうと提案したのはエルズバーグだ。モーテルに紐の用意はなかった。が、プールまわりのフェンスに客が犬をつないでいた紐が残っているかもしれない、探してみるといい、と従業員に言われた。数本あったので、それでどうにか箱をしばることができた。

翌朝バグディキアンは、ワシントン行きの早朝便に乗るため空港に向かった。チケットを二枚買い、隣の座席にペンタゴン・ペーパーズを載せてワシントンに帰った。

前の晩、家に帰っていたパトリシアは、モーテルまで夫を迎えにやって来た。部屋に入るとテレビをつけ、夫と二人で朝のニュースを観た。

まず画面に映ったのは二人が暮らすアパートの玄関先だ。報道カメラマンが何人もいて、写真を撮っている。ＦＢＩの職員が二人、ドアの前に立ってノックしている。機密文書漏えい調査に協力できる人物と判断し、ＦＢＩがダニエル・エルズバーグという男を探している、とアナウンサーが伝えていた。

「家には帰れないね」とパトリシアがわかりきったことをつぶやいた。

潜伏

マリーナ・ブラッドリーが自宅にこれほど人がやって来たのを見たのは初めてだった。一九七一年六月一七日の朝、一〇歳の少女マリーナは、ジョージタウンの自宅前のレモネードスタンドに座り、タクシーから走り出てきた男女が自分の前を通りすぎて玄関に駆け込むのをじっと見つめていた。タイプライターを抱えた人たちが多かった。重そうな箱を抱えた人もいた。

ベン・ブラッドリーはバグディキアン（箱を抱えた人物だ）を居間に招き入れた。部屋にはもうワシントン・ポストのスタッフが多数詰めかけていた。記者たちが文書に目を通し、翌日の記事を大急ぎで書いているかたわらで、スタッフがニューヨーク・タイムズと同じ議論を戦わせていた。弁護士は掲載に反対だ。ワシントン・ポストは何らかのかたちでニクソンに訴えられる、会社が傾くほどの罰金が科せられるかもしれないという。最終決断は社主キャサリン・グラハムの手に委ねられた。

両者の意見を聴いたあと、キャサリンは言った。「オーケー、このまま行きましょう」

翌日朝刊の締切りが刻々と近づいていた。バグディキアンは取材記者がタイプ打ちした原稿をつかむと、校閲記者のバイクの後部座席に跳びのった。校閲記者とその腰にしがみつくバグディキアンを乗せたバイクは、街の混雑を縫ってワシントン・ポストの社屋へと走った。

＊

その日の夕方、ニクソン、キッシンジャー、ハルデマン、アーリックマンは、膝に黄色い法律用箋を載せて大統領執務室の肘掛け椅子に座っていた。ペンタゴン・ペーパーズの出《で》処《どころ》はダニエル・エルズバーグだと彼らはもう確信していた。

「あの野郎」とキッシンジャーが話の口火を切った。「あいつのことはよく知っているんだ」

ニクソンは驚きの声を上げた。「知り合いか？」

「そもそも、あいつは――」

そこでハルデマンが割って入った。「イカれたやつですよね？」

「イカれてる」とキッシンジャー。

「そもそもなぜそんな男がペンタゴンにいたんだ？」とニクソンがたずねた。

「それはですね、面白い男なんですよ」

「ほう」ニクソンは全然面白くなさそうだった。

「面白いやつです」とキッシンジャーは一所懸命説明しはじめた。「優秀です。私の教え子の中ではピカ一だった」エルズバーグと関わりのあったことがわかり、ニクソンに疑われてはいけないと案じたキッシンジャーは、奇妙なやりかたでエルズバーグを攻撃しはじめた。「こうと決めたら、あとに引かない男です。自ら志願してベトナムに従軍して。ゲリラがはびこってるというのに、カービン銃を持ってベトナムじゅうをドライブしたほどのイカれようです。しかも、戦場で、農民を撃った」

「根っからの殺し屋だな」とアーリックマンが言いそえた。

「それから？」とニクソン。

「それから、そう、いつも情緒不安定で――ほんとに支離滅裂だ」とキッシンジャーが続けた。最後に会ったのはＭＩＴで講演したときで、「あいつは立ち上がって私をやじり倒し、人殺しと非難した」

そもそも、なぜそんなに情緒不安定な人物がペンタゴン・ペーパーズを手に入れたのか、ニクソンは知りたがった。きっとカリフォルニアのランド研究所にコピーがあったのだろうとキッシンジャーが言った。

「会議が終わるころには、ニクソンもキッシンジャーと同じくらい腹を立てていた。危険人物ということにされている男が大統領に露骨に刃向かっていると考えただけで、ニクソンの腹わたは煮えくりかえったんだろう」とハルデマンはのちに語る。

その後ニクソンは法律顧問のチャールズ・コルソンと廊下で立ち話をした。

「あいつをさらし者にしてやりたい」ニクソンは指を振り振り言った。「どんな手を使ってもいい。とにかくやってくれ。ミスター・エルズバーグとやらが、いったいどんなヒーローなのか、国じゅうに見せてやろうじゃないか」

*

次に弾を放ったのはワシントン・ポストだった。

一九七一年六月一八日金曜日のワシントン・ポストの見出しは「米、ベトナム総選挙を五四年に妨害」だ。アイゼンハワー政権下のアメリカは、南北ベトナムを統一するはずの選挙をひそかに妨害していたと記事にはあった。その証拠は機密文書の中にあった。

その日の午後三時、ベン・ブラッドリーのところに司法次官補ウィリアム・レンキストから電話が入った。ペンタゴン・ペーパーズの掲載をやめろという警告である。

「おわかりいただけるはずと思いますが、丁重にお断りせねばなりません」とブラッドリーは返答した。

夜になると、ワシントン・ポストの印刷機は二日目の機密文書記事を刷り出した。バグディキアンは、ボストンから運んできた箱のひとつを車に積み込んだ。ひとつ目の箱はブラッドリーの家に置いてきた。二番目の箱にもペンタゴン・ペーパーズのほぼ完全なコピーが入っている。バグディキアンはそれをトランクに積み込んだ。この箱をどうすればいいのか、すでにエルズバーグに指示されている。

バグディキアンはメイフラワー・ホテルまで車を飛ばすと道端で停車した。ほどなく、後方に車が一台寄せて停まった。その中から男が一人現れた。マイク・グラヴェルだとわかった。歯に衣着せぬベトナム戦争反対派、アラスカ州選出の上院議員だ。バグディキアンはトランクを開けると、無言で箱をグラヴェルに渡した。

＊

翌日、ガーファイン判事は早朝のニューヨークのオフィスにいた。前日は深夜まで審理が続いた。判決文を書く準備はできている。政府の訴えは却下だ。

「危機に瀕しているのは国家の安全だけではない」という、以後繰りかえし引用されることになる一節を判事は書く。「安全とは、自由な社会制度を重んじることの中にもある。報道の自由と国民の知る権利という、より大きな価値を守るためには、扱いにくい報道関係者も執拗な報道関係者も普通の報道関係者も、権力を握る者たちによって許容されなくてはならない」

ガーファインはその日の午後早く判決を下した。が、勝訴にもかかわらず、ニューヨーク・タイムズはペンタゴン・ペーパーズの掲載を再開できなかった。司法省がすぐさま控訴したからである。ニューヨーク・タイムズは相変わらず差止めを食ったまま、裁判の場は上級裁判所に移った。

同じ日の午後、ワシントンの法廷では、ワシントン・ポストに対し、判決が下りるまでのあいだペンタゴン・ペーパーズの記事掲載を差止める命令が下された。

エルズバーグにはまたしても新たなプランが必要になった。

*

エルズバーグとパトリシアは、バグディキアンが泊まったモーテルを出て、別のモーテルに偽名でチェックインした。そこから先は友人たちが一丸となって、ボストンじゅうのアパートに隠れ家を用意してくれた。協力者の多くは学生だった。FBIが全国的に大がかりな捜査をしている中、エルズバーグ夫妻は夜間に転々と隠れ家を変えていった。衣服や洗面道具は友人たちが持ってきてくれた。二人はボストンから出なかった。

「司法省の差止め命令の一歩先をたえず行くようにしていた」とエルズバーグは言う。つまり、友人の助けを借りて別の新聞社に機密文書をどうにか届けたのである。ただし、知人に接触するのは危険だった。エルズバーグの知り合いの多くがFBIに盗聴されていたからだ。潜伏中のある日、パトリシアと隠れ家の窓から外をうかがったあと、「ミスター・ボストン」ことエルズバーグは外に出て公衆電話まで歩いていった。ロサンジェルスの友人に連絡するためだ。電話を切ったわずか数分後、パトカーが四台、電話ボックスそばに急ブレーキをかけて停まった。

ミスター・ボストン（その正体が自分だとエルズバーグは決して明かしていない）はとっくの昔に消えていた。警官たちがあたりを見回しているときにはもう、エルズバーグはパトリシアと窓の下に身をかがめていた。

潜伏中の大半は、刺激とは程遠い生活だった。夫婦は新聞を読んだりテレビを観たりしながら何日間も二人きりで過ごした。いまやニュースに出てくるのは、逃亡中の情報漏えい者捜索のことばかり、デトロイトのエルズバーグの父親宅にまで記者たちが押しかけるありさまだ。八二歳のニクソン支持者、ハリー・エルズバーグは、全面的に息子に味方した。「ダニエルはすべてをなげうって、あの馬鹿げた人殺しを終わらせようとしました」ベトナム戦争についてハリーはそうコメントした。「こんなことがなければ戦地に送られていたかもしれない若者の命を、息子は救っているのかもしれません」

*

「ダニエル・エルズバーグと妻パトリシアは昨日も依然消息不明」六月二〇日付のボストン・グローブはそう報じた。

ボストン・グローブの記者トム・オリファントは、こんな大事が起きている最中にボストンの外に出たくなかった。とくにエルズバーグとは知り合いということもあり、この次ペンタゴン・ペーパーズを入手する記者になりたかったのである。しかし彼には随分前からサンディエゴの両親に会いにゆく予定が入っていた。カリフォルニアに行かねばならなかった。

両親の家に着いたと思ったら電話が鳴った。エルズバーグの友人を名乗る人物からだった。オリファントは海辺の公衆電話から何度も電話をかけて、ボストン・グローブの記者とエルズバーグの友人とをボストンの路上でこっそり会わせる約束を取りつけた。その記者はポリ袋入りの一七〇〇ページもの文書を抱えてボストン・グローブのオフィスに戻った。一連の記事を書き終えた記者は、外灯の消えた暗い駐車場に停めた車のトランクに文書を積むと鍵をかけた。

六月二二日火曜日、ボストン・グローブは、いまや悪名高きペンタゴン・ペーパーズを掲載する三番目の新聞社となって全米の度肝を抜いた。

見出しはこうだ。「ペンタゴン機密文書でJFKのベトナム戦争政策が明らかに」オリファントはまた別の記事で、アメリカ一有名な逃亡者のメッセージを引用した。「最初の妻と暮らす二人の子どもたちに、父親は元気にしている、二人のことを思っていると伝えたい、とエルズバーグは語った。また、デトロイト郊外在住の父親、ハリー・エルズバーグには、支持を表明してくれたことに深く感謝の意を伝えたいとも述べた」

ボストン・グローブが世間に衝撃を与えたわずか数時間後、編集主幹トマス・ウィンシップのところに司法長官のミッチェルから電話が入った。

「トム、きみたちも一枚嚙んだようだね」とミッチェルは言った。

「あなたがそうおっしゃりたいのなら。今朝の朝刊に出しましたよ」

ボストン・グローブは自主的に掲載をやめるのか、とミッチェルは訊いた。

「いえ」とウィンシップは答えた。「やめられないと思いますね」

裁判所は即刻、機密文書の掲載をボストン・グローブに禁じた。しかし、エルズバーグと友人たちはそれどころではなかった。ペンタゴン・ペーパーズはもう全米の新聞社の手に渡っていた。

＊

エルズバーグが捕まらないので、ＦＢＩは友人知人への取り調べを強化した。火曜の午前中、暴露記事が出てやや時間がたってから、トニー・ルッソはアパートの私道に車を停めた。ドアを開けたとき、車が一台、急ブレーキでうしろに停まり、出ようとするのを阻まれた。捜査員が二人、車から飛び出して、ルッソのほうに走ってきた。一人がルッソに召喚状を渡し、翌朝裁判所に出廷するようにと言った。

「歯ブラシをポケットに入れて裁判所に行ったよ、刑務所行きになってもいいように」とルッソはのちに語った。「尋問に協力しないことだけは、はっきりしてたから」

ルッソにはやはりその歯ブラシが必要になった。エルズバーグの刑事責任を問う大陪審の前に引っぱり出され、証言と引き換えに自分の刑事訴追を免除される特権を与えられると言われてもなお、ルッソはかたくなに証言を拒んだ。

リンダ・シネイの家にもＦＢＩが召喚状を手にやって来た。

「なぜ私に？」とシネイはＦＢＩ職員に訊いた。

「知っているはずでしょう」

知っていた。刑務所行きだと脅されて、シネイは、ペンタゴン・ペーパーズのコピーに協力したことを大陪審に話した。

ＦＢＩの訪問を受けたキャロル・カミングズは、元夫がどこにいるのか見当もつかないと答えた。証言を求められたので嫌々承諾し、エルズバーグのしていたことで自分にわかることを大陪審に伝えた。

「ダンはどこです？」キャロルが帰宅すると記者たちが声をかけてきた、「彼からは、しばらく連絡がありません」

キャロルは家の中に駆け込んだが、マスコミの車は私道の端に停まったままだった。ひっきりなしに記者から電話が入り、コメントを求められた。日が暮れたあと、キャロルはロバートとメアリーを裏口から連れ出した。三人は塀をよじのぼって越え、友人の家に身を隠した。

＊

一九七一年六月二三日水曜日、ＣＢＳニュース副社長ゴードン・マニングのところに「ミスター・ボストン」から電話がかかってきた。ウォルター・クロンカイトが毎晩出ている番組の責任者であるマニングは、ダニエル・エルズバーグに接触する気はないかと持ちかけられた。興味があるならハーヴァード大学の図書館前に今晩来てほしいということだった。

スパイ小説まがいの指示に戸惑ったが、エルズバーグをクロンカイトの番組に出演させるチャンスをみすみす逃すわけにはいかない。その日の朝、ペンタゴン・ペーパーズはアメリカ中西部、シカゴ・サンタイムズの一面に掲載された。話は日増しに大きくなっていた。

マニングはその夜、図書館の前で待っていた。近くの茂みでガサゴソ音がしたかと思うと、若い男がいきなり現れ、こう言った。「早足でついて来て」

一緒に道路まで歩いてゆくと、若い男は停めてある車のドアを開けた。

「早く乗って」

二人は車に乗った。暗闇の中、運転手は回り道とおぼしきルートで車を走らせた。

「どういうことだ？」とマニングが訊いた。「エルズバーグに会いにゆくつもりでいたんだが」

「常につけられてるんで」

乗った場所のすぐそばの縁石に寄せて車が停まった。

若い男が口を開いた。「大急ぎでおりて三階に上がってください」

マニングは階段をのぼって三階に行くとドアをノックした。ドアが開いた。部屋には若者が数人いた。箱が数個置いてあった。エルズバーグと妻のパトリシアがいた。マニングはエルズバーグの張りつめた表情に衝撃を受けた。

「あの燃えるような目に見つめられて火傷しそうだったのが忘れられない」とマニングは回想する。

夜中の一時に、マニングは紐で綴じた書類を六束抱えてアパートを出た。小雨の中、ホテルに向かって歩きだした。

パトカーが一台、そばに来て停まった。

「雨の中を散歩かい？」窓を開けて警官が訊いてきた。「重い荷物を持ってるじゃないか」

「ええ、でも若いんで」

「乗りなよ。これから本降りになる」

マニングはペンタゴン・ペーパーズを膝に載せて助手席に座った。ホテルの前に来ると、警官はマニングをおろした。

逮捕

ボストンのコマンダー・ホテルのロビーにウォルター・クロンカイトが入ってきた。アメリカ一の視聴率を誇るニュース番組のキャスターは、人目を引かないように気をつけて歩いた。最初の二秒ほどはうまくいった。

「ミスター・クロンカイト！」ホテルの支配人が声をかけて歩みよって来た。「今日はどんなご用で？」

地下の公衆電話から急ぎの電話をかけたいだけだ、とクロンカイトは言った。そんなことなさらなくても、私のオフィスの電話をお使いください、と支配人は言い張った。クロンカイトは丁重に断った。

ホテルの地下におり、男子トイレそばの公衆電話前で待つ――それが、ゴードン・マニングを介してエルズバーグの仲間から出された指示だった。クロンカイトは指示どおりに行動した。「ひどく気まずかった」と彼はのちに語る。「サインを欲しがる人たちが近づいてきてね」

「私のオフィスでお待ちになればいいのに」と支配人はいぶかった。「この人混みから抜け出せますよ」

クロンカイトはそれも断った。しだいにばつが悪くなってきて、公衆電話の前をゆっくりと行き来した。その場を立ち去ろうかと思ったまさにそのとき、若い男が歩みより、クロンカイトに向かってうなずいた。クロンカイトは男のあとに続き、ホテルの外でアイドリング中のおんぼろ車に乗り込んだ。

回り道をしたあと、車はケンブリッジの小さな灰色の家の前で停まった。その家に入るとマニングがいたので、クロンカイトはほっと胸をなで下ろした。一張羅《いっちょうら》のオーダーメイドスーツを着たダニエル・エルズバーグもいた。収録の準備が始まった。

＊

その夜のNBCとABCのニュースは、ダニエル・エルズバーグの行方がいまだつかめていないと報道した。ちょうど同じ時間、ウォルター・クロンカイトは〈CBSイヴニング・ニュース〉を派手にスタートさせた。

「喧《かまびす》しい論争の中、ニューヨーク・タイムズの報じた文書の情報発信源として最有力候補に挙がっている名前があります」とクロンカイトは全米に語りかけた。「その名はダニエル・エルズバーグ。国務省と国防総省に勤務した経験を持ち、ここしばらく幽霊のように姿を消しています。そのエルズバーグ氏が、本日ある場所でインタビューに応じることに同意してくださいました」

そこで画面は灰色の家の居間に切り替わる。クロンカイトの隣に座ったエルズバーグが、落ち着いて確信にみちた声で話しはじめる。

「アメリカ国民は、あの文書を読んできっと辛い思いをされたことでしょう。アメリカが自治の国だということを私たちは忘れてはいけないのだと、私はあの研究報告書から学びました。国を統治しているのは私たちなのです」

国民がペンタゴン・ペーパーズから学ぶべき最も重要な教訓は何か、とクロンカイトは質問した。

エルズバーグはこう答えた。「大統領一人に国を任せておくわけにはいかないことではないでしょうか」

＊

一九七一年六月二四日木曜日、ダムが決壊した。ロサンジェルス・タイムズ、フィラデルフィア・インクァイアラー、マイアミ・ヘラルド、デトロイト・フリープレスほか八紙が、ペンタゴン・ペーパーズの各部を掲載したのである。

ニクソン大統領とミッチェル司法長官は、これら全紙を法廷に引っぱり出すのを見合わせた。ミッチェルに言わせれば、機密情報が掲載されていないからということなのだが、マクナマラの作らせた報告書はすべてが機密扱いだったから、その言い分は明らかに間違っていた。じつは、エルズバーグのネットワークのおかげでペンタゴン・ペーパーズは全国津々浦々に行きわたり、回収不可能になっていたのである。

法廷は多忙な一日となった。ニューヨーク州控訴裁判所はニューヨーク・タイムズに敗訴

1971年6月23日、エルズバーグは〈CBSイヴニング・ニュース〉に出演。
クロンカイトのインタビューを受け、
ペンタゴン・ペーパーズ公開後初めて公けに自分の思いを語った。

の判決を下した。数時間後、ワシントン・ポストはワシントンDCの控訴裁判所で勝訴を勝ちとった。これでワシントン・ポストはペンタゴン・ペーパーズを掲載できることになったわけだが、ニューヨーク・タイムズは相変わらず差止めを食ったたままだった。法曹界が混乱し、最終的な決着をつけられるのは最高裁のみとなった。判事たちは、すぐさま審理に参加するとの意思を表明した。

ロサンジェルスでは大陪審がダニエル・エルズバーグの起訴に踏みきった。窃盗罪、機密文書不法所持、スパイ法違反という三つの重罪により、エルズバーグに逮捕令状が出た。エルズバーグはアメリカ史上初めて、政府の機密を報道関係者に漏らしたかどで刑事罰に問われた人物になった。

エルズバーグは新しい隠れ家からチャーリー・ネッソンに電話をかけた。潜伏前に雇った弁護士である。ネッソンは、もう降参したほうがいいのではと助言した。

「それはできない」とエルズバーグは言った。「まだ配ってない分が手元にあるから」

「残りを全部配り終えるのに、あとどのくらいかかります？」

「二、三日」

月曜の朝に出頭することで二人の意見はまとまった。

その後の数日間は文書の残りを配ることに費やされた。次の掲載紙はセントルイス・ポスト・ディスパッチ。その次がクリスチャン・サイエンス・モニターで、そのあとがニュースデイだ。

エルズバーグはその時々を心から楽しんだ。当時を振りかえって彼はこう言う。「公然と挑戦して成功した最後の輝かしい二週間のあとは、権力者の命令にすぐ従える気分ではなかった」

*

六月二六日朝。ワシントンでは、ジェイムズ・グッデール、アレクサンダー・ビッケル、ニューヨーク・タイムズ社法務部の面々が、テレビカメラや記者のけたたましい質問を無視してホテルから最高裁までの道を歩いていた。最高裁の白い大理石の階段のふもとでは、約一五〇〇人もの人びとが列をなし、一般人にあてがわれた二〇〇にもみたない傍聴席に座ろうと待機していた。

グッデールたちは群衆のそばを通りすぎ、階段をのぼって堂々たる白い列柱のあいだを通りぬけた。裁判所に入ったとたん、あたりはしんと静かになった。「ヤンキー・スタジアムからいきなり霊廟に入ったような感じだった」とグッデールは回想する。

法廷に入ると、黒の長い法衣を身につけた最高裁判事が九人、高い裁判官席に座っていた。双方の代理人が弁論し、判事たちがあれこれ質問する審理が約二時間続いた。判断がどちら寄りなのかを判事が示唆することはほとんどないのだが、サーグッド・マーシャル判事は、政府の代理人として法廷に立っている訟務長官、アーウィン・グリズウォルドとのやり取りで、判断の手がかりになるような懸念を口にした。最高裁が政府に勝訴の判決を下した場合、今後、政府はますますメディアを黙らせやすくなるのではないか、と。

「となると、連邦裁判所が検閲委員会になることになりませんか?」とマーシャル判事が訊いた。

「裁判官」とグリズウォルドが返した。「ほかにやりかたがあるのかどうか、私にはわかりかねます」

「おそらく修正第一条でしょう」とマーシャルが言いかえした。

とてもよい感触だ、と思いながらグッデールとビッケルは法廷をあとにした。

＊

月曜の朝、エルズバーグは上等なスーツを着た。弁護人のチャーリー・ネッソンがエルズバーグ夫妻の最後の隠れ家にやって来た。三人はタクシーに乗ってボストンの街なかへと向かった。

もうすぐエルズバーグたちが着くという話が漏れ、裁判所前の通りは記者やら歓声を上げる群衆やらでごった返していた。タクシーをおりると、エルズバーグとパトリシアは群衆をかき分けて進んだ。すぐさまカメラやマイクに取り囲まれた。

「一市民としてよいことをしたと思っています」とエルズバーグは記者たちに答えた。「もうこれ以上、この情報を国民に隠す手助けはできないと思いました。ですから自ら率先して行動に出ました。結果に対する責任を取る準備はできています」なぜもっと早く行動しなかったのか、それだけが悔やまれるとエルズバーグは言った。

「私にとっては希望と信頼を託した行為でした」エルズバーグはさらに続けた。「事実によって私たちが戦争から解放されるという希望。事実を知ったアメリカ国民が公僕に嘘をつくのをやめさせ、人殺しや無意味な死に歯止めをかけるだろうという信頼です」

エルズバーグが群衆に背を向けて裁判所の階段のてっぺんで待つ警官のほうを向いたとき、ある記者がこう叫んだ。「刑務所に入る可能性があることについてはどう思われますか?」

その質問にエルズバーグはこう返した。「この戦争を終わらせるために刑務所に行く気はきみにはないの?」

名声

一九七一年六月二九日、ワシントンDCで上院議員マイク・グラヴェルは浣腸をした。それから、背中を支えるコルセットをつけ、片脚に採尿バッグを装着した。いったん話しはじめたら、少なくとも三〇時間はやめられないだろう。

その夜、グラヴェル上院議員は土地建物小委員会の特別会議を招集した。上院では一番地味な小委員会だ。九時四五分、グラヴェルは小槌をたたいて会議を開始した。

集まったメンバーで上院議員は彼一人だった。

「私はペンタゴン・ペーパーズを所有しています」とグラヴェルは言い放った。「この文書を公けにしないのは、義務と倫理を放棄することに等しい」

深夜にワシントン・ポストのバグディキアンを介してエルズバーグから入手した大量の文書をグラヴェルは読みはじめた。それを速記者が記録していった。最高裁がどんな判決を下そうとも、これでペンタゴン・ペーパーズは議会の記録に残り、だれでも見ることができるようになる。見学の旅行者が数名、部屋にふらりと入ってきたが、グラヴェルは読むのをやめなかった。奇妙な公聴会が開かれていると聞きつけた記者たちがカメラを手にやって来た。それでもグラヴェルは読みつづけた。反戦活動家がやって来て、グラヴェルを激励した。

朝早く、戦闘で負傷した米兵が苦しむ生々しい描写を読みながら、グラヴェルは泣き出してしまった。それでも数分間、涙をぽろぽろこぼしながら読みつづけた。が、あまりのひどさにぐったり疲れはて、ついに中断せざるをえなくなった。

「この国の政府、そのあらゆる部門が支持し続けている政策のせいで、人の腕がちぎられ、人の体に金属片が貫通している」グラヴェルはハンカチで両目を拭った。「今まさにこの瞬間、我々の払った税金でベトナムの人びとがアメリカ人に殺されているのかと思うと、私はもう耐えられません」

ペンタゴン・ペーパーズの残りの部分も公的な記録に残すよう、どうか満場一致で賛成してほしい。そう、グラヴェルは小委員会のメンバーに求めた。反対した者はいなかった。

＊

その日、ワシントンのファースト・ストリートのむこう側にある最高裁では、六対三でニューヨーク・タイムズとワシントン・ポストが勝訴を勝ちとった。「ベトナム戦争を引き起こした政府のおこないを公開することで、両紙は創立者がまさに望み、信任したことを立派に成し遂げた」との意見をヒューゴ・ブラック判事は書いた。

ニューヨーク・タイムズとワシントン・ポストのニュース編集室で大喝采が起きた。

「ダニエル・エルズバーグはアメリカで最も危険な男だ」大統領執務室で、ヘンリー・キッシンジャーはニクソンと側近上層部にそう言った。「なんとしても阻止せねば」

最高裁で敗訴になってから一時間もたたないうちに、ニクソンのチームは次なるバトルに移った。

「やつを懲らしめなくてはならない」とキッシンジャーが言った。

「やつを懲らしめなくては」とニクソンが繰りかえした。陪審に任せているわけにはいかない。判決なんぞ、海のものとも山のものともつかない。「あいつの裁判なんかどうでもいい。洗いざらい情報を引き出せ。マスコミにやらせろ」とニクソンが指示を出した。

ミッチェル司法長官に向かって彼はこう言った。「マスコミにさらしてやつを潰す。いいか?」

「わかりました」

「マスコミのやつらはみな、法の規制を受けないところにいる。こうなったら、何がなんでもやつらのやりかたでいく」

次なるステップの相談は翌朝も続いた。

「身を粉にして、卑劣なやりかたで仕事するやつがどうしても必要だ。どういう意味かわかるか？　指示は私が直接出す」とニクソンは取り巻きに言った。

ニクソンの指示はこうだ。人を雇ってエルズバーグのスキャンダルを掘り起こさせ、それをマスコミに漏らす。公けの場で潰せばエルズバーグは黙る。彼以外に内部告発する可能性のある者も口をつぐむだろう。法は必ずしも守らなくていい、とニクソンは明言した。

「何かを変えるためには、私と同じくらいタフな人間が必要だ。ちまちました法律をニューヨーク・タイムズが心配しているとでも思うか？　あいつらのせいで私は死にかかってるんだ……こっちも敵に、陰謀に、立ち向かうぞ。あっちが手段を選ばないんだから、こっちも手段は選ばない。いいか？」

「ほんとうに信用できる男でなくてはなりませんね。というのも――」と首席補佐官ハルデマンが口を開くと、ニクソンがそれを引き取ってこう言った。「ホワイトハウスから指揮しなくてはならんからな、捕まらないようにして」

＊

エルズバーグは調書と指紋を取られ、写真を撮られ、保釈金五万ドルで釈放された。エルズバーグとパトリシアは二週間ぶりに帰宅した。

「ニクソンが差止めを命令し、多くの新聞社がそれに抵抗して大騒ぎになったおかげで、文書の中身に思いもよらない注目が集まった」とエルズバーグは言った。エルズバーグ自身もそれまで以上に注目された。逮捕後の数週間は、アパート前に記者たちがはりつき、エルズバーグやパトリシアが出入りするのを写真に撮った。七月一三日、エルズバーグは全国放送の〈ディック・キャヴェット・ショー〉に出演した。

「ミスター・エルズバーグを多くの人たちが英雄と称えています」とキャヴェットは視聴者に語りかけた。「が、裏切り者と非難する人たちもいます」

レストランで声をかけられたり、路上で呼び止められたりし、サインを求められることもあった。ブロードウェイのある劇場では、照明が落ちたあと、こんなアナウンスが流れてきた。「今日はダニエル・エルズバーグ氏が観客席におられるということです」

すると観客は総立ちになり拍手喝采した。

「僕の反戦活動を大きく後押ししてくれた」突然有名人になったことについてエルズバーグはそう語った。「活動の基盤ができたね」

自宅の机には、逮捕後に届いた大量の手紙が積まれてあった。好意的な手紙は掲示板に貼ったりした。

「私たちの国に対して偉大な義務をはたしてくださいました」とある手紙にはあった。別の手紙にはこう書いてあった。「私個人は、あなたのことをベトナム戦争の英雄だと思っています。あなたのように、なさねばならないことをする人が増えれば、世界はよりよくなると思います」

嫌がらせの手紙も多く、殺してやるとまで書いたものもあった。元同僚の非難はほんとうにキツかった。「僕は病原菌だった」とエルズバーグは振りかえる。「首に鈴をつけられた、社会のつまはじき者だった」

ランド研究所の元同僚の一人は自分の思いを簡潔にこう述べた。「町で一番高い木からあいつを吊してやれ」

また別の元同僚は、「あいつが首吊りの刑になるといいのに」とランドの上司、ハリー・ロウアンに言っている。ロウアンはランドでのキャリアをぶち壊しにされ、辞職せざるをえなくなった。

テキサスの農場にいるジョンソン元大統領は、ペンタゴン・ペーパーズのリークを「ほぼ反逆罪」だと言った。上院議員のバリー・ゴールドウォーターは、エルズバーグを第二のベネディクト・アーノルドだと言った（アーノルドは米独立戦争で活躍した米植民地軍の将軍。敵である英軍に寝返ってニューヨークの砦の引き渡しを画策、「裏切り者」と呼ばれた）。

パトリシアは父親の逆鱗《げきりん》に触れた。父のルイスは「怒りまくった」と彼女は言う。「わめくやら、暴言を吐くやらで。父はニクソンが好きで、コミュニストが大嫌いだった。だから、漏えいは国家への裏切りだと思ってた」

「私はパパが大好きよ」とパトリシアは父に言った。「だから親子のあいだでこんなふうになりたくない。でも私の夫をそんなふうに言うなら、もうパパに会いたくない」

＊

〈ディック・キャヴェット・ショー〉に出てから四日後、大統領補佐官エジル・クローは、サンクレメンテにあるニクソン宅の中庭に座っていた。陽光が暖かく降りそそぎ、太平洋の眺めが美しかった。海軍の駆逐艦が一隻、白い波頭のむこうを巡航しながら大統領の敷地を監視していた。

午後には少し休憩が取れるだろうと思っていたのだが、内政担当補佐官アーリックマンの秘書に見つかり、都合がつき次第アーリックマンが会いたがっていると告げられた。要するに今すぐ会いたいということだ。

オフィスに入ってゆくと、アーリックマンがドアを閉めた。クローは椅子に腰かけた。アーリックマンは、「ペンタゴン・ペーパーズ」と書いたラベルの貼られたファイルをクローに渡した。機密文書やそれを漏らした男に関する新聞記事の切り抜きがファイルされていた。

「目を通しているときにアーリックマンにこう言われた」とクローは回想する。「これからきみに与えようとしている任務は、国家の安全保障に関して大統領が最重要事と考えているものだ、とね。ペンタゴン・ペーパーズのリークに対する大統領の怒りかたときたら、それまでに見たこともないほどのすごさだと彼は力をこめて言った」

ダニエル・エルズバーグに関するＦＢＩの調査にニクソンは不服だとアーリックマンは言った。だから大統領自身の調査チームを作りたがっている。クローはそのチーム、いわゆる特捜班のリーダーになり、キッシンジャーのスタッフであるデイヴィッド・ヤングと協力しながら仕事をする。進捗状況はアーリックマンに報告し、アーリックマンがそれをニクソンに報告する。

その夜、ホテルの部屋でクローは計画を練りはじめた。肩にのしかかった責任の重さに圧倒されたが、大統領のためにとことん働こうと思った。後年述べるように、彼には「自分より地位が高い人の命令や知見を疑う習慣がなかった」のである。

プラマーズ

数日後、特捜班メンバーの一人目が、ワシントンのエジル・クローのオフィスにやって来た。弁護士で元ＦＢＩ職員のＧ・ゴードン・リディは、歩みよってクローの手を握り、ものすごい勢いで振った。リディは四〇歳、濃い口ひげをたくわえ、旗竿のようにぴんと背筋を伸ばしていた。知的で半端ではない忠誠心を持ち、何をしでかすかわからないようなところがあるとワシントン界隈では有名だった。

「鉛筆一本あれば、ものの数秒で人を殺せるだろうな」と自慢するような男だ。

クロー、リディ、デイヴィッド・ヤングは、道をはさんでホワイトハウスに隣接する旧行政府ビルの一階、一六号室に移動した。一六号室は複数のオフィスと受付のあるスイートルームで、スチール棒の渡された窓からはセブンティーンス・ストリートが見えた。

受付にはホワイトハウスの秘書、キャシー・チェノウが座っていた。キャシーは盗聴される心配のない電話を設置する手はずを整えて、一六号室でどんな話が出てもホワイトハウスの会話と悟られないよう、電話代の請求書送付先を自分の自宅の住所にしていた。

五人目にして最後のメンバーは、その週の後半に姿を見せた。

「小柄できびきびし、どんな集団の中にも過度の注目を集めずに楽々混じり込める、スパイとしては貴重なキャラクターだった」クローは後年、ハワード・ハントのことをこう描写した。元CIA職員のハントをメンバーに加えたのは法律顧問チャールズ・コルソンだ。

外側のドアにはシークレットサービスが新しい鍵をつけ、チームのメンバー各自に鍵が配られた。メンバーの一人が、「Plumbers《プラマーズ》（配管工たち）」と手書きで書いたテープを入口の表示板に貼りつけた。漏れ《リーク》を見つけて直す任務という意味のジョークだが、結局この名が以後ずっと使われた。特捜班はその後、「プラマーズ」として歴史に名を残すことになる。

＊

「任務を遂行せねばという躁病的な目的意識に私たちは駆られていた」とクローは言う。「大統領から重大な責任を課されたチームだったから」

会議テーブルと黒板を置いたオフィスで、プラマーズはエルズバーグを解剖していった。最近のＦＢＩファイルから長年にわたる身体検査結果にいたるまで、入手しうる限りの記録をすべて厳密に調べた。デート相手の女性についても、大学時代までさかのぼって調査報告を読んだ。その中のだれかが、じつはソ連のスパイかもしれないと思いながら。とりわけ彼らの興味を引いたのは、遊びでやったドラッグとか、パトリシアと二人でヌーディストキャンプに出かけたとか、エルズバーグにとってはなんともばつの悪い、信用を落としかねない情報だった。

リディから見たエルズバーグは、「情緒不安定で独善的なうぬぼれ屋」だった。「頭はいいが不安定な男という人物像が浮かびあがった」とハントもその意見に同意した。

エルズバーグがベトナムから帰ってまもない一九六八年に精神科通いを始めたという、とっておきの情報に二人は一番そそられた。医師のルイス・フィールディングには、私的で決まりの悪いことをこまごまとしゃべったに違いない。

「カルテを見るのは問題だが、見ることができたらすごい情報が手に入るかもしれないとリディと話し合えば話し合うほど、カルテの写真をこっそり撮るべきだという話になっていった」とハントは回想する。

フィールディングのオフィスを深夜に訪ねよう、と提案したのはリディだった。彼が言うところの「非合法捜査」である。そういうスキルはＦＢＩ時代に習得しているとリディはクローに請け合った。

クローにはそんな経験がなかった。八月一一日、クローはアーリックマンに「エルズバーグの精神科医がまだ所有しているカルテをすべて調べるために極秘作戦を実施すべき」だと勧めるメモを書いた。提案文の下には以下の二語がタイプされていた。

可（　）　不可（　）

アーリックマンは「可」に自分のイニシャルのＥを走り書きした。そしてその下にこう書きそえた。「跡はつかないときみが保証したうえで実行するのであれば」

＊

プラマーズ

数日後、ハントはリディをワシントンDCのとあるアパートに連れていった。「スティーヴ」という名前しかわからない男を訪ねると、ほとんど家具のない小さなスタジオに通された。

ぴりぴりしているクローに、ハントとリディは「いいノウハウ」を使うと約束していた。専門的なスパイテクニックを用いるという意味だ。だからCIAのアジトに来たというわけである。スティーヴはCIAの技術サービス部門で働くスペシャリストで、リディが別人になりすますための身分証明書と変装グッズを用意しようと言ってくれていた。ハントは大丈夫だ。以前実施した作戦で使ったものをまだ持っている。

リディはスティーヴから、ジョージ・F・レナードと名前の書かれたカンザス州の運転免許証を渡された。同名の社会保障カード、クラブの会員証、その他「ポケットの中のこまごましたもの」も与えられた。すり切れた切符や走り書きのメモなど、財布を財布らしく見せる、ごく普通のアイテムだ。カンザス州の基本情報を書いた紙も一枚渡された。リディはそのメモに書いてあることを暗記すると約束した。

そのあとスティーヴは、ダークブラウンの長髪のかつらをリディの頭にかぶせると、自然に見えるように毛先をハサミで切った。そして、ビン底レンズの眼鏡を手渡した。

それから、煙草ケースに隠せるくらい小さな三五ミリカメラの使いかたを実演してみせた。

ケースの底にはレンズが覗くように小さな穴が開いている。「歩行改造具」というのも出してきた。靴底に入れる鉛の敷物で、それを入れれば、足をひきずって歩かざるをえなくなる。リディが足をひきずっているのを見れば、他人はほかの細部に気を留めないという理屈だ。「どちらかというとあまり出来のいい小道具ではなかった」とハントは認めた。「小石を入れても同じだったんじゃないかな」

*

「私は無罪です」

一九七一年八月一六日、ロサンジェルスの法廷に立ったエルズバーグは、自分に対する公訴事実が読み上げられるたびに、きっぱりとした声で罪状認否を繰りかえした。裁判所から出ると、エルズバーグとパトリシアのまわりに記者たちが群がった。エルズバーグは禁固三五年の刑に直面していたが、ペンタゴン・ペーパーズの中に書かれてあることを考えれば、自分のしたことは正しいのだと主張した。

「国民には知る権利があるのですから、大衆は私に賛同してくれています」とエルズバーグは記者たちに言った。

公判が楽しみだ、これで国が向き合わねばならない問題が提起されるのだから、とも言った。「生命と死の問題、戦争と平和の問題です。今私に起きていることに比べたら、比較にならないほど重要な問題です」

このときのエルズバーグの表情の熾烈さ、燃えるように輝く目について、現場にいた何人かの人物が述懐している。ある記者によると、エルズバーグは「激情に燃え立つようだった」と。

翌年早々、公判が始まるので、エルズバーグ夫妻はニューヨークに飛び、パトリシアがまだマンハッタンに所有しているアパートに滞在した。アパートの部屋でエルズバーグが訴訟について話しはじめると、パトリシアはよく「しいっ」と注意した。政府が絶対に盗聴していると思ったからだ。大事なことはバルコニーに出て話した。そこなら、ひそひそ声が一四階下の交通音にかき消された。

パトリシアが被害妄想になっていたわけではない。FBIの捜査官が、友人や家族のところに聞き込みに行っているのを彼女はちゃんと知っていた。自分の投資アドバイザーや医師のところにまでFBIが来ていることも知った。パトリシアの歯科医は、彼女のX線写真を見せてほしいとまで言われた。FBIは、不忠行為の証拠とかエルズバーグに不利に働く事実を片っ端から探していた。パトリシアの歯の写真で何が発見できると思っていたのか理解に苦しむが、いずれにしても歯科医は捜査に協力できないと断った。

カリフォルニアでは元妻キャロルや友人の多くが聞き込み調査をされた。「奇妙な質問をたくさんされた」とある友人は回想する。「彼はどんな精神的トラブルを抱えているのか、どんな無茶な行動をするのかなど、FBIはゴシップを探していたね」

ヌーディストキャンプ〈サンドストーン・ランチ〉のマネージャーは、男が二人、エルズバーグについてあれこれ訊いてきたのを記憶している。彼の記憶では二人とも「素っ裸の状態だった」けれど、政府のエージェントだというのがいやでも目につく感じだったという。「自分たちのしていることを信じていたから、心理的にはさほど煩わしくなかった」自分の国の政府に見張られているときの気分についてパトリシアはそう語った。「でも市民が監視され、プライバシーが脅かされているのだから、国民にとっては問題でしょうね」

＊

八月末、リディとハントはエルズバーグ破滅作戦の実行可能性調査を実施するため、ジョージ・レナードとエドワード・ウォーレンという偽名を使ってカリフォルニアに飛んだ。変装した二人は、フィールディング医師のオフィスがあるビルの出入口を写真に収めた。リディは歩行改造具を一回だけ試してやめた。CIAの煙草ケース入りカメラにも今ひとつ不満だった。「あんたのお仲間は、一生俺に足をひきずらせる上げ底板をくれたかと思ったら、今度は何も見えないカメラをくれるってわけか」リディは、小さなカメラのボタンをいじりながらハントに文句を言った。

　夜になると二人はフィールディングの友人を装ってビルを再び訪ね、清掃員のマリア・マルティネスを説き伏せてオフィスの鍵を開けさせた。ハントが廊下でマリアとスペイン語でしゃべっているあいだに、リディはオフィス内で写真を撮った。

　工作員二人はヴァージニア州北部のダレス空港で「スティーヴ」と落ち合い、写真のフィルムを手渡した。それから家に戻って数時間睡眠を取った。その日の午後、ホワイトハウスに出向くときにはもう写真ができていた。ハントとリディは報告書に写真を添えてクローに差し出した。

「ちゃんと撮れていた写真はほとんどなかった」とクローは回想する。唯一鮮明に撮れていたのは、フィールディングのビルの前で笑うリディの写真だけだった。

　クローは、やる気満々の二人に計画変更をひとつ言いわたした。ハントとリディはこの仕事に直接手を下さない。ホワイトハウス直属の者が家宅侵入で捕まりかねない危険を冒すことはできない。

　それならこの仕事はやめだとリディは思った。が、ハントは、マイアミのバーナード・ベイカーに連絡してはどうかと提案した。以前ＣＩＡの極秘行動をこなしたことのあるキューバ系アメリカ人だ。ベイカーはメンバーを集めることを承諾した。

　ハントとリディは作戦実行を労働者の日《レイバー・デイ》の週末と決めた。その日ならきっとフィールディングのビルには人がおらず静かだろう。クローは大統領の法律顧問をしている弁護士、チャールズ・コルソンにそのための費用を出してほしいと頼んだ。

＊

労働者の日の前の水曜日、九月一日にエジル・クローのオフィスでノックの音がした。ほとんど使われていない裏口のドアだ。クローがドアを少し開けると、男の手が封筒を差し出した。クローはそれを受けとるとドアを閉めた。封筒の中には要求どおり、一〇〇ドル紙幣の新札が五〇枚。

クローはオフィスを出て一六号室に急いだ。部屋ではハントとリディが荷物を詰めていた。クローは二人に現金を渡した。航空運賃、ホテル代、二台分のレンタカー代、特別な装備にかかる費用、そしてベイカーの手下への支払いに使う金である。札は銀行で両替しろとクローは二人に念を押した。彼らの使った金がホワイトハウスの予算から出たことがばれないようにするためだ。

「とにかく捕まらないように頼む」とクローは言った。

「わかっている」とリディが返した。

クローは落ち着きなくうなずいた。「うちの電話番号を渡しておく。作戦が終わりしだい、何があろうと僕に電話連絡してくれよ。待っているからな」

リディは番号の書いてある紙切れをポケットに入れた。そして必ず電話すると答えた。

「俺はジョージだ」とリディはにんまりした。「嘘はつかないジョージ・レナードだ」

非合法捜査

金曜の夜、ロサンジェルスの公衆電話ボックスで、ハワード・ハントは受話器を耳に当てて呼び出し音を聞いていた。フィールディング医師のオフィスは応答しない。次はフィールディングの自宅の番号を回す。男が電話に出た。ハントは受話器を置いた。今までのところ、うまくいっている。


ハントはレンタカー二台のうちの一台を、フィールディングのアパートメントまで走らせた。助手席にはトランシーバーを置いていた。暗い道で停まり、車からおりる。アパートの私道前を歩きながら、フィールディングの〈ボルボ〉が停めてあるか確認する。停めてある。アパートメントには灯りがともっている。

「すべてが計画どおりだった」とハントはのちに述べた。

リディはもう一台のレンタカーで、フィールディングのオフィスが入った建物に向かっていた。バーナード・ベイカーと彼が連れてきた男二人も一緒だ。ベイカーと同じキューバ生まれの反共主義者、フェリペ・デディエゴとエウヘニオ・マルティネス。二人とも、CIAの極秘作戦訓練を受けた経験を持つ。

リディはビルの裏手の駐車場に車を停めた。ベイカーとデディエゴが車からおりた。前日買った配達員用の黒いユニフォームを着て、ハントやリディにあてがわれたかつらと眼鏡をつけている。彼らは鍵のかかっていない裏口ドアからビルに入った。ベイカーは、脇に「緊急便」と「航空速達便」のラベルを貼ったスーツケースを運んだ。廊下で清掃員のマリア・マルティネスに出くわすと、彼らはスペイン語で、ドクター・フィールディングに荷物を届けにきた、とマリアに言った。配達にしては遅いね、とマリアが訝《いぶか》った。

「この荷物を届けてしまいたいんだが」とベイカーはなるべくさりげなく言った。

マリアはフィールディングのオフィスの鍵を開けると、配達員が荷物をおろすのを見守った。たぶん彼女は、配達員が入ったため裏口のドアの鍵が開いたままだったことにあとで気づいたのだろう。彼らが帰ったあと、とにかく鍵を閉めなおした。

＊

ハントはフィールディングのアパートメント前の暗い歩道をゆっくりと歩いていた。うまく事が運んでいるのかどうか、リディに確認したい誘惑に駆られたが、トランシーバーを使うのは緊急時だけと決めてある。

フィールディングのオフィス付近では、リディと侵入メンバーが車中で待機していた。マリア・マルティネスがようやく帰ったのが夜中の一二時すぎ。ベイカーとその一味は車をおりて裏口に向かった。が、なんとドアには鍵がかかっていた。

ベイカーたちがリディに相談するため車に戻ってきた。リディは彼らにガラスのドアを割らせたくなかった。それでは近所の目を引いてしまう。だが、一階の窓が低木の茂みに隠れており、セントラルエアコンの室外機がそのそばでブンブンと安定した音を立てていた。この音はよいカモフラージュになる。ここから入ろう、と彼らは決めた。

リディは自分が中に入れないことを承知していたが、侵入メンバーを危険にさらすわけにはいかなかった。そこで彼は車からおりて、建物のそばの茂みに身を隠した。そしてベルトにつけたホルスターから折りたたみ式ナイフを取り出すと、大きな刃を広げた。

ベイカーのチームは手袋をはめて低い窓まで小走りで駆けていった。エウヘニオ・マルティネスが、リディからもらったガラスカッターを窓の端に押しつけた。が、ガラスはびくともしない。この刃ではガラスが切れない。となるとプランBだ。窓ガラスにマスキングテープを交差させて貼り、バールでガラスを割る。テープを貼ってあるから割れる音は抑えられる。

茂みに隠れているリディの耳に、エアコンの音ごしにガラスの割れる音がかすかに聞こえた。

マルティネスは割れた窓から手を差し込んで鍵を開け、窓枠を上にスライドさせた。侵入メンバーの三人は窓によじのぼり、電気の消えたオフィス内に入っていった。

そのオフィスから廊下へと走り抜けて階段を上がり、フィールディングのオフィスの前に行く。鍵は閉まっている。ドアの木枠を壊してバールでこじ開け、中に入る。先に運び込んでいたスーツケースを開き、道具を取り出す。カメラ、フィルム、スポットライト、ロープ、黒いビニール一巻き。ビニールをテープで窓に貼る。ロープは万一の場合、二階の窓から緊急脱出しなくてはならないときに使う。

極秘作戦の標準的な手順にしたがい、ベイカーは最後の最後まで重要な情報は伏せていたのだが、この時点になって何を探しにきたのかをメンバーに説明した。

「俺たちは今国のために大きな仕事をしている。合衆国を裏切った男の書類を見つけなくてはならない」とベイカーは言った。

「名前は?」とデディエゴが訊いた。

「ダニエル・エルズバーグ」

三人はカルテを探しはじめた。

外ではリディが車に戻って待機していた。路地からビル正面の道路までの様子が見えるようバックミラーを傾け、猫背で運転席に座っていた。あたりは静まりかえっていた。

＊

フィールディングのアパートメントの照明が消えたのを見て、ハントは緊張が解けた。自分の車まで歩いて戻り、数分間座っていた。それからエンジンをかけて車を出し、最終確認をした。

フィールディングの車が私道から消えていた。

ハントの頭の中を恐怖が駆けめぐった。ドクターはオフィスに向かったのか？　目につかない警報器がベイカーたちを捕えたのか？　警察がもう現場に来ているのか？

ハントは車を縁石に寄せて、トランシーバーのアンテナを車の窓から出した。

「ジョージ、こちらエドワード」とハントが言う。「応答せよ。ジョージ、こちらエドワード。応答せよ」

返事がない。もう一度話しかける。うんともすんとも言わない。

手遅れにならないようにと願いながら、ハントはオフィスまで車を飛ばした。パトカーは見当たらなかった。路地に車を入れると、リディの車が停まっているのが目に入った。

フィールディングのオフィスの窓は暗い。黒ビニールのおかげだ。チームが中に入ってもう三〇分になる。

ハントはリディの車に駆けより、助手席に体をすべり込ませた。パニックになっているのがリディにもわかった。

「どうした？」背筋を伸ばして座りなおしたリディが訊いた。

「フィールディングが寝たのを確認したんだが、一五分前、彼の車が消えた」

「何だって？」

「あいつらは？」とハントが訊いた。

「くそっ、まだ中だぞ」

「もう出てきてもいいころだ」

「あの女が」とリディが説明した。「どっちのドアにも鍵をかけやがったから、二階に行くために一階の窓を割らなくちゃならなかった。だからこんなに時間がかかったんだ」

「連絡はあったか？」

「ない」

リディはトランシーバーを手に取った。「ジョージからリーダーへ、ジョージからリーダーへ。応答を願う」

返事はない。

リディがハントの顔を見た。「いったい何が起きてんだ?」

「あいつらを出したほうがいい」

「この子どもだましが!」リディはそう叫ぶとトランシーバーのアンテナをへし折った。

「あいつらを呼びにいこう」

車をおりて路地に出たと思ったら、足音が近づいてきた。ベイカーたちだ。スーツケースも持っている。

「よし、プランに戻る」ハントが小声で行った。「俺はホテルに向かう。そこで会おう」

＊

ビバリー・ヒルトンの部屋で、ハントはシャンパンボトルをアイスバケットにすべり込ませた。それからグラスを五つ用意した。

リディが笑顔で部屋に入ってきて、ジャケットをベッドに投げた。

「クローのやつ、今ごろきっと小便ちびってるぞ」

数分後、ベイカーたちが汗をしたたらせて到着した。

「エドゥアルド」ベイカーがスペイン語風にハントを偽名で呼んだ。「何もなかったぞ」

「何もか?」

「ファイルというファイルを見たが何もなかった。エルズバーグって名前の書かれたものは何も」とベイカー。

ハントとリディは顔を見合わせた。

「確かなのか?」リディが訊いた。

ベイカーが頷く。「残念だがジョージ、事実だ」

ファイルキャビネットをこじ開けてくまなく探したと、かつらを取ってタオルで頭を拭き拭き彼らは説明した。オフィスの中は荒らしておいた、ヤク中がドラッグを探しにきたように見せかけるために、わざとグチャグチャにしたまま帰った。あとは、マルティネスがフィールディングの処方箋帳をかっぱらってきた。ポラロイドで何もかも写真に撮ってきた、と。

「じゃあそろそろシャンパンで乾杯だな」と言うと、ハントはシャンパンボトルをぽんと開け、五個のグラスについでいった。

「予想していたような成功祝いじゃないが、少なくとも失敗はしていない」とリディが言った。

今は夜中の三時、東海岸は朝六時だ。リディはクローに報告するため、公衆電話をかけに行った。キューバ人は自分の部屋に戻っていった。ハントは荷づくりを始めた。

数分後、リディが外から戻ってきて、ベッドに座りながら言った。クローは安心して、ほとんど泣きそうだったぞ。

ハントとリディは部屋の灯りを消した。数時間後には帰りの飛行機に乗る。ハントがリディに訊いた。

「エルズバーグのカルテ、あると思うか?」ベッドに横たわったまま、ハントがリディに訊いた。

「あるはずだろ、フィールディングが捨ててない限り」

それは違った。フィールディング医師は、彼らが探しているようなかたちで患者の記録をつけていなかっただけである。そうとは知らずに二人は、きっとフィールディングがエルズバーグのカルテを自宅に持ちかえったのだと思っていた。ワシントンに戻ったら、フィールディングの自宅への侵入作戦を提案するとリディは言った。

「クローのやつ、頭がいかれちまうだろうな」とリディが笑いながら言った。

＊

長い週末のあと、リディはホワイトハウスでクローに報告をした。フィールディング医師のオフィスを荒らした写真を見せ、作戦に持って行った折りたたみナイフを嬉しそうにクローに見せた。

「それをほんとうに使うつもりだったのか?」とクローが訊いた。「人を殺すつもり、だったのか？」

「ああ、必要とあらば、仲間を守るために」

その後数日かけて、リディとハントはフィールディングの自宅に行く提案を準備し、クローに提出した。クローはその計画書をアーリックマンに見せて指示を仰いだ。

「あいつらをフィールディングのところに近寄らせるな、二度と行かせるんじゃない」とアーリックマンは命じた。

その判断は正しいとクローも思った。「ホワイトハウスのプラマーズはあまり理性的な集団ではなかった」というのが、あとから振りかえってのクローの感想だ。

フィールディングのオフィスが不法侵入された記事が出ていないかと、クローはロサンジェルスの新聞各紙に目を通した。ビバリーヒルズの警察はドラッグ常習者のしわざと考えているようで、エルマー・デイヴィスという地元では有名な泥棒を訴えた。尋問されたデイヴィスは罪を告白したものの、起訴にはいたらなかった。すでにその他数件の強盗罪に問われていたからだ。

のちにデイヴィスは、フィールディングのオフィスが不法侵入された夜、刑務所に入っていたことが判明した。

フィールディング作戦は終了したが、エルズバーグを潰そうとするニクソンの決意の波紋はその後も続いた。

クローは当時をこう振りかえる。「ぶざまな侵入劇がポラロイド写真数枚に証拠として残ったわけだけれど、この一件にはそれだけでは言いつくせない大きな意味があったように思う。じつはこの事件は、大統領のすることが一線を越えて後戻りできなくなるところまでいってしまう最初のステップだった」

北爆再開

「フィールディングの件で結果を出せなかったことに落胆はしなかった」とリディはのちに語った。「ああいう仕事では、オイルビジネス並みに空井戸に当たるんでね」

エルズバーグが平和団体から賞をもらうことになり、九月にワシントンに来るという情報を、リディとハントはまもなく手に入れた。場所はホテルの宴会場、マスコミが大勢詰めかけた中、大きなセレモニーが開かれるという。一六号室の面々は、この情報を聞いて新たな策を思い立った。

まず、マイアミのキューバ人工作員を何人か現場に送り込む。

「そいつらをウェイターに仕立てよう」とハントが提案した。

授賞式のディナーで、ウェイターを装った工作員がエルズバーグのスープにＬＳＤをこっそり入れる。「ヤクでいかれた男みたいに朦朧《もうろう》となるほどの量を」とリディが補足した。受賞スピーチをするために立ち上がるころには、主賓は完全にヘロヘロだ。

大統領法律顧問のコルソンはこの案を承認した。ハントは薬をもらうため、ＣＩＡの医師に会いにいった。

一九七一年九月二三日の授賞式の夜、ホテルの宴会場では一〇〇〇人を超える人びとがテーブルについていた。エルズバーグはウェイターが運んできた料理を食べた。彼が演壇上に呼ばれると、会場じゅうが立ち上がって拍手をした。

エルズバーグの声は震えている感じだった。

「お集まりのみなさん」と彼は話しはじめた。「私は今夜、意気消沈した人たち向けのスピーチを用意してきました。ですがこの会場に足を踏み入れたとたん、そうか、これはお祝いなんだと思いました」

聴衆は歓声を上げ、足を踏みならした。

エルズバーグはこうして受賞スピーチに入っていった。感極まってはいたけれど、それ以外とくに問題はなかった。ハントがＬＳＤを調達したころには時すでに遅く、キューバ人工作員はウェイターに雇われるタイミングを逃していた。

プラマーズは振り出しに戻ったわけだ。

＊

一週間後、エルズバーグは夜のロサンジェルスに飛行機でおりたち、レンタカー屋で〈マスタング〉の緑のコンバーティブルを借りた。後部座席にジャケットを放り投げ、屋根を開放し、カーラジオを鳴り響かせて走った。最初に立ち寄ったのは美容師見習い中の友人宅だ。エルズバーグはその家のキッチンに座り、白くなりかけた巻き毛を切ってもらった。

翌朝、彼はロサンジェルス連邦ビルに車を走らせた。トニー・ルッソが出廷することになっていたからだ。刑務所に六週間入ったあと、ルッソはようやく釈放された。ルッソとエルズバーグは法廷で抱き合ったあと、外に出てマスコミにこう話した。

「あの書類に極秘印が押されていたから、私のような官僚たちが長年のあいだそれを隠していたから、じつに多くの人びとが亡くなったのだと悟りました。たとえ残りの人生を獄中で過ごすことになろうと、この情報を公開しなくてはならないと思いました」とエルズバーグは記者たちに言った。

そうなる可能性が大きくなっているように見えた。一二月末、大陪審が起訴状に新たな罪名をいくつか追加したため、エルズバーグは合計一一五年の禁固刑を科されようとしていた。ルッソもまた、窃盗とスパイ行為のかどで三五年の刑に直面していた。

エルズバーグ同様、ルッソも自分の行為を悔いてはいなかった。

「ダンと僕は共謀して合衆国に対し詐取行為を働いた罪に問われていますが、ペンタゴン・ペーパーズの核心はそんなところにあるのではない。政府がどれほどまでに国民をだましてきたか、そこが重要なんです」

*

一九七二年二月、世界はニクソン大統領の中国訪問に唖然となった。一週間の訪中期間中、中国の高官に会い、万里の長城を歩くニクソンをマスコミのカメラは追いつづけた。米大統領が初めて訪中したことで世界の二つの大国に雪解けが訪れて、長年の冷たい対立が和らいだ。ニクソン政権最大の手柄だった。が、ニクソンにその喜びをゆっくり味わっている暇《いとま》はなかった。帰国するや、北ベトナムが南に大々的な攻撃を始めたのである。ベトナムにはわずか七万人の米兵しか残っていなかった。南ベトナム軍は巨大だけれども、広範囲にばらけた無能な軍隊だった。

アメリカの長年の同盟国、南ベトナムは崩壊に近づいていた。ニクソンにしてみれば、それはアメリカの威信、自分の威信にかかわる大きな脅威だった。

「ベトナムで負けてもアメリカは政治的に生き残れるとハルデマンもキッシンジャーも考え

ているようだが、それは間違っていると思う」とニクソンは当時の日記に書いている。「私はその点について幻想などこれっぽっちも抱いていない」一一月の大統領選が終わるまでは大惨事を何としても避けること、とニクソンは結論を出している。

「ですから我々は、北ベトナムを猛攻撃して震え上がらせなくてはなりません」とキッシンジャーは大統領に助言した。

ニクソンも同じ考えだった。ジョンソン元大統領が北爆を停止してから何年もたつ。そろそろ爆撃を再開してもよい時期だろう。唯一の問題は攻撃の規模だとニクソンは考えていた。

「私は今でも堤防を破壊すべきだと思っているんだが」四月二五日、ニクソンは長らく議論されてきた計画に触れてそう言った。北ベトナムのホン川（紅河）の堤防を破壊してはどうかというのだ。「あたりは水没するだろうか？」

「約二〇万人が水浸しになるでしょう」とキッシンジャーが答えた。

「いや、違う。それよりも原爆を使いたい。原爆はあるか、ヘンリー？」

「それは、ちょっと、やりすぎでは」

「原爆は困るか？　ヘンリー、きみには大きく考えてもらいたいんだが」

大統領は強気な発言をしているだけ、自分を奮いたたせているだけだ。寛大な見かたをすればそう言えるだろう。しかし彼は暴力沙汰のレベルを上げようと真剣に考えていた。

「きみと私で唯一意見が合わないのは爆撃のことだな」と五月初旬、ニクソンはキッシンジャーに言った。「きみは一般市民のことを心配しているが、私は一切気にならない。どうでもいいことだ」

キッシンジャーの返答は示唆に富んでいた。「私は一般市民が気になりますね。世界じゅうが寄ってたかって、あなたを虐殺者呼ばわりするようになると困りますから」

*

「あのころは私の人生の中でもとりわけ張りつめて、怖くて、意味のある時期だった」公判前の数か月をパトリシアはのちにそう振りかえった。「夫が肉体的に痛めつけられないだろうか、終身刑にならないだろうかと戦々恐々だった」

どちらの可能性もかなり高かった。

国会議事堂前で開かれるベトナム反戦集会にエルズバーグがやって来るという五月三日、プラマーズは再び行動に打って出るはずだった。「頭を殴れば、それでいい」と大統領法律顧問のコルソンはチームに指示を出した。「あとはあいつの問題だからな」

ハントとリディはマイアミにいるベイカーに連絡を取った。ベイカーはメンバー八人を引きつれ、飛行機で北部に飛んできた。フィールディング作戦のメンバーだったデディエゴもその中にいた。ワシントンのホテルで、ハントはベイカーに言った。今回はエルズバーグの演説を邪魔し、エルズバーグを肉体的に攻撃するのだと。

ベイカーはメンバーたちに要点をこう説明した。「俺らのミッションはあいつを殴ること、あいつを裏切り者と呼んで鼻にパンチをお見舞いすることだ」

霧雨の降る五月三日の午後、国会議事堂前には抗議者が約五〇〇人集まっていた。終わりなき戦争に抗議する演説がおこなわれる中、ベイカーのチームは群衆に紛れ込んだ。が、彼らはその場の空気にいまひとつなじんでいなかった。彼ら以外、スーツを着ている人間がいなかったからだ。やがてエルズバーグがマイクのほうに進み出て、話しはじめた。

「裏切り者！」

「アカ！」

エルズバーグの耳に叫び声が届いた。何人かが押し合っているのが目に入ったが、エルズバーグは話を続けた。

エルズバーグに近づけないベイカーたちは反戦プラカードを引き倒し、長髪の者たちに誰彼かまわず拳を振り上げた。騒動を収めたのは警官だった。逮捕者は出なかった。ベイカーはその夜、ホテルの部屋で、ヒッピーを殴って手に怪我をさせてやったとハントやリディに自慢してみせた。

プラマーズにとっては失敗の上塗りだった。しかし彼らは切り替えが早い。三人は車に乗り込み、ワシントン界隈を走り回った。ハントとリディは「侵入作戦」（とリディは呼んでいた）候補の場所を指し示した。プラマーズの作戦はエルズバーグを超えた先にまで進みつつあった。民主党の大統領候補、ジョージ・マクガヴァンの選挙事務所に盗聴器をしかけなくてはならない――彼らの関心はニクソンの再選キャンペーン支援に移っていた。

いや、次に侵入するのは民主党全国委員会の本部だろう、とリディが言った。本部はオフィスとアパートメントが入った高級な複合施設、ウォーターゲート・ビルの中にあった。

*

一九七二年五月八日午後、米軍機がハノイ界隈の工業施設の目標を攻撃し始めたとニクソン大統領が発表した。海軍は北ベトナムのハイフォン港の機雷敷設に着手した。北ベトナムが停戦に合意して米人捕虜を引きわたせば、攻撃をやめて残留米軍を撤退させるとニクソンは言った。

軍事的危機に見舞われたときの常で、国民は一斉に大統領の支持に回った。ニクソンの支持率は六〇パーセント近くまで上昇した。

エルズバーグとパトリシアがそのニュースを聴いたのは、公判をひかえてロサンジェルスに滞在していたときだった。そのときの気持ちをエルズバーグはこう回想する。「人生最悪の日だと思って、パトリシアにそう言ったのを憶えている」

陪審員候補者に検察官と弁護人が質問してゆく陪審の選任プロセスを法廷で見ていると、エルズバーグの気分はますます落ちこんだ。すべてをなげうち世の中に公表した文書について、詳しく知っている人など一人もいないとわかってきたからである。ペンタゴン・ペーパーズについて聞いたことはあるけれど、読む時間まではないというのだ。ベトナムでは相変わらず戦争が続いていた。爆撃はまたしてもエスカレートしていた。

弁護チームのほうに身を寄せ、エルズバーグはこう嘆いた。「これで僕は九九年間服役することになるんですか?」

ウォーターゲート事件

のちにリチャード・ニクソンは、ウォーターゲート作戦を「エラーだらけの喜劇」と呼んだ。控えめな表現である。

ハワード・ハントの妻は、夫に頼まれ五月二六日の夜にウォーターゲート・ホテルの宴会場を電話予約した。マイアミからはバーナード・ベイカー一味がワシントンに再び来ていた。今度の作戦はこうだ。ハントとリディとマイアミ男たちが宴会場で夜遅くまでだらだらとディナーをとる。宴会場に人がいなくなったのを見はからい、ベイカー一味がホテルとその隣にあるオフィスビルをつなぐ地下通路に忍び込む。そして階段で六階まで上がり、民主党全国委員会本部オフィスに侵入する。目的は盗聴器をしかけることと重要書類の写真を撮ることだ。

だが面倒なことに、一〇時半になったときホテルの守衛がやって来て、鍵をかけるので客は全員出ていってくれと言い出した。ハントとベイカーの手下の一人は居残り、酒の貯蔵庫の中に隠れた。邪魔者がいなくなるまで待ってから宴会場を忍び足で抜け出し、他のメンバーをビルに招き入れるつもりだったのだ。が、守衛は宴会場の鍵を閉めてしまった。二人は鍵をこじ開けられず、守衛が一時間ごとに見回りに来て、懐中電灯で部屋の中を照らしたので、結局彼らは貯蔵庫で一夜を明かすことになった。尿意を我慢しきれなくなったハントは、半分空になったジョニ赤のボトルに用を足した。

翌朝早く、守衛が宴会場の鍵を開けたあと、へとへとになったハントはリディと泊まっている部屋に戻ってこう言った。

「おいゴードン、おまえがスコッチ好きなのは知ってるが、ウォーターゲート・ホテルでは絶対に飲むなよ」

＊

ウォーターゲート事件

プラマーズは次の夜も計画の実行を試みた。ベイカーと手下たちは民主党のオフィスのドアまでたどり着くことはできたのだが、鍵をこじ開けることができなかった。

そこで翌晩は、もっとよい道具を持ってやって来た。ベイカーらは侵入に成功し、ファイルや書類の写真を撮り、オフィス内に盗聴器をしかけた。

しかし、その盗聴器はたいして役に立たなかった。今回は元ＣＩＡの技術者ジェイムズ・マコードがプラマーズに協力し、道をはさんでウォーターゲート・ビルの向かいにあるモーテル〈ハワード・ジョンソン・モーター・ロッジ〉の一部屋を情報収集拠点にしていたのだが、民主党オフィスでかわされる会話はほとんど聴き取ることができなかった。

そこでプラマーズは六月一六日夜に再び侵入した。夜、ビルが閉まらないうちに、マコードは駐車場からビル内の階段に通じるドアの鍵のデッドボルトに絶縁テープを貼った。そうすれば鍵は閉まらないのである。夜中の一時半、マコードとベイカー、エウヘニオ・マルティネスとその他二名のマイアミ男たちは、駐車場のドアからウォーターゲート・ビル内に入っていった。

マコードは絶縁テープをはがし忘れた。

ウォーターゲート・ホテルのバルコニーでリディがトランシーバーのアンテナを立てた。それから部屋に入り、テレビをつけて音量を低くした。ハントは新聞をぱらぱらめくっていた。二人はひたすら待っていた。

　モーテル内の情報収集拠点の窓からは、マコードの助手が双眼鏡でウォーターゲート・ビルを監視していた。二時に助手が何かを見つけた。

「八階に懐中電灯の光が見える」と彼はトランシーバーでリディに連絡した。

　いつもの見回りを守衛がしてるんだろう、とリディが返した。

「今度は七階に行った」

　それでもリディは驚かなかった。数秒後、再びモーテルから連絡が来るまでは。

「おい、あいつらのだれかがヒッピーの服着てたりしたか？」

　ヒッピーの服？　その瞬間、まずい、とハントとリディは思った。あとになってわかったのだが、ビルの守衛が駐車場のドアに絶縁テープが貼られているのを見つけ、不審に思って警察に電話をかけたのだ。最初に応じた警官は覆面警察官の経験があった。だからヒッピーに扮してきたというわけだ。

「いや、メンバーは全員スーツを着てる。なぜだ？」

「ヒッピーたちが六階に行った。四、五人いる。一人はカウボーイハットをかぶっていて、もう一人はスウェットシャツを着て。あれは何だろう……銃だ！　あいつら銃を持ってる。トラブルが起きた！」

　リディの口から罵り言葉が出た。リディはトランシーバーで侵入チームを呼び出した。

「聞こえてるか？　応答してくれ！」

返事はない。トランシーバーを握る手がこわばる。

「応答せよ。命令だ！」

侵入チームからようやく返事が返ってきたかと思ったら、「捕まった」とささやく声が聞こえた。

ハントとリディは通りに駆け出し、車に飛び乗って走り去った。自宅に帰ったリディは、寝室に入ると、妻を起こさないようにそっと服を脱いだ。

「ゴードン？」と妻の声がした。

「ああ」

「何かあったの？」

「トラブルだ」とリディが答えた。「たぶん刑務所行きになるだろうな」

そう言うと、リディはベッドにもぐり込んだ。

＊

フロリダ州キービスケインの家のキッチンに入ってきたニクソンは、カップにコーヒーを注いでマイアミ・ヘラルドの第一面を眺めた。大きな見出しで報じられているのは、お決まりのベトナム最新情報だ。「米、地上戦任務、終結近し」

その下と左下にある小さな見出しがニクソンの目を捉えた。「マイアミ人、ＤＣで民主党本部に盗聴器」

ニクソンはその記事を読みすすめた。ウォーターゲート複合ビル内の民主党全国委員会本部オフィスで、男が五人逮捕されたという。警察によれば、そのうちの一人はＣＩＡの元職員で、その他はマイアミ在住のキューバ人だ。五人は鍵師の道具と電子探知機を携帯し、続き番号の新札一〇〇ドル紙幣を合計五三枚、分担して持っていた。

「ばかげた話だと思った」とのちにニクソンは書いている。「医療用のゴム手袋をはめたキューバ人が民主党に盗聴器をしかけるなんて！　何かのいたずらだと思って簡単に片づけてしまった」

六月二〇日にワシントンに戻るころには、ウォーターゲートはもはや面白おかしい出来事ではなくなっていた。捕まった元ＣＩＡ職員とは、目下、再選委員会に雇われているジェイムズ・マコードだと判明していた。再選委員会を率いているのは、以前ニクソンのもとで司法長官を務めていたジョン・ミッチェルだ。キューバ人強盗二名が所持していたノートにはハワード・ハントという名前が書かれてあった。ハントは大統領法律顧問コルソンのコンサルタントとして知られた男だが、この事件が起きて以来、姿をくらませていた。

ニクソンは、ウォーターゲート・ビル侵入計画にはノータッチだったし、承認してもいないと亡くなるまで主張しつづけた。証拠からみる限り、嘘はついていなそうである。それでもニクソンは、自分に近いホワイトハウスの側近と再選委員会が関わっていることをすぐさま悟った。

「ホワイトハウスはこの事件に一切関わっておりません」六月二二日の記者会見でニクソンはそう述べた。

ニクソンは、ボブ・ハルデマン、ジョン・アーリックマンとともに大統領執務室で内々の会議を開き、ダメージを抑える方法について話し合った。作戦を命じた人物をニクソンは知りたがった。

「リディか？　あいつはちょっと頭が変だ」とニクソンが言った。

「そうですね」とハルデマン。

「分別が足りないよな？」

それはハルデマンも認めたが、リディはジョン・ミッチェル等の高官のもとで働いている。また面倒なことに、侵入犯のポケットにはニクソン再選委員会の銀行口座から引き出された一〇〇ドル札が入っていたことをＦＢＩがつかんでいる。ハントとリディがＦＢＩの取り調べを受けるのも時間の問題だ。困ったことに二人は知りすぎていた。ウォーターゲートだけではない、もとをたどればホワイトハウスからの指示といえるその他の仕事についても多くを知っていた。一番危ないのは、エルズバーグの情報を収集するために仕組まれた侵入である。

　そんなもろもろを念頭に、ニクソンたちはこんな戦略を練った。ウォーターゲート事件は情報収集のための作戦だった、国家の安全保障に関わることだったとCIA高官からFBIに伝えさせよう。

「あいつらにFBIへ電話させて、これ以上この件に深入りしないよう望む、と言わせるんだ！」とニクソンは指示を出した。

　全員が隠ぺい計画に賛成した。執務室内のすべての会話が録音された。

＊

　早朝の光を浴びながら、水しぶきを上げて泳ぐ人影がひとつ。ここはロサンジェルスのアパートメントにある屋外プールで、泳いでいるのはダニエル・エルズバーグだ。朝六時から三〇往復するのがエルズバーグの日課になっている。

　まもなく公判が始まるため、エルズバーグ夫妻は裁判所近くのこのアパートメントに越してきた。パトリシアはアパートメントのテニスコートで体を動かしストレスを発散していた。ゲーム中にショットをミスしたら、ボールを主任検察官のデイヴィッド・ニッセンだと思えばいいと友人に言われた。

パトリシアは気合いを入れなおし、スマッシュを決めてゲームに勝った。

「ニッセンを叩きのめした」パトリシアはぴしゃりと言った。

エルズバーグとルッソの弁護費用を捻出するため、パトリシアは自分名義の不動産を売った。父親は裕福だが、その金は当てにできない。

「目下、義父のルイス・マークスはエルズバーグに会うことを拒んでいる」とニューヨーク・タイムズは報じていた。

弁護団にとって、今回は準備の難しい訴訟だった。弁護士というものは、前例、つまり以前にあった同様の訴訟について調べるものだ。が、今回は前例がない。機密文書を漏らした人間を政府が訴えたことなどこれまで一度もなかったのである。弁護団の一人、レナード・ブーダンによれば、スパイ行為があったことを政府が証明するためには、エルズバーグが国家の安全を脅かした事実を示さなくてはならないということだった。エルズバーグは自分がそんなことをしたとはまったく思っていない。

「いいね、だったら僕は自由の身になれる！」

「話はそれほど簡単じゃない」とブーダンは説明した。「米政府が法廷に出て、『合衆国政府対ダニエル・エルズバーグ』と陪審に言い、重罪にあたる一二訴因を提示すると……自由の身で法廷から出て行けるかどうかわからない」

「勝つ確率は？」

「五分五分」

エルズバーグはそれでも納得できなかった。

「現実に向き合おう、ダン」と弁護人は言った。「機密文書七〇〇〇ページをコピーしてニューヨーク・タイムズに渡したっていうのは、響きが悪いんだよ」

名誉ある平和？

一九七二年夏のニクソンは自信にみちていた。ウォーターゲート・ビル侵入事件の徹底調査を命じたと繰りかえし国民に語った。国民の大部分はその言葉を信用した。八月の共和党大会のあと、ニクソンは民主党の大統領候補ジョージ・マクガヴァンを、六四対三〇の大差でリードした。

ニクソンは、北ベトナムと交渉するためパリ行きの準備をしているキッシンジャーに、自分は戦争の終結を急いでいないと強調した。「ヘンリー、うちの大統領は頭がいかれているとあいつらに言っといてくれ。だから扱いに困っている、再選されたら爆弾魔になるとね」

そのメッセージは北ベトナム側に届けられた。ハノイの指導者たちは、おそらく来期もニクソンが大統領になると思っていた。爆弾魔になるとニクソン自身が言うなら、きっとそうなのだろう。そろそろ取引する時期だ。北ベトナムは当初から南のグエン・バン・チュー大統領の失脚を求めてきた。が、今回はその要求を取り下げた。それで一気に行きづまりが打開された。キッシンジャーは米軍の完全撤退に合意し、それとひきかえに北ベトナム特使レ・ドク・トは、停戦と米人捕虜の返還に合意した。

どちらにとっても皮肉な取引だった。「米軍を撤退させることが何より重要だった」と、トに最も近い側近はのちに語った。米軍がいなくなれば、北は北なりのやりかたで南ベトナムからチューを追い出す時間ができる。もちろんキッシンジャーはそれを承知していた。そして、戦いが再び勃発すれば、おそらくニクソンが爆撃を再開することもわかっていた。

しかし、やがては「名誉ある平和」を達成したとニクソンは宣言できるだろう。

キッシンジャーはよい知らせを持ってワシントンに飛んで帰った。そして、ホワイトハウスのキッチンに大統領と座り、フレンチワインとステーキで祝杯を上げた。

ただし、問題がひとつだけあった。南ベトナム大統領チューに説明しようとする人間がいなかったのだ。

キッシンジャーはチューに説明するためサイゴンに出向いたが、話はうまく運ばなかった。チューは協定案を激しく非難した。とくに、北ベトナム軍が南に駐留できるようになることに激怒した。

「南ベトナムの国民は、アメリカが南ベトナムを売ったと、北が戦争に勝ったと思うはずだ」とチューは不満をぶつけた。

キッシンジャーはキッシンジャーで、このひどい四年間、ニクソンがひたすら我慢してきたことを忘れないでほしいと返した。「あなたがたを売りたければ、もっと簡単なやりかたがほかにもたくさんあったし、そうすることで結果も出せていたと思う」

だがチューは断固として譲らず、協定に六九か所の修正を求めてきた。

「途方もない」修正リストだとキッシンジャーは言い、アメリカは南を見捨てない、ニクソンは必要な限り爆撃を続けてゆくと請け合った。緊張をはらんだ訪問は合意を得られないまま終わった。

会談後、チューは南ベトナムの報道官を見てこう口走った。「キッシンジャーの口をぶん殴ってやりたかった」

＊

大統領選の日、ニクソンはホワイトハウスで家族と夕食をとった。その一時間後、口の中で何かが砕けたような感触があった。歯にかぶせていた金冠のせいで、前歯がひとつ、ポキリと折れたのである。数時間後にはテレビに出演する。大統領の歯を修復するために歯科医が急きょ呼び出された。

開票結果が出はじめたので、ニクソンはズキズキ痛む歯を我慢しながらリンカーン・シッティングルームに腰をおろした。歴史に残る大差での再選だ。ニクソンは四九州で過半数を獲得、得票率はマクガヴァン三七パーセントに対しニクソンが六〇パーセント超の圧勝だ。

勝利の喜びを満喫するひとときではあったが、何かよくないことが起こりそうな予感があった。

「勝利したあの夜、私に重くのしかかっていた憂鬱な気分をうまく説明できない」とニクソンはのちに書いている。「たぶん歯の痛みのせいだったのだろう。ウォーターゲート事件という負の影響もいくらかあったかもしれない」

隠ぺい工作はどうにかもちこたえていたが、長くは続かないように思えた。ハント、リディ、マコードとマイアミから来た四人の男たちは、民主党本部に侵入したかどで全員重罪に問われていた。彼らの公判開始はエルズバーグと同じく一月だ。そのあいだもワシントン・ポストは調査を続け、徐々に真実に近づいていた。さらに、ニクソンの努力もむなしく、FBIは相変わらず調査を続行していた。いまだ暴かれていない秘密がニクソンの勝利の夜に暗い影を落としていた。

ベトナムでも危機は進行中だった。大統領選後ほどなくして、ニクソンは南のチュー大統領に手紙を書いた。「合意に対して違反があった場合には、アメリカ合衆国は必ずや強く、迅速に対応するものと、今一度私から貴殿にお約束しておきたいと思います」

つまりニクソンは、爆撃を続けると約束していたのだ。それだけではない。チューは協定に修正を加えるよう求めていた。北ベトナムが受けいれるはずがないと知りながら、キッシンジャーはその提案をパリの交渉に持っていった。レ・ドク・トとの会談でキッシンジャーは、自分は不可能なことをやってのけた、ベトナムをひとつにまとめたと前置きし、こんな冗談を口にした。

「今では北も南も私が嫌いだ」

トはその冗談に笑わなかった。北ベトナムには、すでに交渉して取り決めたことを修正するつもりなどなかった。「それがあなたがたの、最後の、変更不可能な提案なら、紛争は解決できませんね」と返答した。

それならばニクソンが軍事的手段に打って出るかもしれないとキッシンジャーはほのめかした。

「私たちに脅しは通用しませんよ！」とトは叫んだ。「あなたがたとは一〇年戦ってきたんだ。北ベトナムの民衆は決して諦めない」

和平協定は崩壊寸前だった。ニクソンとキッシンジャーは南ベトナムのチューに腹を立てていたが、まがりなりにも彼は同盟国のリーダーだ。怒りの矛先は北に向けねばならない。「やむをえません」とキッシンジャーはニクソンに言った。「合意に持ち込むために、ワンランク上の爆撃をしかけるしかない」

＊

一九七二年一二月一八日、ホアロー捕虜収容所の灯りが突如消えた。今やこのハノイ・ヒルトンには、米人捕虜が四〇〇人近く詰め込まれていた。捕虜の多くはコンクリートの大部屋にまとめて収容されていた。

簡易ベッドに寝そべる彼らの耳に、けたたましい空襲警報音が聞こえた。やがてアメリカの爆撃機のエンジン音が、最初はかすかに、そのうちだんだん大きくなって雷鳴のように轟いた。

「よし、いいぞ！」とだれかが叫んだ。

「一発ぶちかませ！」

数秒後、壁が揺れはじめ、天井の漆喰が落ちてきた。捕虜たちはベッドから跳びおきて歓声を上げた。衛兵は漆喰のかけらを髪から払い落としながら、静かにしろと大声を上げた。

「あいつらはおまえらを殺すつもりだ！」と衛兵が怒鳴った。

「違うね」と捕虜の一人が返した。「殺す相手は俺たちじゃない」

収容所の塀の外では爆弾が大量に落ちていた。空襲はひと晩じゅう続いた。「爆撃機が続々とやって来て、私たちは歓声を上げつづけた」とストックデールはのちに書いている。

「ニクソン大統領の代わりに爆撃音を聞くぞ！」と捕虜たちは歓声を上げた。

エヴェレット・アルバレスは監房の高窓から、ハノイ市街で燃える火のゆらめく光を見つめていた。

ものの見かたはすべて視点で決まる。

「絶望。おぞましさ」それが爆撃再開に対するエルズバーグの反応だった。マスコミはこのときの爆撃を「クリスマス爆撃」と呼んだ。その後一二日間、米爆撃機はハノイとハイフォンに爆弾を二万トン落とした。

ワシントン・ポストに言わせれば「野蛮で無分別」な軍事行動だった。

ジャーナリストのジェイムズ・レストンは「癇癪《かんしゃく》まぎれの戦い」と形容した。

北爆への怒りが世界中で高まる中、ニクソン夫妻はキービスケインの自宅でもの寂しいクリスマスを過ごした。キッシンジャーは、米機が攻撃しているのは軍事関連、工業関連施設だとして空爆を擁護した。たまたま民家や病院に爆弾が落ちたこともあったが、民間人の死亡は気に留める必要なしと思ったのか、キッシンジャーはさらりと流して終わった。

「一般市民の死者数はおそらく四〇〇名から五〇〇名にすぎません」

米機がさらに一五機撃墜され、パイロットは死亡するか捕虜収容所に運ばれた。

いずれにしても非は北ベトナムにある、とキッシンジャーはマスコミに言った。

北ベトナムに爆弾を落とすいっぽうで、ニクソンは南ベトナムのチュー大統領に、アメリカはチューの同意があろうがなかろうが協定を結ぶつもりだと無遠慮なメッセージを送った。チューは、より柔軟な対応をする意思があることを控えめに示した。一二月三〇日、爆撃は終わった。

「一〇月に示された善意の姿勢に両者が立ちもどれば、残された問題は早急に解決できるでしょう」とキッシンジャーは北ベトナムに外電を打った。

北ベトナムは対話に前向きだった。キッシンジャーは再びパリに向かった。

「私の責任ではありませんよ」キッシンジャーは、レ・ドク・トに握手の手を差し出しながら話しかけた。「爆撃は私のせいではありません」

その言葉にトはこう切りかえした。「あなたは合衆国の名誉を穢《けが》した」

＊

一九七三年一月八日、ロサンジェルスの反戦集会でスピーチしたエルズバーグは、スタンディング・オベーションを受けた。この集会は、最後期のベトナム反戦デモのひとつだった。

キッシンジャーとレ・ドク・トはパリでどうにか合意に至った。一〇月時点での合意と実質的には同じものである。ニクソンが六〇歳を迎えた一月九日、キッシンジャーはこのニュースをワシントンに電報で知らせた。これほど素晴らしい誕生日プレゼントはもらったことがない、とニクソンは喜んだ。

もちろんニクソンは南ベトナムの盟友たちが不服なのを承知していたから、アメリカのベトナム介入はこれで終わらないと、非公式にチュー大統領に約束した。「北ベトナムが合意を破るようなことがあれば、アメリカは全力でそれに応じるとお約束します」とニクソンはチューに書き送った。

＊

一週間後、ロサンジェルスで公判を担当したのはマシュー・バーン判事だった。広い法廷に窓はなく、薄茶色の髪にもみあげの判事は、高い裁判官席の緑の革張り椅子に座っていた。バーンは四二歳、知的で公平な判事として有名だった。ついに開かれる裁判をアメリカじゅうが見守っているのを知っていた。これが自分のキャリアアップにつながる可能性があることもわかっていた。

陪審席には女性が一〇名、男性が二名座っていた。傍聴人席は記者や反戦活動家で満杯だ。好奇心の強い有名人の姿もちらほら見られた。パトリシアは最前列に座っていた。エルズバーグとトニー・ルッソは弁護人たちと長テーブルについていた。

二時間にわたる冒頭陳述で、デイヴィッド・ニッセン検察官は、ルッソとエルズバーグには国家の安全を損ねた罪が明らかにあると陪審に向かって述べた。ニッセンは法廷のウッドパネルの壁にスライドを映すと、被告人二名が窃盗とスパイ行為を犯したとして、その罪状をひとつひとつ順を追って説明していった。

ことの深刻さがエルズバーグの身に沁みた。「おそらく僕は刑務所に長く入ることになるだろう」裁判後、エルズバーグはある記者にそう語った。

＊

一九七三年一月二二日、午後三時半を少し回ったころ、テキサスの農場にいたリンドン・ジョンソンは、寝室でのうたた寝から目覚めると胸に激しい痛みをおぼえた。ジョンソンは電話機をつかみ、農場担当のシークレットサービスを呼び出した。

「だれでもいいから当番の者をよこしてくれ」

勤務中のシークレットサービス二名が、元大統領の苦しそうな声に驚いて寝室に急いだ。ジョンソンは床に倒れていた。呼吸はしていなかった。ジョンソンは飛行機でサンアントニオの陸軍病院に搬送され、心臓発作による死亡が発表された。

*

翌日のパリで、キッシンジャーとレ・ドク・トはベトナム戦争終結の協定にイニシャルで署名した。

その夜、ニクソン大統領は歴史に残るニュースを発表した。「このラジオとテレビの時間をいただき、お知らせしたいことがあります」とニクソンは始めた。「本日我が国は、ベトナムでの戦争を終え、名誉ある平和をもたらす協定を結びました」

ニクソンは協定の概略を説明し、アメリカ国民の支援に感謝の意を表した。そして最後に、亡きジョンソン元大統領への敬意を述べた。

「生前、ジョンソン元大統領は、彼を戦争屋と評する者たちの中傷に耐えました。しかし彼は、何にもまして世界の恒久平和を成しとげることに心を砕いていました」

四年前、ジョンソンの和平協議を自分が妨害したことも、その後ベトナムで二万人以上のアメリカ人が死んだこともニクソンは弔辞で述べなかった。そのあげくのはてに結ばれた協定は、なんともお粗末なもの――北ベトナム軍の南への駐留を認め、恒久的な平和を不可能にする協定――だった。ニクソンもキッシンジャーも「名誉ある平和」によって殺戮がほんとうに終わるとは期待していないことも述べられなかった。

「一月の調印を終えて帰るとき、四月か五月早々にまた北ベトナムを爆撃しなくてはならないだろうなと思った」とキッシンジャーは後年述べた。

*

一週間後、無表情で腕組みをしたG・ゴードン・リディはワシントンの法廷に立ち、書記官が読み上げる陪審の評決結果を聞いていた。ウォーターゲート・ビル侵入に関わる八つの訴因により、リディは有罪を言いわたされた。数分後、ジェイムズ・マコードも有罪となった。ハワード・ハントとマイアミから来た四人はすでに罪を認めていた。

七人全員に長期刑が下ったが、理由はウォーターゲート・ビルへの侵入のみ。それ以前の仕事について言及する者は、それまでのところ一人もいなかった。

奇想天外な出来事

一九七三年二月、エヴェレット・アルバレスは八年半の捕虜生活を終え、ついに自由の身となった。彼はハノイ空港にバスで移送されるパイロットの最初のグループの中にいた。巨大な米空軍ジェット機が滑走路におりて来るのが窓の外に見えた。

「来たぞ！」とだれかが叫んだ。「おい、来たぞ！」

「なんていい眺めだ！」

アルバレスは涙を必死にこらえながら飛行機に乗った。エンジンが轟音をたてる。ジェット機がスピードを上げ、キャビンが跳ねる。機体がふわりと浮かんだ瞬間、兵士たちが歓声を上げ、互いの背中をたたき合った。多くの兵士が泣いていた。ジェット機はトンキン湾上を南東に進み、四時間後、フィリピンのクラーク空軍基地に着陸した。

基地には群衆が何千人と詰めかけていた。旗が振られ、八ミリカメラが回り、軍楽隊が演奏する中、パイロットたちは撃墜された順番にタラップから赤いカーペットへとおり立った。カーペットの上で帰還兵たちを出迎えたのは海軍大将だ。アルバレスは大将に歩みよって敬礼し、こう挨拶した。「エヴェレット・アルバレス大尉、ただ今帰ってまいりました！」

＊

ロサンジェルスではエルズバーグの裁判が続いていた。法廷の一日は通常、朝九時半に始まって夕方の五時まで続く。パトリシアはそのあいだずっと最前列の席に座っていた。

ニューヨーク・タイムズのある記者は、「うまく事が運んでいるとき、パトリシアは夫と絶えず笑みをかわしている」ことに気づいた。妻とほほ笑みあっていないときのエルズバーグは、法律用箋に覆いかぶさるようにして何かを書き、弁護人たちに見せていた。

緊張にみちた長い日々が続いた。トニー・ルッソはときどきジョークを飛ばして、その場のムードを和らげた。長い証言が続いていたとき、こんなことを言って割り込んだこともあった。

「今日一日聞いた中で唯一中身のある発言ですね」

そういう見解は役に立たないと、バーン判事はルッソの弁護人に伝えた。

検察側の陳述が終わったのは公判の三六日目だった。証言台に立ったルッソは、ペンタゴン・ペーパーズのコピーを手伝えて「光栄」だったと発言した。「僕らのしていることを知ったアメリカ人なら、だれだってこの文書を議会と国民に届けるのが公務だと思ったでしょう」

バーン判事は陪審に、この発言も無視するようにと言いわたした。

エルズバーグがついに証言台に立つ六八日目、傍聴人席はそれまでにないほどの混みようだった。エルズバーグの父もデトロイトから飛行機でやって来て、傍聴人席に座っていた。息子のロバート、娘のメアリーも父親の応援に駆けつけていた。

公判期間中、エルズバーグの体重は着実に落ちていた。記者たちには彼が不安でやつれているように見えた。法廷画家は、証言台でのエルズバーグの動きに落ち着きがないからスケッチできないとこぼした。

エルズバーグは最初、ほとんど囁きに近い声で、ベトナム戦争が始まったときの自分はタカ派だったと陪審に向かって言った。それから、初期の空爆作戦の計画に関与するさい、自分がどんな役割を担ったのかを詳細に述べ、ベトナムに二年いるあいだに考えが変わったことを説明した。アメリカが撒いた薬剤のせいでベトナムの森が砂漠と化したこと、村々が焼きつくされたこと、米軍の爆撃で子どもたちが傷を負ったことなど、現地の荒廃をあれこれ話して聞かせた。小さな女の子が家の焼け跡で焦げた人形を探しだしたときのことも。

昼の休憩時間に入ると、エルズバーグは弁護人席に戻り、椅子にくずおれて、すすり泣いた。そこへパトリシアが歩みより、かたわらに座った。

*

公判が休みの四月五日、バーン判事は断崖の上から太平洋を眺めていた。ここはカリフォルニア州サンクレメンテのニクソン宅。判事はジョン・アーリックマンと歩いていた。

「私の言うことに違和感を感じたり戸惑ったりしたら、いつでも帰ってくれていい」とアーリックマンは切り出した。

奇想天外な出来事

「それで気を悪くすることはないし、あとでまた話せばいいのだし」

話してくれ、とバーンはアーリックマンを促した。

ニクソンがＦＢＩの新長官の人選に入っている、とアーリックマンは言った。そこで大統領に代わって訊きたいのだが、きみはこのポストに興味があるだろうか。

興味深い話だとバーンは答えた。その意思を大統領に伝えておくとアーリックマンは約束した。

この会話の真意――図々しくも判事を意のままに動かそうとする意図――をバーン判事が理解したのかどうかはわからない。が、とにかくニクソンのウォーターゲート隠ぺい工作は、ほころびを見せはじめていた。ハントとリディが有罪となった今、マスコミや検察はさらに上層部に目を向けていた。そもそも侵入を命じた人間はだれなのか。最終的にはだれかが口を割るだろうとニクソンは考えていた。フィールディングのオフィスに侵入したことも明るみに出るだろう。もしそうなったら、ウォーターゲート事件の担当検察官はバーン判事に報告する義務がある。その証拠をエルズバーグの裁判で使うかどうかを決定するのは、ほかならぬバーンなのだ。

バーンがその場から立ち去るべきだったのは言うまでもない。しかし彼は、サンクレメンテを訪ねた翌日、アーリックマンに電話して、もう一度会いたいと申し出た。その日の午後、二人はサンタモニカの公園で落ち合った。ＦＢＩの仕事に非常に興味があることを改めて言っておきたい、とバーンはアーリックマンに自分の意思を伝えた。

エルズバーグの公判もまもなく終わる。今後については連絡を取り合うことで二人の意見は一致した。

*

予想どおり、ニクソンの恐れていたことが現実になった。ウォーターゲート事件の隠ぺいに加担した大統領法律顧問ジョン・ディーンが、起訴を免れたいがために検察に証言し、事件の調査が大きく進展したのだ。ディーンによれば、スパイ行為や妨害を徹底的におこなうようにとの指示がホワイトハウスとニクソン再選委員会から出ていたという。エルズバーグの個人情報を入手すべくプラマーズが侵入行為を働いたこともディーンの証言で明らかになった。証拠をもみ消すためにホワイトハウスの金を使ってハントとリディに「口止め料」を支払ったこともディーンは認めた。要するに金で黙らせたのである。

ニクソンは、ウォーターゲート事件の調査を統括している司法次官補のヘンリー・ピーターセンに電話をかけた。

「例の件については知っている」エルズバーグにからんだ侵入についてだ。「国家の安全保障に大きく関わることだから、公けにはしたくない。この件には関与しないでくれ!」

そう言うとニクソンは電話を切った。

「これで検察も干渉しないはずだ」とニクソンはアーリックマンに言った。「検察があの件に首を突っ込むなんぞ筋違いだ。あいつらのしたことは犯罪じゃない。エルズバーグの情報を入手しようとしたんだから表彰されてもいいくらいだ」

そんな理屈は通用しなかった。

＊

一九七三年四月二七日、公判の八〇日目、バーン判事はエルズバーグとルッソを裁判官席に呼びよせた。検察官と弁護人も二人のうしろに寄っていった。話の内容は法廷内のマスコミの耳にまで届かない。

ウォーターゲート事件担当のある検察官が司法次官補ピーターセン宛てに書いたメモのコピーを受け取った、とバーン判事は小声で言い、その書面を読み上げた。「一九七三年四月一五日、日曜日に以下の情報を得たのでお伝えします。日付の詳細は不明ですが、ゴードン・リディとハワード・ハントは、ダニエル・エルズバーグのカルテを入手するため、エルズバーグのかかりつけ精神科医のオフィスに侵入しました」

手を後ろに回して判事のほうを向いていたルッソは、法廷にいる者たちに向けてこっそり親指を立てた。

判事はそのメモを弁護側に渡してこう言った。

「ミスター・エルズバーグ、私がこの情報を公けにする必要はないと思いますが」

精神科を受診していた理由を公けにされたくないかどうか訊かれているのだとエルズバーグは悟った。もちろん公けにする価値ありだ。「ご冗談でしょう？　メモを公表してください！」

エルズバーグたちがそれぞれの席に戻ると、バーン判事は入ったばかりの情報を発表した。記者たちは跳び上がり、廊下の公衆電話に走った。

「驚いた、と一市民としては言いたいところですが」と、法廷の外に出たエルズバーグはコメントした。「政権が法を犯したからといって、この僕が驚くわけないでしょう」

＊

四月三〇日、ニクソンは国民に向かってテレビ演説をおこなった。

「本日、私は大統領として非常に困難な決断を迫られ、私を最も近くで支えてくれていたホワイトハウスの仲間、ボブ・ハルデマンとジョン・アーリックマンの辞任を受けいれました。公けに仕える者としてきわめて優秀なこの二人に出会えたことは、私にとってまたとない恩恵でした」

正確には「受けいれた」のではない。ウォーターゲートの傷が自分に及ばぬうちにメスを入れておかなくてはと、大統領はまたひとつ苦肉の策を内々に講じて、最も近くにいた側近二人に身を引かせたのである。

同じ日、ワシントン・スターニュース紙上に、エルズバーグの裁判を担当しているマシュー・バーン判事が最近ジョン・アーリックマンに会ったというニュースが載った。判事は政府内の高い地位につく気はないかアーリックマンに打診されたと記事は報じていた。

情報を漏らした人間は結局わからなかったが、二人が会っていたことを知る人間はそう多くない。少なくとも判事本人が漏らした話でないことだけは確かである。

＊

緊張して青ざめた面持ちのバーン判事は、述べておきたいことがあると法廷内の人びとに告知した。混み合った法廷はしんと静まりかえっていた。

アーリックマンと会った日の話であった。エルズバーグの裁判については細かいことは何ひとつ話していない、と判事は訴訟当事者全員に向かって断言した。が、自身の求めで二度目に会ったときのことについては触れなかった。

弁護団はすぐさま攻めのモードに入った。「ホワイトハウスは、この面会を持ちかけて、法廷の信用を取り返しのつかないまでに損ねました」エルズバーグの弁護人はそう主張して、公訴の棄却を求めた。

バーン判事は明らかに震えていたが、裁判は続けると言いわたした。

しかし、その後も驚愕の事実が続々と発覚した。フィールディングのオフィス侵入はハントとリディだけが企んだことではなく、大統領の命を受けたホワイトハウスによる取調べ活動の一環だったと、辞任してわずか数日後にアーリックマンが連邦捜査官に話したのである。「大統領の行為によって、司法制度は公平な裁判が不可能になるレベルまで損ねられました」とエルズバーグとルッソの弁護団は主張した。

そして公訴の棄却を再びバーン判事に強く求めた。検察官はといえば、被告人の罪を証明するのに不快な証拠は必要なしと議論を拒んだだけだった。

裁判は続く、とバーン判事は改めて言いわたした。

*

一九七三年五月八日、エルズバーグは裁判の休憩時間に新聞を読もうと法廷から外に出た。が、どこにも新聞は置いていなかった。ウォーターゲート事件のセンセーショナルな見出しに陪審が影響されないよう、法廷付近で一切新聞を売らないようにとバーン判事が命じたからだった。

ある酒場にエルズバーグが入ってゆくと、バーカウンターにいた男がそれを見つけて大声で呼び止めた。男はこう言った。裁判が始まったとき、賭け屋のあいだでは四対一で検察側の勝ちと予想が出たんだが、フィールディング侵入事件の発覚後には、その予想が三対一でエルズバーグの勝ちに変わった。今じゃ、あんたの負けに賭けてる者なんか一人もいないよ、と。

五月一〇日、エルズバーグの勝算がまたしても高まる気配を見せた。キッシンジャーが自分の側近の通話を盗聴するよう命じていたとFBIが公表したのである。ペンタゴンのモートン・ハルペリンの電話機にしかけられた盗聴器が、エルズバーグとの通話を数件傍受していたとバーン判事は告げられた。FBIの説明によれば、その通話記録はホワイトハウスに渡ったあと消えてしまったという。

バーン判事は政府の不正行為の新たな証拠に激怒して、弁護団による棄却の申し立てを再検討したいと述べた。

ホワイトハウスではニクソンが怒りではらわたを煮えくりかえらせていた。「ゆゆしき事態だ。あの盗っ人野郎がアメリカのヒーローに仕立てあげられて、無効審理で刑罰を免れようとしている」とニクソンは側近に言った。「おまけにニューヨーク・タイムズは文書を盗んでピューリツァー賞受賞ときた……あいつらは盗っ人たちとぐるになって、こっちに喧嘩をしかけてるんだぞ。いったい全体、政府はどうなってしまったんだ？」

＊

五月一一日の法廷はすし詰め状態だった。追加の椅子が壁に沿って並べられ、それでも座れない人たちが廊下に立って法廷内をのぞき込んでいた。陪審はおらず、バーン判事は記者たちに陪審席に座る許可を与えた。

エルズバーグはいつものコンサバなスーツを着ていたが、ルッソはブルーのシャツに鮮やかな赤白ストライプのタイを締めていた。

その日の午前中、バーン判事は公判終了に対する賛否両方の意見に耳を傾けた。そして今、顔を紅潮させた彼は法律用箋に目を落とし、最初のほうでは言葉につっかえながらも、書いてある文章を読み上げていった。

「政府は四月二六日より、本訴訟の被告人たちに関連した政府の数機関のおこないについて、一連の尋常ならざる情報を公開してきました。このおこないが被告人二名の人権に及ぼした影響を評価するのが私の責任であります」

バーンは、プラマーズの活動の詳細をはじめ、発覚した新事実の数々を要約して述べていった。「おそらく我々は、この特捜班が本訴訟に関しておこなったことの一端を垣間見たにすぎないのでしょうが、我々が知りえたことは不穏の域を超えています」

この訴訟はとても深刻な、彼自身が陪審に問いかけたいと思っていた諸問題を提起していると判事は述べた。政府の犯罪をこれ以上無視することはできないと。

「奇想天外な数々の出来事によって、この事件の訴追は度しがたいほどの影響を受けました」とバーンは続ける。

見物人席がざわめいた。

「この訴訟の目下の状況を見るかぎり、唯一の解決策は――」

聴衆の声がしだいに大きくなってきた。座っていた人びとが立ち上がった。何人かが椅子の上に跳びのった。

「この裁判を終了し、被告人の棄却申し立てを認めることであると私は考えます」

法廷が突然歓声に包まれた。エルズバーグはパトリシアのほうに両腕を伸ばした。パトリシアがその中に駆け込み、エルズバーグと抱き合った。

「やった！　勝ったわよ！」

廊下にいた群衆がドアを開けてなだれ込んだ。だれもかれもが拍手し、口笛を吹き、ハグしたり叫んだりしていた。エルズバーグの弁護団の一人は太い葉巻を取り出して、壁にかかった「禁煙」表示の下で火をつけた。

「どうもご苦労さまでした」というバーン判事の声は廷内の大混乱にかき消された。判事は裁判官席のうしろのドアから出ていった。

記者たちはエルズバーグに質問を浴びせはじめた。「判決には満足ですか？」

「もちろん、大満足だ」

「今夜はお祝いしなくちゃ！」とパトリシアが言いそえた。

法廷からそっと出てゆく検察官たちにある記者が大声で訊いた。「ご感想は？」

「ノーコメントです」と政府の弁護団の一人が答えた。

「上訴の可能性は？」

「ありません。もう終わりました。すべて終わりです」

勝利を祝う人びとがドアに向かって動きはじめ、エルズバーグはその流れに乗って外に向かった。外ではさらに多くの群衆が裁判所の階段やその下の歩道で待ちかまえていた。支援者や、マイクやカメラを掲げた記者たちだ。

裁判所のドアが開くや、ものすごい歓声があたりにとどろいた。エルズバーグとパトリシアは腕を組み、陽光の中に歩み出した。

1973年5月11日。公訴棄却後のエルズバーグとパトリシア。
ロサンジェルスの連邦裁判所前で。

痛ましい真実

「だがきみは、すべて終わって嬉しくもあるんじゃないのか？」翌日ニクソンは側近の一人にそうたずねた。

「たぶん終わってよかったのではないでしょうか」

「この男は偉大なヒーローにはなれないな」とニクソンは言った。

それでもまだ、エルズバーグはしばらく脚光を浴びつづけることになった。公訴の棄却を祝った夜が開けた翌朝、エルズバーグとルッソは満員の記者会見場で質問に答えていった。ルッソは、ニクソン大統領の弾劾に注力してゆくつもりだと述べた。エルズバーグも大統領の弾劾が目標だと言った。「でも個人的にはリチャード・ニクソンにはうんざりで、もう二度と彼のことは考えたくないです」

裁判によって成し遂げられたことは何か。そうたずねられたときにエルズバーグの口から出てきた言葉は、ペンタゴン・ペーパーズをコピーしようと決意したあとの彼の行動のすべて——危険を冒して実行したことすべてに当てはまっていた。

「真実を、とても痛ましい真実を語ることです」

エルズバーグは最後に、マスコミにあまり注目されずに研究と文筆にいそしむ静かな生活を取りもどしたいと言って、こんなジョークで締めくくった。「ここ数年、マスコミのみなさんとはよい関係を保っていましたが、もう終わりです。私は妻のもとに帰ります」

＊

二週間後、エヴェレット・アルバレス、ジェイムズ・ストックデールをはじめとする元戦争捕虜数百名は国務省の大ホールに座っていた。ワシントンＤＣでその日の夜に開かれる祝賀ディナーに招かれたのだ。ニクソンは彼らを歓迎し、勇敢に任務をはたしてくれたことに感謝の意を述べたのだが、ダニエル・エルズバーグをどうしても攻撃せずにはいられなくなった。

「そしてこれは言っておきたい。機密文書を盗み、新聞紙上で公開した者たちを国家の英雄扱いするのを、私たちはそろそろやめるべきだと思うのです」

聴衆は勢いよく立ち上がり、歓声を上げた。

この一幕が翌朝のテレビ・ニュースで取り上げられた。それを観たエルズバーグは、あるジャーナリストにこう漏らした。「あんなふうに大統領が攻撃してくるのを見てると、完全にリラックスはできないね」

しかし、ニクソンがエルズバーグをやりこめようと何かを画策していたのだとしても、それを実行する機会はついに訪れなかった。ウォーターゲート事件の波紋は広がりつづけ、ニクソンはそれに対処するので手一杯だった。大統領の法律顧問ジョン・ディーンは、隠ぺい工作について三〇回以上、大統領と細かく話し合ったと上院公聴会で証言した。ニクソンの命で録音機を秘かに設置した側近も、録音機のしくみを証言で詳しく述べた。議会もウォーターゲート事件担当の検察も、ニクソンに録音テープの提出を求めたが、大統領はそれを拒んだ。

＊

ニクソンの「名誉ある平和」から平和のときは生まれなかった。

北ベトナムは即刻、軍隊と武器を北から南に移動させはじめた。「コミュニストが我々の領土に一歩でも足を踏み入れたら、彼らを殺す」と南ベトナムのチュー大統領は国民に向かって言った。北と南、双方が攻撃を開始して、激しい戦いが再び勃発した。共産軍は着々と勢力を拡大していった。

ニクソンとキッシンジャーは米軍による空爆を再開したかったが、ウォーターゲートでそれどころではなかった。六月になると、ベトナムでのアメリカの軍事行動に国家予算を使わせない法案が上院と下院で可決された。

「日一日と、私たちの行動の自由はウォーターゲートによって制限されていった」とスキャンダルを免れたキッシンジャーはのちに語る。「私たちには、信頼に足る公約をする力がなくなりつつあった。もはや議会の承認を得られる保証がなかったから」

自称「ウォーターゲート・ジャンキー」のエルズバーグは、この大騒ぎが急速にクライマックスに向かってゆくのを見守っていた。彼はアメリカがベトナムで戦っている戦争を終わらせるためにすべてを懸けてきたわけだが、いまや自分は紆余曲折のすえ、予想だにしなかったやりかたで、目標を達成したかもしれないとしみじみ感じていた。「そもそもニクソンが僕を懲らしめようとあれこれ画策したことからウォーターゲート事件が起きたんだ。この事件がなければ、ニクソンは永遠に北爆を続けられたかもしれない」

その意見にはキッシンジャーもどちらかと言えば賛成で、「国内のさまざまな問題がなければ、北ベトナムを爆撃していただろう」と九月に述べている。「今となってはそれも不可能なんだが」

＊

一九七四年八月八日の夜、リチャード・ニクソンは大統領執務室のデスクについていた。まわりでは照明やカメラの調整が進んでいた。大統領のおこなう最後のテレビ演説がまもなく始まろうとしていた。

ニクソンにホワイトハウスの録音テープを引きわたすよう、最高裁は満場一致の裁定を下したのだった。テープにはニクソンと側近たちの会話が録音されており、ＦＢＩによるウォーターゲート事件の捜査をＣＩＡに阻ませようと企んでいたことが発覚した。それが、検察側が求めていた決定的な証拠になった。ニクソンが自ら隠ぺい工作を画策していたという反ばくできない証拠が挙がったのである。

ニクソンの支持率は二六パーセントにがた落ちした。下院司法委員会において二七対一一でニクソンの弾劾を求める決議がなされたのを受けて、下院は全会一致でニクソン弾劾訴追の可決に向けて動き出した。大統領に勝ち目はなさそうだった。合衆国大統領がいまだかつて下したことのない決断を彼が下したのはそのときである。

九時を数分回ったころ、ニクソンのデスクを照らすカメラのライトが赤く灯った。テレビ画面に大統領が現れた。

「こんばんは」とニクソンが話しはじめた。「この執務室からみなさんにお話しするのはこれが三七回目です。この部屋では、我が国の歴史を形作るじつに多くの決定がなされてきました」

できれば任期を全うしたいが、もはや政権を維持してゆけるだけの支持は得られない、とニクソンは国民に語りかけた。「したがって、私は明日正午をもって大統領の職務を辞任いたします。私のこの行動によって、今のアメリカにどうしても必要な癒やしのプロセスが始まることになるよう願っています」

スピーチを終えたあと、ニクソンはキッシンジャーと大統領の居住スペースに歩いていった。あなたはいずれ偉大な大統領の一人として歴史に名を残すだろう、とキッシンジャーが声を抑えて言った。

「ヘンリー、それはだれが歴史を書くかによるよ」

翌日、ニクソンは正式に大統領を辞任した。後任には副大統領のジェラルド・フォードが就いた。ニクソンはホワイトハウスのスタッフに礼を言い、フォードに別れを告げた。

「幸運を祈るよ、ミスター・プレジデント」と言いながら、ニクソンはフォードと握手した。

「ありがとうございます、ミスター・プレジデント」とフォードも返した。

低く垂れこめた灰色の空のもと、ニクソンと妻のパット、娘のトリシアが、待機中のヘリに向かってレッド・カーペットを歩いていった。ニクソンはタラップをのぼると、振りかえって笑顔を見せ、両手を挙げて最後の挨拶をした。ヘリのプロペラが回りはじめた。空中に浮かんだヘリからニクソン一家はワシントンの街を見下ろした。フォード新大統領とホワイトハウスの面々が芝生の上でまだ手を振っていた。

ニクソンは座席に身を沈めて両目を閉じた。

＊

一九七五年四月二九日、フィリップ・カプートは爆撃音で目が覚めた。一〇年前、ベトナムの戦地に派遣された最初の海兵隊員の一人、カプートも今や妻と子ども二人がいる三三歳。今回はジャーナリストとしてサイゴンの最後の戦いを記事にするためベトナムに戻ってきた。戦争はまもなく終わる。それだけは、はっきりしていた。

北ベトナム軍はわずか三キロメートル先からサイゴンを砲撃していた。街は燃えさかり、逃げまどう人びとや荷物満載の荷車を引く水牛、親を探し求めて泣きさけぶ子どもたちや退却している南ベトナム軍兵士らで道はごった返していた。

また爆発音がして、カプートの泊まっているホテルの壁が揺れ動いた。

「今、指示があったぞ」とラジオに耳を当てていた仲間の記者が言った。「やっぱりそうだ、全員撤退だ。ベトナムにおさらばだ」

最悪の事態を考え、アメリカ当局は市民のための避難所を設けていた。カプートはカオスと化した通りを足早に抜けて避難所に向かい、待機中のバスにぐいと乗り込んだ。彼のほかにもジャーナリストや米大使館員らが七〇人ほど乗っており、車内はぎゅう詰めだった。砲弾がそこいらじゅうで破裂する中、バスは空軍基地へと飛ばし、かつてウェストモーランド将軍の本部だった建物の前で停まった。一番近い建物に向かって走っているとき、滑走路に爆弾が落ちた。

海兵隊の輸送ヘリが数機、急降下してきて、付近のテニスコートに着陸した。

「行くぞ！」と軍曹が叫んだ。「荷物は全部捨てろ。スペースがない。さあ行け！　急げ！」

カプートはスーツケースを捨ててテニスコートに走った。マシンガンを周囲に向けてしゃがみ込んだ海兵隊員が着陸ゾーンを守っていた。六〇人ほどがヘリに乗り込んだ。カプートも乗り込むことができた。ヘリが急速に敵のロケット弾の届かない高さまで上昇しているのがわかった。「そのとき僕の意識は一〇年前にフラッシュバックした」とのちにカプートは回想する。「自信たっぷりで、理想にみちみちて、偉そうにベトナムに進軍してきたあの日を思い出した」

ベトナムでは合計五万八一九三人のアメリカ人が命を落とした。負傷者は三〇万人を超えた。一九六四年以降に亡くなったベトナム人は、軍人、民間人あわせて推定で少なくとも二〇〇万人にのぼる。アメリカがベトナム、ラオス、カンボジアに落とした爆弾は合計八〇〇万トンで、これは第二次世界大戦中に米機が落とした量のじつに三倍以上だ。その後も何千発という不発弾や地雷が、彼の地に暮らす人びとの命を奪っていった。

「初めて戦争で負けたアメリカ大統領になるつもりはない」とリンドン・ジョンソンは言っ

た。

「初めて戦争で負けた合衆国大統領になるつもりはない」とリチャード・ニクソンも言った。

ある意味、この二人は目標を達成したといえるだろう。北ベトナム軍がサイゴンの大統領官邸に突入し、サイゴンの街に北ベトナムの旗が掲げられた一九七五年四月三〇日、リンドン・ジョンソンはテキサスの墓地に眠っていた。ニクソンはカリフォルニアの自宅で不名誉にまみれていた。初めての敗戦をアメリカ国民に告げる役目はジェラルド・フォードに回った。

「撤退は完了しました」とフォード大統領は全国に告げた。

「この措置によってアメリカの一時代が終わりを告げました」

エピローグ――歴史はくり返す

ダニエル・エルズバーグが一九七一年にペンタゴン・ペーパーズをニューヨーク・タイムズに見せてから世界は大きく変化した。冷戦が終わり、共産主義拡大にかわって世界を脅かしているのは国際テロである。現在、アメリカとベトナムは友好的な関係を保っている。エルズバーグが何週間もかけてコピーした文書も、今や一〇ドルのＵＳＢメモリーが一本あれば余裕で保存できるだろう。

しかし、エルズバーグの物語が提起した重大な問題は、今なお重要な意味を私たちに問いかけている。政府がスムースに機能するためには、伏せておかねばならない情報がある。だが、守秘といっても、どのレベルまで伏せておくのが妥当なのだろう？　政府が機密とみなす情報を市民が漏えいしたとして、それが正当化されるのはどんな場合なのだろう？　政府の不正行為を明るみに出す情報を、法を破る行為と知りつつある市民が漏らしたと仮定してみよう。その人物は法廷に引っぱり出されるべきか、あるいは英雄と称えられるべきか？

二〇一三年一月、アメリカ人のドキュメンタリー映画制作者、ローラ・ポイトラスはベルリンで不可解なeメールを受けとった。

その匿名メールは「私は情報機関のシニアメンバーです」という書き出しで始まっていた。

「これはあなたにとってお時間の浪費にはならないメールだと思います」

ポイトラスは警戒しながら読みすすめ、高度な暗号ソフトを使って匿名の情報提供者と連絡を取りはじめた。「あなたが法を守っておられるのか、クレイジーなかたなのか、私を罠にかけるおつもりなのかがわかりません」

するとこんな返事が返ってきた。「あなたに何かをお願いするつもりはありません。ただ、あなたにいくつかのことをお話ししようと思うだけです」

その年の五月、暗号化したメールをたくさんやり取りしたあとで、ポイトラスはジャーナリストのグレン・グリーンウォールドとともに香港に飛んだ。情報提供者の指示どおり、二人はショッピングモールのとあるレストラン前で、ルービックキューブを持った男が現れるのを待った。

男が歩みよってきた。ジーンズにTシャツ姿のその若者を、ポイトラスとグリーンウォールドは子どものようだと思った。二人は男に先導されて付近のホテルに入り、彼の部屋に向かった。携帯電話のバッテリーをはずしてくれ、と男は言った。信号を探知されないようにするためである。男は枕をドアに押しつけて、話し声が廊下に漏れないようにした。それから腰を下ろして話しはじめた。

男の名前はエドワード・スノーデン。二九歳で、ＣＩＡの勤務経験があり、専門技術者として国家安全保障局（ＮＳＡ）と契約し、きわめて機密性の高い仕事を請け負っていた。スノーデンはＮＳＡの機密文書を保存したＵＳＢをたくさん香港に持ってきていた。そんなことをされているなど米国民がつゆとも思っていない大がかりな監視プログラムについて、事細かく記した機密文書である。スノーデンによると、米政府は何百万という国民の電話やネット通信を監視しているらしかった。もともとはテロリストの陰謀を発見するために始めたことだったのが、今やＮＳＡは何の罪もない市民のデータをごっそりかき集め、保存しているという。スノーデン自身、そのような国内のスパイ活動に携わってきたらしく、事実を公けにしたいと考えていた。

ポイトラスはスノーデンへのインタビューを撮影し、グリーンウォールドが英日刊紙ガーディアンに掲載する記事を書いた。記事は数日とたたないうちに世界中で大々的に報道された。

「自分のすること、言うことすべてが記録される世界に住みたくはない」とスノーデンはホテルの部屋から世界に向けて語った。「そんなことを進んで手助けしようとは思わないし、そんな世界で暮らしたいとも思わない」

「この先あなたに何が起きると思いますか？」とグリーンウォールドが質問した。

「よいことは何も起こらないでしょうね」

その予測どおり、アメリカの法執行機関は漏えい者スノーデンを逮捕し、アメリカに連れもどし、スパイ法違反のかどで起訴することに躍起になった。マスコミは彼を「世界で最も追われている男」と呼びはじめた。スノーデンは飛行機でモスクワに飛び、ロシア政府に亡命を申請して認められ、米政府の手の届かないところに逃げおおせた。

アメリカでは激論が巻きおこった。スノーデンは、米国民に保証されている基本的な自由が危機に瀕していることを内部告発したヒーローなのか？　あるいは、機密を盗み、国民を守ろうとする政府の努力をないがしろにした悪党なのか？

オバマ大統領の見解は明確だった。大統領はスノーデンを危険な犯罪者と考えていた。「政府の政策に不服な人間がその手で機密情報を公開すれば、国民の安全を保ったり外交政策を遂行したりすることはできない」と厳しい言葉を口にした。国務長官の言葉はさらに単刀直入だ。四〇年以上前、国会議員を前にして最初に反戦の意見を述べたベトナム帰還兵、ジョン・ケリーである。「エドワード・スノーデンは臆病者であり、国賊だ。彼は国家を裏切った」

こんなことがかつてあった、と思うアメリカ人は多かった。

「政府の機密データを漏らしたアメリカ人はスノーデンが初めてではありません」二〇一三年六月九日、CNNのニュースキャスター、ドン・レモンは視聴者にそう語りかけた。四二年前、機密文書をマスコミに漏らして嵐を巻き起こした政府インサイダーがいたのだと。

「カリフォルニア州バークレーからの中継でダニエル・エルズバーグさんにご登場いただきましょう」

エルズバーグの姿が画面に映る。髪は白く、顔には皺が寄っているが、ブルーの目は鋭く輝き、こちらをしっかり見すえている。四〇年前に裁判が終わったとき、これからは静かに暮らすつもりだとエルズバーグはマスコミに語った。少なくとも、機密文書の漏えいとそれに続く裁判に明け暮れた怒濤の日々に比べれば、静かな年月ではあった。エルズバーグとパトリシアはバークレーに落ち着き、二人して平和と反核兵器の運動に取り組んできた。本人が数えた限りでは、エルズバーグは少なくとも二五回、抗議運動中に逮捕されたという。八二歳になっても依然、自説を曲げることなく、エルズバーグは政治活動に取り組んでいた。

レモンはまず、スノーデンについてどう思うかと質問した。

「非常に大きな貢献をしたと思います」とエルズバーグは答えた。「民主主義に対してはかりしれない貢献をしました。どんなに高く評価してもしきれないほどに」

「スノーデンの行動をよいことだとおっしゃっていますが、彼は法を破ったのですよ」

「私だって同じことをしたでしょう」とエルズバーグはレモンに切り返した。

「私だってその法を破っていたと思います」

謝辞

本書のリサーチと執筆の期間中、一度ならず時間を割いてくださったダニエル・エルズバーグ氏に心からお礼を申し上げたい。氏はこれまで自らの人生について縦横に書き、多くのインタビューに応じてこられたが、直接話せたからこそ知りえた細部、明らかにできたことがいくつかあった。本書の執筆に欠かせない貴重な事実やエピソードを教えてくださったことに感謝している。パトリシア・エルズバーグ、ロバート・エルズバーグ、ランディ・ケーラーにも、著者の質問に答え、思い出を語ってくださったことに感謝したい。

ドキュメンタリー映画 The Most Dangerous Man in America の共同監督およびプロデューサーであるリック・ゴールドスミスには、エルズバーグ氏への面会の橋渡しをしていただいた。この映像作品は本書を書くにあたっての必見映画で、おかげで著者のリサーチに大きな弾みがついた。ランディ・ケーラーを紹介してくれたサラ・パートル、パトリシア・マークスのラジオ・インタビュー録音を探し出す手助けをしてくれたニューヨーク・パブリック・ラジオの資料課長アンディ・ランセットにもお礼を申し上げたい。ニール・シーハンの資料を入手することができたのは米国議会図書館のスタッフの協力あればこそだった。また、おびただしい数の本を著者に貸し出し、静かな場所で読ませてくれたサラトガスプリングズ公共図書館にも心からのお礼を。

ディアドラ・ランゲランは、これまでのプロジェクト同様、本書のよき編集者、協力者だった。構成からひとつひとつの言葉選びにいたるまで、行きつ戻りつ、あらゆることを著者とともに試行錯誤してくれた。いつものことだが、書き出しを十回くらい書きかえたのは彼女に促された(強制された)からで、本当にありがたいことだと思っている。本書の素晴らしいデザインを手がけてくれたアン・ディーベル、ピンぼけ写真を見つけて最後の追い込み時に導いてくれたクレア・ドーセットにもお礼を言いたい。本書の企画を後押ししてくれたサイモン・ボウトンとロアリング・ブック(マクミラン)の皆さん、実現を可能にしてくれたスーザン・コーエンとライターズ・ハウスのチームにも感謝を。

本書に取り組んでいるあいだ妻のレイチェルがはたしてくれた役割の大きさはとても言葉では言いつくせないが、最後にひとつだけ、こんなエピソードをご紹介しておこう。まだ何も読めるかたちになっておらず、何を書いて何をカットするか決めかねていたとき、彼女のくれたアドバイスが難問の多くを解決してくれた。決め手になったのは「それは取っておくこと」という彼女の一言だ。助かったよ、レイチェル。

訳者あとがき

今から半世紀前、「アメリカで最も危険な男」と言われた人物がいた。九〇歳を過ぎてなお平和への思いを訴え続ける活動家であり戦略研究家、ダニエル・エルズバーグだ。本書は、アメリカがベトナム戦争に本格的に介入した一九六四年から米軍撤退が完了する一九七五年までのあいだ政権内で起きていたことと、政府の内部者から外部者に転じてベトナム関連の機密文書「ペンタゴン・ペーパーズ」を公開したエルズバーグの激動の日々を綴った作品である。環境団体職員を皮切りに様々な職をへて作家になった著者スティーヴ・シャンキンは、本作で二〇一五年全米図書賞ヤングアダルト部門のファイナリストに選ばれている。

「今、なぜベトナム戦争なの？」と思われるかもしれないが、何十年も前に東南アジアの半島で起きた戦争は、今なお私たちに多くのことを訴えかけてくる。

読みはじめて早々、緊張感とスピード感あふれる展開に私は夢中になった。静かなベトナムの水田地帯で突如始まる銃撃戦。戦況悪化に追い詰められて国民に嘘をつく大統領。機密文書をこっそり（息子と！）コピーするエルズバーグ。入手したコピーを記事にするかどうかで議論を戦わせる記者たち。手に汗握るシーンの連続に激動の時代の空気を今ここで吸っている気分になる。当事者の言葉を多数引きながらの心理描写も巧みで、ノンフィクションながら政治物、スパイ物の小説のように読める面白さもある。また、次々に場面転換してゆく書きぶりには映像作品的なテンポのよさがある。それもそのはず、著者は一時期、兄弟で映画を作っていたらしく、重い内容なのに読みやすいのはそのせいもあるのかと納得した。

　最初はそんなエンタメ的な面白さを楽しんでいたのだが、読み進むうちにところどころで、あれ、と引っかかるようになった。今の世界にどことなく似ているのだ。世界の変わらなさに驚いたと言ってもいい。


　原書を初めて手に取ってから訳し終えるまでの間に世界ではさまざまなことが起こった。ある国から大国の軍隊が撤退し、ある国が突然大国の侵攻を受けた。翻訳しているページの中の出来事が、現実世界の出来事にどんどん追い越されてゆくような感覚があった。

　いったん始めた戦争を終えるのがいかに困難か。ベトナム戦争が長期化した事情も本書では丹念に描かれている。米大統領ジョンソンが、高官たちの要求を拒めずに北爆を決めたあとに発した言葉「ハイウェイで雹《ひょう》の大降りに見舞われたヒッチハイカーの気分だ。逃げも隠れもできない。そして止めることも」に出くわしたとき、戦争とは奔流にのまれて決定、拡大されてしまうものかと暗然となった。日本が太平洋戦争に突き進んだときも、戦争の気運が高まったかと思うと、あれよあれよというまに始まり誰にも止められなかったという証言を聞いたことがある。

人間の行為である以上、政治にも経済にも戦争にも失敗や不都合がある。威信を守るために目を伏せて問題を先送りすると、気づいたときにはもう引き返せない。そんな危うさをこの作品は伝えている。

二〇二一年五月、エルズバーグが第二次台湾海峡危機（一九五八年）に関する機密文書を公開したと報じられていた。実は「ペンタゴン・ペーパーズ」とあわせてコピーしていたらしく、台湾海峡をめぐる昨今の米中対立を危ぶみ公開に踏み切ったようだ。このときのインタビューでも本書でも、彼は同じ教訓を口にしている。権威がとてつもなく愚かな判断をしてしまうときもあるのだと。

では私たち市民はどうなのだろう。たとえば周囲が一斉に一方向を向いてしまい、それに違和を感じたときに、私たち一人一人は自分の肌感覚にどこまで正直な生き方ができるのか。エルズバーグほどの勇気を出せる人は少ないだろう。ならば諦めるのか、だましだましやり過ごすのか、面従腹背でゆくのか。

このあとがきを書きながら、あることを思い出した。戦争にまつわる小さな思い出だ。ある日、私と友人たちは来日中のアメリカ人と雑談していた。湾岸戦争が始まってまもなくの頃で、話題はおのずと戦争のことになった。自分の友人や友人の家族が戦地に赴いている、辛いけれど自分たちにできる支援をしなくてはね、とその人は真剣な表情で言った。そして私たちにこう訊いてきた。「ところであなたたちの国はどんな支援を?」

私たちは一瞬顔を見合わせた。なんて答えればいいの? みんなの顔にはそう書いてあった。私だってそうだ。それまで戦争の支援について質問されたことはなかったし、日本は戦争に無縁な国だと信じて生きてきたのだから。しばしの沈黙のあと、とにかく何か答えなければと思い、私はしどろもどろの英語でこう返した。

「私たちの国は戦争をしないと憲法で定められています。なので、軍事的な支援はできませんがお金の支援はしています」

社会科の授業で習ったことを復唱するかのような返答だ。

そのアメリカ人は二言三言何か言ったが、よく聞き取れなかった。「おやまあ」と言ったようにも「なるほど」と言ったようにも見えた。彼女の表情はそのどちらにも見えた。結局、なんとなく話は別のことに移り、もやもやした感じだけが残った。

戦争にまつわる思い出と言うにはあまりに安穏なエピソードだが、あのとき私は、生まれて初めて、戦争が架空の世界のものではないことに気づかされた。以来数十年、戦いのない暮らしをあたりまえと思って生きてきたけれど、もしかしたらここでこうして平凡に暮らせているとことじたい稀有なことではないかと思いはじめている。

著者はおびただしい数の資料にあたり、エルズバーグ夫妻など関係者にインタビューを重ねている。本書にあるとおり、F・ルーズベルトからニクソンまでの米大統領は官邸内に秘密の録音機をしかけて会話を録音していた。ネット上で公開されている、その膨大な量の録音もまた著者の情報源のひとつだ。臨場感溢れる作品に仕上がっているのは粘り強いリサーチのたまものだろう。大事なことを考えさせ、思い出させてくれた著者に感謝したい。

なお、本文中にあるソローとフォースターの引用は以下の既訳を使わせていただきました。

『市民の反抗』H・D・ソロー著、飯田実訳、岩波文庫

『フォースター評論集』E・M・フォースター著、小野寺健編訳、岩波文庫

最後になりましたが、本作品を訳す機会を与えてくださった株式会社亜紀書房と、訳者を支えて最後まで伴走してくださった亜紀書房編集部の足立恵美さん、丁寧な校正で訳文の質を上げてくださった校正者の谷内麻恵さんにこの場を借りてお礼を申し上げます。ほんとうにありがとうございました。

二〇二二年八月　　　　　　　　神田由布子

索 引

A

B

C

D

E

F

G

H

J

K

L

M

N

P

R

Z

*本書は、夥しい数の情報源、書籍、雑誌、新聞、ウェブサイト、映像、録音を集めて書かれている。原著では、エピソードや事実の情報源(Source Notes)、引用された言葉の出典(Works Cited)が巻末についている。Source Notes、Works Citedは、亜紀書房のホームページに掲載している。これらの多くはオンラインで公開されているので、ぜひ当たってみてほしい。ジョンソン、ニクソン両政権時代のホワイトハウス内の録音も、もちろん公開されている。

*写真クレジット
59、159ページはgettyimages、
23、279、353ページはAP/アフロの提供。

装丁
鈴木千佳子

DTP
山口良二

著者について

スティーヴ・シャンキン（Steve Sheinkin）

出版社で歴史教科書の執筆に従事した後、2009年よりYA作家。本書で全米図書賞ファイナリスト（2015年）、ヤングアダルト図書館サービス協会の最優秀ノンフィクション賞（2016年）。著書は十数冊あり、『The Port Chicago 50』で全米図書賞ファイナリスト（2014年）、『原爆を盗め！』（紀伊國屋書店、2015年）で全米図書賞ファイナリスト（2012年）とニューベリー賞オナーブック（2013年）に選ばれた。

訳者について

神田由布子（かんだ・ゆうこ）

翻訳家。『パトリックと本を読む』（ミシェル・クオ著、白水社）、『レオナルド・ダ・ヴィンチを探して』（東京書籍）、『それでも、世界はよくなっている』（ラシュミ・サーデシュパンデ著、亜紀書房）など訳書多数。

亜紀書房翻訳ノンフィクション・シリーズⅣ-5

書名　権力《けんりょく》は嘘《うそ》をつく── ベトナム戦争《せんそう》の真実《しんじつ》を暴《あば》いた男《おとこ》

2022年10月4日　第1版第1刷発行

著　者　スティーヴ・シャンキン

訳　者　神田由布子

発行者　株式会社亜紀書房

〒101-0051　東京都千代田区神田神保町1-32

電話(03)5280-0261　振替00100-9-144037

https://www.akishobo.com

印刷・製本 株式会社トライ　https://www.try-sky.com

Printed in Japan　ISBN978-4-7505-1759-9　C0022